a impossível faca da memória

"Laurie Halse Anderson voltou a fazer o que todos
sabemos que ela faz de melhor – contar uma
história corajosa e marcante, que manterá o leitor acordado
a noite inteira, e a seguinte também, refletindo sobre o que leu.
Este é o nível de qualidade do romance.
Leia-o agora e pense nele para sempre."

JOHN COREY WHALEY, autor de *Quando tudo volta*

---

"Às vezes comovente, às vezes divertida,
a narrativa deste livro é tão verossímil que cheguei a sentir
vontade de dar a Hayley o meu número de telefone
para que ela pudesse contar com uma amiga
nos momentos difíceis. Sinceramente, será que ALGUÉM escreve
sobre personagens adolescentes problemáticos com o realismo,
a graça e a intensidade de Laurie Halse Anderson?"

JODI PICOULT, autora de *A guardiã da minha irmã*

---

"Com a esperança, o humor e o comovente
realismo que são sua marca registrada,
Laurie nos mostra um caminho para a superação
do sofrimento. Anderson é uma joia rara."

STEPHEN CHBOSKY, autor de *As vantagens de ser invisível*

# LAURIE HALSE ANDERSON

# a impossível faca da memória

*Tradução*
Heloísa Leal

valentina

Rio de Janeiro, 2019
1ª Edição

*Copyright* © 2014 *by* Laurie Halse Anderson

TÍTULO ORIGINAL
*The Impossible Knife of Memory*

CAPA
Raul Fernandes

FOTO DA AUTORA
Joyce Tenneson

DIAGRAMAÇÃO
FA studio

Impresso no Brasil
*Printed in Brazil*
2019

CIP–BRASIL. CATALOGAÇÃO NA PUBLICAÇÃO
SINDICATO NACIONAL DOS EDITORES DE LIVROS, RJ
VANESSA MAFRA XAVIER SALGADO – BIBLIOTECÁRIA – CRB-7/6644

A561i   Anderson, Laurie Halse
        A impossível faca da memória / Laurie Halse Anderson;
        tradução Heloísa Leal. — 1. ed. — Rio de Janeiro: Valentina, 2019.

        352 p. : 21 cm

        Tradução de: The impossible knife of memory

        ISBN 978-85-5889-024-3

        1. Ficção americana. I. Leal, Heloísa. II. Título.

|  | CDD: 813 |
|---|---|
| 19-54848 | CDU: 82-3(73) |

Todos os livros da Editora Valentina estão em conformidade com
o novo Acordo Ortográfico da Língua Portuguesa.

*Todos os direitos desta edição reservados à*

EDITORA VALENTINA
Rua Santa Clara 50/1107 — Copacabana
Rio de Janeiro — 22041-012
Tel/Fax: (21) 3208-8777
www.editoravalentina.com.br

— ✳ —

*para meu pai*

— ✳ —

(...) Esses são homens cujas mentes os Mortos violentaram.
Os dedos da memória na sua cabeleira de crimes...

Wilfred Owen, *Mental Cases*

— * —

Parecendo mal-informadas sobre a matéria dos sonhos de
que falavam os boatos: em todos os lugares onde indaguei,
as pessoas me disseram para buscar o azul.

Carl Phillips, *Blue*

# — ∗ — 1 — ∗ —

Tudo começou com o castigo. Até aqui, nenhuma surpresa, certo?

O castigo escolar foi inventado pelos mesmos idiotas que inventaram o castigo doméstico. Será que obrigar as crianças a ficarem sentadas num canto faz com que elas parem de enfiar gatos na lava-louças e desenhar com pilô roxo nas paredes brancas? É claro que não. Só ensina a galerinha a ser malandra e a chegar ao ensino médio adorando ir para a sala do castigo porque é um ótimo lugar para dormir.

Mas eu estava furiosa demais para dormir durante o castigo. Os líderes zumbis estavam me obrigando a escrever "Não vou desrespeitar o Sr. Diaz" quinhentas vezes. Com caneta e papel, de modo que copiar e colar estava fora de questão.

Mas será que eu ia mesmo fazer isso?

É ruim, hein.

Virei a página de *Matadouro 5*, livro proibido no Belmont, porque éramos muito jovens para ler um romance em que os soldados falam palavrões e bombas caem e corpos explodem e a guerra é uma merda.

*Colégio Belmont — Preparando Nossos Filhos para o Mundo Batuta de 1915!*

Virei outra página, segurando o livro bem perto do rosto, até ficar vesga. Metade das luminárias da sala sem janelas estava com defeito. Cortes no orçamento, afirmaram os professores. Um ardil para nos deixar cegos, segundo a galera do ônibus.

Alguém riu no fundo da sala.

O supervisor do castigo, o Sr. Randolph, levantou a cabeça de orc e deu uma olhada na sala, procurando o infrator.

— Já chega — disse, levantando-se da cadeira e apontando para mim. — Você deveria estar escrevendo, mocinha.

Virei outra página. Meu lugar não era no castigo. Meu lugar não era nessa escola, e eu estava me lixando para as regras stalinistas de um orc malpago.

Duas filas adiante, uma menina usando um casaco de inverno rosa-choque, o capuz debruado em pele sintética levantado, virou a cabeça para mim, com um olhar de incompreensão, a boca mascando mecanicamente um chiclete.

— Você me ouviu? — perguntou o orc.

Resmunguei várias consoantes bilabiais proibidas (sabe quais, aquelas das palavras que começam com "p" e "m" que a gente não pode dizer? Mas não me pergunte por quê, nada disso faz sentido).

— O que foi que disse? — rugiu ele.

— Que o meu nome não é "mocinha". — Dobrei o canto da página. — Pode me chamar de Srta. Kincain ou Hayley. Eu atendo por qualquer um dos dois.

Ele ficou me olhando. A garota parou de mascar o chiclete. Em toda a sala, os zumbis e os esquisitos levantaram a cabeça, despertados pelo cheiro de briga no ar.

— O Sr. Diaz vai ser notificado da sua atitude, mocinha — decretou o orc. — Ele vai passar aqui no fim da aula para pegar o seu trabalho.

Soltei um palavrão em voz baixa. A menina de casaco soprou uma bola de chiclete torta e a estourou com os dentes. Arranquei uma folha do caderno, peguei um lápis e decidi que aquele também seria um dia a não ser lembrado.

# – * – 2 – * –

Uma lição rápida.

Existem dois tipos de gente no mundo.

1. zumbis
2. esquisitos

Só dois. Qualquer um que te diga outra coisa está inventando, é um zumbi mentiroso. Não dê ouvidos a zumbis. Fuja deles o mais rápido possível.

Outra lição: todo mundo nasce esquisito.

Isso te espantou, não foi? É porque eles têm sugado o seu cérebro. O veneno deles faz com que você pense que os esquisitos são maus. Perigosos. Perturbados. Mais uma vez, não dê ouvidos a eles. *Fuja.*

Todo bebê recém-nascido, molhado, faminto e chorão é um esquisito novo em folha que só quer viver uma vida boa e fazer do mundo um lugar melhor. Se esse bebê tiver sorte, vai nascer numa família...

(Nota: "Família" NÃO significa apenas uma unidade biológica composta por pessoas que compartilham marcadores genéticos ou vínculos legais, encabeçada por um casal heterossexual. Família é muito mais do que isso. Porque não estamos mais vivendo em 1915, entende?)

... se tiver sorte, vai nascer numa família onde haverá um adulto que lhe dará amor todos os dias e o alimentará e cuidará para que tenha roupas, livros e aventuras, e aí, não importa o que aconteça, o bebê esquisito vai se tornar uma criança esquisita, e depois um adolescente esquisito.

É aí que a coisa se complica.

Porque a maioria dos adolescentes acaba indo parar no ensino médio. E o ensino médio é onde o processo de zumbificação se torna mortal. Pelo menos, essa foi a minha experiência, tanto por observar a distância, como agora, ao vivo e em cores, vinte e quatro horas por dia, no Belmont.

Onde é que eu estava mesmo?
Ah, sim, de castigo.

Quando a campainha tocou, eu já tinha escrito "corrigir o erro de um professor não é sinal de desrespeito" cento e nove vezes.

– * – 3 – * –

Entre o papo (sermão) do Sr. Diaz sobre a minha atitude depois do castigo e a porcaria do meu armário, perdi o último ônibus.
Não fazia sentido ligar para o meu pai.
Tinha uns seis quilômetros para caminhar. Eu já havia feito isso antes, mas não gostava. Engoli em seco e comecei a andar pelas calçadas do bairro da escola, queixo empinado, sorriso falso de prontidão para o caso de algum velho pegando a correspondência na caixa de correio acenar, ou alguma mãe tirando as compras da minivan olhar para mim. Estava com os fones de ouvido, mas sem música. Precisava ouvir o mundo, mas não queria que o mundo soubesse que eu estava prestando atenção.
Quinze minutos depois, as casinhas seguras se transformaram em ruas comerciais e depois duas lojas de carros usados e depois o espaço que, por aqui, chamam de "centro da cidade". A cada dois passos eu dava uma rápida olhada à esquerda e à direita: uma loja de colchões abandonada, uma casa com tábuas nas janelas, jornais cobrindo o corpo de um morador de rua bêbado, drogado ou morto que fedia, mas não era ameaçador. Uma borracharia. Uma loja de bebidas. Uma mercearia com

grades nas janelas. Dois terrenos baldios cobertos de cascalho, capim, móveis quebrados, preservativos usados e guimbas de cigarro. Uma igreja entre lojas com uma cruz contornada por néon azul.

Dois caras encostados à igreja.

*Ameaça*

Tirei as mãos dos bolsos. Caminhei como se fosse a dona do pedaço: pernas fortes e rápidas, quadris feitos para lutar, não para brincar. Os caras me veriam como uma mulher jovem, com mais ou menos um metro e oitenta de altura e setenta quilos. Esses fatos eram a linguagem do meu corpo, eu não podia mudá-los. Mas o jeito como andava, ah, esse fazia toda a diferença. Algumas garotas andariam mais devagar numa situação dessas, assustadas feito coelhos, cabeça baixa, braços cruzados, a postura gritando: "Sou fraca vocês são fortes estou com medo não me matem." Outras empinariam o peito, arrebitariam a bunda e balançariam os quadris, dizendo: "Dá uma olhada. Gostou? Quer?"

Algumas garotas são muito burras.

Engoli o medo. Ele está sempre lá, e ou você se mantém na superfície, ou se afoga. Tornei a engolir em seco e me emperti-guei toda, ombros largos, braços soltos. Estava equilibrada, pronta para me mover. Meu corpo dizia: "É, vocês podem ser maiores e mais fortes, mas se encostarem um dedo em mim, vão apanhar feio."

Cinco passos mais perto. O cara virado para mim me deu uma espiada e disse alguma coisa para o amigo, que se virou para olhar.

*Avaliação*

Não havia nada na minha mochila que valesse uma luta. Na verdade, seria até um alívio se eles a roubassem, porque assim eu teria uma desculpa legítima para não ter feito o dever de casa. Se tentassem me agarrar, eu me viraria para que suas mãos pegassem a mochila primeiro, e aí empurraria um deles contra a parede de cimento da igreja e correria com todas as minhas forças. Os dois pareciam chapados, portanto eu teria uma vantagem enorme em termos de tempo de reação — para não falar na adrenalina.

Plano B: O ônibus para Albany passava a dois quarteirões dali. Eu deixaria que eles pegassem a mochila e sairia correndo para o ônibus, gritando e agitando os braços como se não quisesse perdê-lo, porque se você age como se estivesse fugindo de lobos numa rua dessas, as pessoas fingem não te ver, mas se tenta pegar um ônibus, aí elas te ajudam.

Minha última opção de defesa era a garrafa vazia de uísque que estava na base de um poste bem diante dos caras que olhavam para mim. O gargalo comprido da garrafa seria fácil de pegar. Eu teria que me lembrar de não batê-la com força demais no muro, ou ela se estilhaçaria. Uma *pancadinha* leve, com a mesma pressão que a gente usa para quebrar um ovo, bastaria para abrir o fundo. Basta uma *pancadinha*, e uma garrafa de uísque comum se transforma numa arma com dentes de vidro famintos por um naco de lobo mau chapado.

Eu estava a um passo deles.

*Ação*

Os olhos do cara que se virou para mim estavam tão fora de foco, que ele nem soube se eu era uma garota ou um fantasma. Olhei para o outro. Estava menos chapado. Ou mais esperto. Olhos fixos em mim, franzidos, de um cinza tom de cimento, com olheiras escuras. Era esse que cheirava a perigo.

Por um segundo de imobilidade, eu o encarei — *garrafa de vidro na mão estendida joelhada nas bolas dele pega a arma corta tudo* —, mas só dei um aceno curto, cabeça baixa, respeitosa.

Ele retribuiu o aceno.

O momento se dissolveu e eu já tinha passado por eles e pela garrafa e o ônibus roncava em direção a Albany, lotado de zumbis velhos me encarando com olhos mortos.

Prestei atenção para ver se ouvia passos, até que os terrenos baldios e as lojas fechadas se transformaram em ruas comerciais, e essas em filas de casinhas quase seguras. No fim da última rua, passando por um milharal abandonado e um celeiro em ruínas, vinha a casa que eu deveria considerar como sendo meu "lar".

## –*– 4 –*–

Meu pai queria que eu me lembrasse da casa. Quando nos mudamos, enquanto trazíamos as caixas do caminhão, guardávamos a comida nos armários da cozinha, retirávamos esqueletos de ratazanas e lavávamos as vidraças, ele perguntou mil vezes: "Tem certeza de que não se lembra, Hayley Rose?"

Balancei a cabeça, mas fiquei de boca fechada. Ele se entristecia quando eu dizia que me esforçava muito para não me lembrar.

(Não pense que eu era doida, porque não era. A diferença entre esquecer uma coisa e não se lembrar dela é tão grande que dá para um caminhão passar entre as duas.)

Alguns dias depois de nos mudarmos, papai se desprendeu do tempo de novo, como o Billy Pilgrim em *Matadouro 5*. O passado tomou conta do presente. Tudo que ele ouvia eram bombas caseiras explodindo e morteiros caindo; tudo que via eram fragmentos de corpos, tipo uma perna solta ainda de bota, e lascas de ossos brilhando, afiadas como lanças. O único gosto que sentia era de sangue.

Esses ataques (ele me mataria se eu usasse a palavra na sua frente, mas era a única adequada) vinham piorando nos últimos meses. Era a única razão por que eu tinha concordado com o seu plano ridículo de largar o emprego de caminhoneiro e começar a levar o que chamava de "vida normal". Deixei que pensasse que estava certo, que passar meu último ano do ensino médio numa escola em vez de viajando ao seu lado no caminhão era uma ideia viável e maravilhosa.

Mas a verdade era que eu estava apavorada.

Encontrei a biblioteca e um banco, e avisei a agência de correios que tínhamos voltado a morar na velha casa da minha avó. No terceiro dia, uma menina chamada Gracie, que morava na mesma rua, trouxe uma cestinha de muffins e um talharim gratinado com atum fresco feito pela mãe. Disse que estava feliz por me conhecer.

Gracie era tão meiga — de uma bondade esquisita, não zumbificada —, que até me esqueci de ser escrota e comecei a gostar dela assim que terminei de comer o primeiro muffin. De repente, eu tinha uma amiga, uma amiga de verdade pela primeira vez em... nem me lembro quanto tempo. E ter uma amiga fez com que as outras coisas não parecessem tão más assim.

Quando o passado vomitou papai, ele comeu o que tinha sobrado do talharim com atum (a essa altura, os muffins já eram). Depois, foi para o porão e voltou com uma pequena caixa que não fora estragada pelos ratos e o mofo. Na caixa havia retratos desbotados que ele jurou que mostravam a mim e a minha avó, mãe dele. Perguntei por que vovó não guardava nenhum retrato da minha mãe, e ele disse que tinham sido roídos pelos ratos. Mas deu para ver que estava mentindo.

Por isso, naquele dia, depois do castigo, cheguei da escola sã e salva, irritada, com fome e decidida a ignorar todos os deveres de casa. A picape do papai estava estacionada na frente da casa. Pousei a mão no capô: gelado. Cheguei a quilometragem: ele não fora a parte alguma desde que eu saíra pela manhã. Ou seja, mais uma vez, não tinha ido trabalhar.

Destranquei o primeiro cadeado, o segundo, o terceiro e o quarto da porta da nossa casa. (*Nossa casa*. Essas duas palavras ainda soavam muito estranhas juntas.) Abri a porta com cuidado. Ele não passara a corrente. Provavelmente dormira o dia inteiro. Ou estava morto. Ou se lembrara de que eu fora à escola e voltaria, por isso a porta não poderia ficar com a corrente. Era a minha esperança.

Entrei. Fechei a porta. Tranquei todos os cadeados de novo: o primeiro, o segundo, o terceiro, o quarto. Passei a corrente e apertei o interruptor. Na sala, os móveis de cantos retos estavam empoeirados. A casa cheirava a morrinha de cachorro, fumaça de cigarro, gordura de bacon e higienizador de ambientes, que ele sempre vaporizava para eu não notar que tinha fumado maconha.

No corredor, Spock latiu três vezes atrás da porta do quarto do papai.

— Pai?

Esperei. A voz dele soou feito um trovão distante quando se dirigiu ao cachorro. Spock ganiu, e então ficou quieto. Esperei, contando até cem, mas... nada.

Caminhei até a porta e bati de leve.

— Pai?

— Seu ônibus atrasou de novo? — perguntou ele, do outro lado.

— Atrasou.

Esperei. Era o momento em que ele perguntaria como fora o meu dia e se eu tinha dever de casa para fazer ou o que queria jantar. Ou podia me dizer o que estava com vontade de comer, porque eu sabia cozinhar. Ou podia só abrir a porta e falar, isso já seria mais do que o suficiente.

— Pai? — chamei. —Você ficou em casa de novo?

—Tive um péssimo dia, princesa.

— O que foi que o seu patrão disse?

Silêncio. Mortal.

—Você ligou para ele, não ligou? — perguntei. — Disse a ele que estava doente, não disse? Pai?

— Eu deixei um recado na caixa postal.

Outra mentira. Encostei a testa na porta.

—Você pelo menos tentou sair de casa? Chegou a se vestir? Tomou um banho?

—Vou me esforçar mais amanhã, princesa. Prometo.

## – * – 5 – * –

*A Morte dá as cartas. Eles sussurram ao redor da mesa bamba.*

*Hernandez enfia um cigarro na boca. Dumbo guarda o bilhete da esposa no capacete. Loki cospe e xinga. Roy dá um gole no café. Puxamos as cartas e rimos.*

*Não me lembro de como era minha mulher, mas reconheço a Morte. Ela pede nossas apostas, usando um vestido vermelho, seu lindo rosto esculpido em pedra. Meus amigos riem e mentem, já enfronhados no jogo.*

*Ainda me lembro do rosto da minha filha. Do cheiro dos seus cabelos. Da cicatriz no joelho esquerdo. Da língua presa. Manteiga de amendoim com banana. Não acho que ela se lembre de mim.*

*A Morte chacoalha dados de osso na boca, batendo-os nos dentes. Cospe-os na mesa e eles rolam.*

*Apostamos tudo, arriscamos tudo, porque o ar está cheio de balas e granadas. Não vamos ouvir a que nos atingirá, mas ela está a caminho.*

*A Morte nos manda baixar as cartas.*

*Nunca estivemos tão vivos.*

# – * – 6 – * –

Almoço. Primeiro tempo.

Almoço servido na alvorada, cedo demais. Eu não conseguia entender por que mais alunos do ensino médio não se insurgiam numa rebelião armada. A única explicação era que a diretoria devia ter mandado o pessoal da cozinha pôr calmante nos cookies com gotas de chocolate.

Alguém enfiou a ponta com borracha de um lápis no meu ouvido esquerdo.

— Me deixa em paz. — Empurrei o lápis e a mão, virando a cabeça até encostar o ouvido importunado no tampo da mesa do refeitório.

O lápis atacou meu ouvido direito.

Fiz a saudação básica do dedo médio só para o meu torturador.

— Eu te odeio.

—Vinte palavras de vocabulário.

— Estou dormindo. Dá uma espiada. Zzzzzz.

— É só uma dúvida de espanhol, Hays. E uma ajudinha com a interpretação de texto para o Topher. *Pesadilla* é uma *quesadilla* recheada com peixe, não é?

Levantei a cabeça da mesa, gemendo. Do outro lado estava Gracie Rappaport, a garota dos muffins e do talharim gratinado com atum. Seu namorado, Christopher "Topher" Barnes, estava debruçado sobre ela. (Talvez você já tenha ouvido falar nele. Quando dispensou uma garota chamada Zoe no feriadão do Dia do Trabalho, ela espalhou uma descrição desrespeitosa das partes íntimas do cara na internet. Topher respondeu com evidências fotográficas de que Zoe estava mentindo. Quando perguntei a Gracie a respeito, ela soltou a maior gargalhada, com isso me informando muito mais do que eu queria.)

— O que é "denotação"? — perguntou Topher.

— Denotação é quando um enredo explode — respondi.

— E uma *pesadilla* é mesmo uma *quesadilla* recheada com peixe. Você é uma gênia, Gracie.

— Não escreve isso não. — Um cara de cabelos arrepiados, dentes caros e óculos de armação escura sentou ao meu lado. — Ela está te zoando.

Topher olhou para o recém-chegado.

— Por onde é que você andou?

O cara tirou um chaveiro do bolso e o balançou diante do amigo.

— Conseguiu consertar, afinal? — perguntou Topher. — Qual era o defeito dessa vez?

— Sei lá, mas minha mãe disse que o conserto custou uma fortuna. Agora vou ter que passar o resto da vida fazendo mil serviços em casa para pagar a ela.

— Putz — disse Topher.

— Pois é — respondeu o cara. — Por isso, estou sem grana. Compra um sanduíche aí pra mim.

Topher entregou a ele uma nota de dez.

— Me traz um bagel também.

— Por que eu não sou paga para fazer o seu dever de casa? — perguntei.

Topher logo me entregou uma moeda de vinte e cinco centavos.

— Denotação. Resposta séria.

— Denotação: um substantivo que descreve a ação de um aluno se recusando a prestar atenção na aula — respondi.

— Denotação — disse o cara que tinha chegado. — O sentido preciso de uma palavra, sem qualquer implicação negativa associada a ele.

Topher pegou a moeda de volta e a atirou para o amigo.

— Com manteiga, não cream cheese.

— Chega — falei, tornando a encostar a cabeça nos braços.

— Pra mim já deu.

Gracie fez uma bolinha com um guardanapo e a jogou no meu nariz.

— Só uma ajudinha com o espanhol, Hayley, porrrrr favorrrrr.

— Por que exatamente eu deveria fazer isso?

Ela empurrou os livros sobre a mesa para mim.

— Porque você é o máximo.

Além do talharim com atum e da cesta de muffins, Gracie levara um álbum de fotos no dia em que fora à nossa casa. Nele havia fotos da sua turma do jardim de infância — da *nossa* turma do jardim de infância, porque eu também estava nela. Olhar para aquela miniatura de mim mesma com um suéter de tricô e um par de tranças me deu calafrios, mas não entendi bem por quê. A única lembrança que eu tinha do jardim de infância era a de fazer xixi na calça durante a hora do soninho, e Gracie disse que nunca havia reparado. Depois ela perguntou se eu ainda gostava de sanduíche de manteiga de amendoim com banana.

(Coisa que, devo confessar, me assustou, porque era o meu sanduíche favorito e ela não poderia ter adivinhado isso nem em mil anos.)

Fiz o dever de vocabulário e entreguei a ela, enquanto o amigo do Topher voltava para a mesa carregando uma bandeja cheia de bagels e copos de café.

— A sete e a dezoito estão erradas de propósito — expliquei a ela. — Para dar mais realismo ao dever.

— Mandou bem — disse Gracie. — Obrigada.

As tevês de tela plana montadas nos quatro cantos do salão finalmente se acenderam e piscaram, sintonizadas num canal de notícias 24 horas. Os alunos que estavam acordados o bastante para notar deram um viva meio desanimado. Fiquei assistindo por um minuto, lendo as palavras que se arrastavam pela base da tela para ver se tinha havido algum acidente na noite anterior. Nada, a não ser o culto às celebridades da moda e uma notícia sobre homens-bomba que haviam explodido um mercado e um jardim de infância do outro lado do mundo.

— Posso voltar a dormir agora? — perguntei.

—Você precisa tomar o café da manhã — disse o recém-chegado, me entregando um bagel. — Aliás, cabelo maneiro. Azul é sua cor natural?

— Eu não tomo café da manhã — respondi. — E sim, eu venho de uma longa linhagem de pessoas de cabelo azul.

— O que é um "leitmotiv"? — perguntou Topher, a boca cheia de bagel.

—Toma pelo menos um café — insistiu o garoto. —Você tá com cara de quem está precisando.

— Eu não pedi café — respondi.

— Leitmotiv: objeto ou ideia recorrente numa história. — O garoto tirou um punhado de sachês de açúcar e adoçante do bolso da camisa de flanela xadrez verde e marrom e os colocou na minha frente. — Eu não sabia qual você prefere.

— Nenhum dos dois. Se eu quiser café, eu mesma vou pegar. E você se esqueceu da estrutura.

— Como assim?

— Um leitmotiv é um objeto, ideia ou estrutura recorrente.Você se esqueceu da estrutura.

Ele olhou para Gracie, depois para mim, e então de novo para Gracie, um sorriso se abrindo lentamente.

—Você tinha razão, Rappaport.

— E eu? — perguntou Topher. — Eu aprovei a ideia.

Gracie disse *shhh*, enquanto os caras batiam soquinho.

— Razão em relação a quê? — perguntei. — Que ideia?

— Eu, tipo assim, prometi ao Finn que você escreveria um artigo — disse Gracie. — Para o jornal da escola. Disse a ele que você é fera em gramática, literatura, essas coisas.

— É piada? — perguntei.

Finn (que tipo de pai e mãe dá ao filho o nome de uma marca de adoçante?) apontou o bagel para mim.

— Quanto tempo você demora para escrever duzentas palavras sobre "O Mundo de Riquezas da Biblioteca"?

— Uma eternidade — respondi. — Esqueceu que eu não faço parte do jornal?

— O que é um "narrador não confiável"? — perguntou Topher.

— Ah, deixa de coisa, Hays — disse Gracie. — Você não se inscreveu em nenhuma atividade extraclasse, embora tenha prometido que faria pelo menos uma. Você precisa de mais amigos, ou pelo menos de mais algumas pessoas para te cumprimentarem no corredor. Escrever para o jornal é a solução perfeita.

— Não preciso de uma solução — respondi. — Não tenho um problema.

Gracie me ignorou.

— Além disso, vocês dois têm muito em comum. — Enumerou nos dedos. — Vocês são altos, introvertidos, inteligentes e meio esquisitos. Sem querer ofender — apressou-se a acrescentar. — Esquisitos assim, hum, de um jeito *bobadorável*.

— Essa palavra existe? — perguntou Topher.

— Esquisitos, introvertidos e inteligentes? — perguntei. — Isso descreve terroristas que fazem bombas de fertilizante. Talvez ele faça, mas eu não.

— Bombas de fertilizante? — perguntou Finn.

— E narrador não confiável? — repetiu Topher. — Alguém sabe?

— Não vou escrever o artigo — decretei.

A tela plana piscou, a imagem se embaçando, e apareceu o mascote da escola, Marty, um cara branco com bíceps volumosos segurando um martelo em cada mão (nós éramos os Mecânicos do Belmont, Deus sabe lá por quê).

— Saudemos o líder dos demônios! — disse Finn, em voz alta.

Olhei para ele, pois eu tinha pensado exatamente a mesma coisa, mas, quando deu uma olhada em mim, fingi que estava rabiscando nas costas da mão.

A tela passou os anúncios da manhã:

... A LISTA DAS UNIVERSIDADES QUE TERÃO REPRESENTANTES NO REFEITÓRIO ESTA SEMANA...

... CARTÃO DE MEMÓRIA ENTREGUE NO DEPARTAMENTO DE ACHADOS E PERDIDOS...

... PROIBIDO JOGAR CONVERSA FORA NA ÁREA AO REDOR DO MASTRO DA BANDEIRA...

E finalmente uma lista dos infelizes que deveriam comparecer à Sala de Frequência, à Sala da Orientadora ou ir direto para o inferno, que era a Sala do Diretor.

Finn deu um soquinho no meu ombro.

— Ai! Por que isso?

Ele apontou o monitor.

— Você conseguiu entrar na Lista dos Condenados, Miss Blue! Já está encrencada com as autoridades logo no começo do ano letivo? Vai dar uma grande repórter.

## – * – 7 – * –

Pelos corredores desfilava uma parada de sublimes criaturas. Que riam alto demais. Paqueravam. Davam gritinhos. Corriam. Beijavam-se. Empurravam-se. Tropeçavam. Berravam. Posavam. Perseguiam-se. Exibiam-se. Zoavam. Galopavam. Cantavam.

Zumbis plenamente assimilados.

Eu até ria deles quando estava com Gracie. Mas, quando passava sozinha pela manada no corredor da ala leste, minha personalidade excêntrica e confiante desaparecia, e eu ficava com cara de idiota, morta de vergonha, me achando um lixo. Os sorrisos colgate daquela gente faziam a felicidade parecer fácil. Eles nunca tropeçavam nos próprios pés. Podiam rir com desdém e implicar uns com os outros sem parecerem ridículos. Podiam se lembrar de ter seis, oito, onze anos de idade, e cair na risada.

O exibicionismo, a zoação, a pose, tudo fazia parte da mentira. Meu cérebro compreendia isso porque eu tinha ouvido os cochichos. Os funcionários da Sociedade de Honra, que já começavam o dia de folga fumando baseados que zeravam o estresse como chocolate. As chefes de torcida, que se cortavam onde as cicatrizes não apareciam. Os membros do grupo de debates, presos por furtos em lojas. Os calmantes da mãe sendo compartilhados como biscoitos, a vodca do pai fazendo a aula de latim do primeiro tempo passar voando.

Enquanto atravessava o corredor da ala leste, sentia dedos grudentos tentando tocar meu cérebro. Tufos de fumaça amarela serpenteavam em direção às minhas orelhas, olhos, nariz, boca. A mentalidade de colmeia queria penetrar e contaminar. Colonizar. O perigo era tão real, tão próximo, que eu não me atrevia a abrir a boca para pedir instruções ou soltar um uivo.

Os orientadores da escola dividiam uma sala de espera que tinha cadeiras desconfortáveis, murais atulhados de papéis, uma secretária chamada Gerta com unhonas pintadas de vermelho, e uma cafeteira que parecia não ser lavada desde a virada do século.

Quando entrei, as portas das salas dos orientadores estavam fechadas. Parei diante da mesa de Gerta. Suas unhas tinham apagado quase todas as letras do teclado. Só o $Q$ e o $X$ ainda exibiam um restinho de pigmento. Uma garota atrás de uma das portas fechadas estava chorando, mas não dava para ouvir o que dizia.

A Srta. Benedetti entrou no escritório com uma xícara de café do posto de gasolina mais próximo da escola. Boa ideia.

— Meu nome estava na lista — fui logo anunciando.

— Temos algumas coisas para discutir — avisou. — Vamos conversar aqui.

Segui-a até seu escritório privado, um cubículo em que mal cabiam uma mesa, um arquivo e duas cadeiras. Mas pelo menos tinha uma janela, que dava para o estacionamento dos alunos. Diziam que Benedetti filmava tudo que rolava por lá com uma câmera escondida. Considerando que o computador dela parecia mais velho que o meu, eu duvidava muito disso.

Ela pendurou o blazer num cabide sentou-se à mesa e tirou a tampa do copo de café.

Eu me sentei na cadeira ao lado da janela, de boca fechada.

O truque para sobreviver a um interrogatório é a paciência. Não revele nada. Não dê explicações. Responda à pergunta que foi feita e só, para não acabar metendo a cabeça num laço de forca sem querer.

— Como vão as coisas? — perguntou Benedetti.

Olhei para ela por trás da poeira que pairava no ar.

— Muito bem.

— Não vi o seu nome na lista de trabalho voluntário de setembro — disse ela.

— E daí?

—Você não pode ficar adiando a realização da sua atividade, Hayley. Todos os alunos têm a obrigação de fazer duas horas de

trabalho voluntário por mês, todos os meses. Você escolheu...
— deu uma checada no monitor — o asilo Santo Antônio. —
Me entregou uma folha de papel. — Há idosos encantadores
vivendo lá, você vai gostar. Uma funcionária precisa assinar essa
guia de comparecimento. Não deixe de entregá-la a Gerta para
poder receber pontos pelas horas passadas com os idosos.

"Trabalho voluntário obrigatório" parecia pura hipocrisia,
mas Benedetti estava muito mais interessada em listas de comparecimento do que em filosofia. Peguei o papel sem assumir
nenhum compromisso.

— Posso ir agora?

— Ainda não. — Ela pegou dois sachês de açúcar, do
autêntico, e deu uma sacudida neles. — Você ficou de castigo
sete vezes desde o começo das aulas.

Tinha sido uma afirmação, não uma pergunta, portanto
não exigia uma resposta.

— Parece que você tem tido algumas dificuldades para se
adaptar ao sistema de educação tradicional.

Mais uma afirmação. Ela estava facilitando as coisas.

Benedetti abriu os sachês e os despejou no café.

— Principalmente em cálculo. Como tem ido?

— Pré-cálculo — corrigi. — Muito bem.

Eu era craque na matemática do cotidiano: fazer a grana
chegar ao fim do mês, calcular quilometragens para controlar
por onde meu pai andara ou quantas latas de tinta eram necessárias para dar um jeitinho na sala. Pré-cálculo é o tipo da matéria
ensinada naquela frequência acústica dos apitos de cachorro, alta
demais para a gente ouvir. Geralmente eu passava as aulas desenhando no caderno zepelins predatórios e exércitos de ursos.

— O Sr. Cleveland acha que talvez você precise de aulas
de reforço.

Algumas afirmações exigem uma resposta. Dei de ombros.

— Ele vai conversar com você sobre o assunto.— Benedetti rasgou a tampa laminada de três embalagens de leite químico, despejou-os num copo e resolveu mudar de tática. — Como vai o seu pai?

Dessa vez, ela deixou que o silêncio se prolongasse, esperando que eu me sentisse constrangida o bastante para abrir a boca. Os soluços da garota na sala ao lado encharcavam o drywall e inundavam o escritório.

— Não me lembro se ele jogava futebol americano ou basquete — disse ela. — Mas tenho certeza de que conheceu o meu irmão caçula. Ele não estava com aquele grupo que se meteu em encrenca por dar uma festa na pedreira depois da final do campeonato?

Voltei a dar de ombros. Papai raramente falava dos seus anos de ensino médio no Belmont, mas eu não ia contar isso a ela. No dia em que nos conhecemos, Benedetti dissera que eu poderia confiar nela e lhe contar tudo. Para mim, uma pessoa que precisa anunciar que é digna de confiança merece mais é que a gente minta.

Ela esperou, sobrancelhas erguidas, querendo que eu falasse mais. Contei os segundos, um após outro, vendo-os caírem como pedregulhos num poço profundo. Benedetti desistiu depois de um minuto e doze segundos.

— A questão é a seguinte: tenho tido muita dificuldade para entrar em contato com o seu pai — começou.

Não respondi.

— Liguei para o emprego dele, mas disseram que ele pediu demissão há duas semanas. Ele tem celular?

*Pediu demissão? Ele pediu demissão?*

Ela se inclinou para frente, como se pressentisse que havia algo errado.

— Por que você precisa falar com ele?

Ela mexeu o café com um palito de plástico preto.

— Precisamos ter informações de contato de todos os pais de alunos. Onde ele está trabalhando agora?

Tínhamos chegado àquele ponto do interrogatório em que eu precisaria soltar algumas informações, se não quisesse correr o risco de piorar as coisas sem necessidade.

— Ele está dando um tempo para poder escrever um livro — respondi.

— Um livro?

A mentira não era lá essas coisas, mas, em minha defesa, devo dizer que eu estava cansada e arrependida por não ter comido aquele bagel no refeitório. Cruzei os braços e fiquei vendo um Sentra vermelho e um Mustang preto cantarem pneus no estacionamento. O Sentra ficou dando voltas e mais voltas pelas fileiras, procurando uma vaga perto do prédio, sem encontrar nada.

— Sobre a guerra — acrescentei.

— Perfeito. — Ela parou de mexer o café. — Também quero convidá-lo para participar da nossa reunião do Dia dos Veteranos.

— Poupe sua língua — fui logo avisando. — Ele detesta esses troços.

O Mustang seguiu direto para a fileira dos fundos, a única que ainda tinha vagas, e estacionou debaixo de uma árvore com folhas num tom de laranja tão intenso que mais parecia uma abóbora fosforescente — um bordo canadense.

— Foi o que a sua madrasta disse.

A palavra explodiu na frente dos meus olhos e incendiou o teto. Fiz um esforço para virar a cabeça e me concentrar na árvore, contando *dois, três, quatro, cinco*, antes de responder:

— Eu não tenho madrasta.

Benedetti assentiu.

— A primeira vez que ela ligou, eu cheguei o seu registro. Estava certa de que você não tinha mencionado essa pessoa. Mas ela foi persistente. Depois de vários telefonemas, me mandou por e-mail os documentos que provavam que tinha sido sua guardiã legal nas ocasiões em que seu pai fora convocado.

— Eles nunca se casaram.

— Mas você viveu com ela — Benedetti voltou a olhar para a tela —, dos seis aos doze anos de idade.

— E aí ela foi embora.

Benedetti tornou a mexer o café.

—Vejo que você ainda guarda ressentimentos dela.

— Nenhum, é só uma escrota idiota.

Alguém bateu à porta discretamente antes que eu pudesse dar um tapa na boca por falar demais.

Benedetti foi atender e ficou ouvindo a pessoa por um instante.

— Só um minutinho.

Algumas folhas caíram do bordo canadense nos fundos do estacionamento. Durante seis anos vivi com Trish, era o que dizia o computador de Benedetti. Mas quer mesmo saber a verdade? Eu mal me lembrava. Uma ou outra recordação se acendia aqui e ali, como vagalumes que se apagavam antes de eu poder dar uma boa olhada neles. Os anos antes de Trish? Berloques em formato de nuvem num colar, cheiro de limão, zumbido de abelhas num jardim. Os anos de Trish? *Cero. Méi shén me.*

Os anos depois?

Quando ela foi embora, papai e eu viajamos pelo país num caminhão amassado — ele dirigindo, eu ao lado —, parando de vez em quando em cidadezinhas do interior que pareciam ilhas no meio de um mar de milho, neve ou areia. Ficávamos um ou dois meses por lá, até o passado alcançar papai e nos soprar porta afora. Os quilômetros percorridos pelos pneus ajudavam a apagar tudo que não queríamos relembrar, o passado se esfumando num vago padrão de sombras mal-entrelaçadas que ficavam muito longe, o lugar certo para elas.

De repente, meu coração disparou e *não, não, não. Não vou pensar nisso. Não preciso. Não quero. Não vou. Basta respirar. Está tudo bem. Eu estou bem. Papai está bem. Concentre-se, concentre-se.*

Bordo canadense.

Fileiras de carros. Para-brisas refletindo raios de sol.

Asfalto. Linhas de piche preenchendo as rachaduras.

*Respire.*

A garota na sala ao lado tinha parado de chorar.

Benedetti voltou e se sentou.

— Muito bem, onde é que nós estávamos mesmo? — Deu um longo gole no café e colocou o copo ao lado do teclado, a borda manchada de gloss bege. — Sua madrasta está preocupada com você e com seu pai. Ela me contou algumas coisas que contradizem o que ele disse quando matriculou você. Mais uma razão por que preciso conversar com ele.

— Ela não é minha madrasta. — Me levantei. — É uma bêbada, uma mau-caráter de merda que não consegue abrir a boca sem mentir. Ela... Não quero que fale com ela sobre mim. Posso ir?

Ela balançou a cabeça devagar.

— Compreendo o que você está dizendo, mas mesmo assim vou precisar conversar com seu pai. Se ele não quiser me ligar, posso dar um pulo na sua casa.

— Ele vai ligar — afirmei. — Eu mesma vou cuidar disso.

— Mais uma coisa. — Benedetti abriu a gaveta de cima da mesa e tirou um envelope lacrado. Meu nome estava escrito na frente em tinta preta, numa caligrafia de letras finas e irregulares que eu conhecia muito bem.

— Ela mandou isso aqui. — Benedetti pôs o envelope em cima dos meus livros. — A mulher que, segundo você, nunca foi sua madrasta. Ela me pediu para lhe entregar esse envelope.

Abri o livro de pré-cálculo e enfiei o envelope entre as páginas.

— Não vou nem ler.

—Você é quem sabe. Ah, e não se esqueça de fazer a inscrição do SAT (vestibular). O prazo está acabando.

## - * - 9 - * -

Em vez de ir para a aula de pré-cálculo, passei pela central de computação, contornei a ala de música, os fundos do refeitório e a entrada dos fundos da biblioteca. Mostrei meu Passe de Atraso para a Srta. Burkey, a última bibliotecária que restara depois que a diretoria da escola demitira as outras, e caminhei apressada até o fim do corredor de não ficção do jeito que Gracie me ensinara: como se estivesse numa missão. Quando a Srta. Burkey voltou sua atenção para um grupo de caras falando alto na sala de consulta digital, saí do esconderijo e comecei a procurar alguma coisa autêntica para ler, pois assim distrairia o cérebro e impediria que ele implodisse.

Uma mesinha coberta com uma toalha vermelha tinha sido montada perto da nova bancada de livros. Um cartaz de papelão com os dizeres CONSCIÊNCIA DO GENOCÍDIO fora colado à beira da mesa, e havia uma faixa com os dizeres UM SÓ MUNDO pendurada na parede ao fundo. Uma caixa de Snickers e um Tupperware com brownies caseiros tinham sido postos na mesa ao lado de fotos plastificadas de corpos mutilados. Uma poça de sangue escuro se formava na terra, lentos filetes escorrendo em direção ao fotógrafo. Num retrato, a mão de uma criança segurando uma boneca de trapos se projetava por baixo de uma pilha de adultos desmembrados.

Uma ficha mostrava o preço dos lanches: *Brownies $1, Chocolates $2.*

Uma menina minúscula com anéis em todos os dedos sentara-se à mesa, lendo um surrado livro de bolso.

— Isso é um clube? — perguntei. — Um clube de consciência do genocídio?

— Um Só Mundo é mais do que um projeto de conscientização do genocídio. — Ela colocou uma tira de papel dentro do livro para marcar a página. — Nós construímos escolas no Afeganistão e cavamos poços artesianos em Botswana.

— E os membros do clube têm a oportunidade de viajar a esses lugares, para... enfim, fazer o trabalho?

— Quem dera — respondeu ela. — Nós tentamos conscientizar as pessoas. E levantar fundos. Os chocolates são os que têm mais saída. Quer um?

— Prefiro um brownie. — Pus a mão no bolso e fiquei procurando moedas, enquanto ela colocava um brownie numa sacola de plástico para mim. — Obrigada. — Entreguei-lhe as moedas, e ela estendeu meu almoço.

— Nós nos encontramos todas as quartas — anunciou. — Na sala da Srta. Duda, 304, perto da escada.

Peguei o brownie.

— Essas fotos não chocam as pessoas?

Ela fez que não com a cabeça.

— Ninguém nem olha.

## -*- 10 -*-

O professor de matemática notou a hora exata que Benedetti marcara no meu Passe de Atraso e calculou que eu tinha matado um terço da aula. Levei uma bronca tão quilométrica, que tive de correr para chegar à aula de inglês. Dei sorte: a Srta. Rogak ainda estava no corredor, batendo altos papos com o professor de informática, que sempre usava na camisa um enorme bóton azul com a palavra SINDICATO. Passei depressa por ela e entrei na sala.

Minha carteira de sempre, no fundo do corredor do meio, já estava ocupada pelo Brandon Sei-lá-o-quê, um tenista que constantemente usava errado a palavra *literalmente*. Eu precisava daquela carteira. Tinha a melhor vista da porta e uma parede sólida para eu me encostar. Se a *encrenca* resolvesse entrar na sala, eu teria bastante espaço para manobras. Sim, eu sabia que era pura paranoia. Sabia que Trish não invadiria minha aula de inglês com uma tropa de elite, mas ouvir o nome dela, saber que estava rondando por ali e poderia dar as caras para tornar a minha vida ainda pior me deixara à beira de um ataque de nervos. Para sentar nos fundos da sala, o corredor do meio não era uma opção: era uma necessidade.

— Você está na minha carteira — avisei a Brandon Sei-lá-o-quê.

— Senta na minha cara — respondeu ele.

— Cai fora — ordenei.

— O que é que você me dá em troca?

Algumas cabeças se viraram para nos olhar.

Senti a adrenalina subir no sangue.

— Que tal um chute no saco?

Antes que ele pudesse responder, a Srta. Rogak entrou na sala fazendo *toc-toc* com os saltos altos, e bateu a porta com tanta força que interrompeu os risinhos e a conversa.

— Aqui na frente, Brandon — decretou. — Não preciso de você tramando aí atrás hoje. Abram os livros, todos vocês. E prestem atenção.

Brandon deu uma esbarrada em mim ao ir com os livros para a carteira vaga na frente.

— Vadia — sussurrou.

A Srta. Rogak pediu que Melody Byrd lesse a passagem da *Odisseia* em que Circe tenta enfeitiçar Odisseu:

*"Agora vocês são cascas queimadas, seus espíritos abatidos,
   murchos,
Sempre recordando as perambulações passadas,
Sem que jamais seus corações se elevem com alegria —
Pois sofreram demais."*

Fiquei olhando para a página até as letras se derreterem no papel. O envelope de Trish esperava dentro do livro de matemática. Tiquetaqueando. O suor escorria pelo meu pescoço e encharcava a camiseta. Continuei respirando, *devagar, devagar, pausadamente,* mas as mãos não paravam de tremer. Por que ela tinha ligado para a Benedetti? Como tinha descoberto onde morávamos?

A página começou a se dissolver na carteira e eu fechei os olhos.

Uma faca rasgou o véu entre o Presente e o Passado, e eu caí...

*rasgando... Papai segura minha mão. Uma mulher estranha para diante de nós. Seu nome é Trish e agora eu tenho que amá-la...*

*rasgando... Trish grita mais alto do que as sirenes, mais alto do que um helicóptero...*

*rasgando... Monstros rastejam para fora do videogame. O sangue do papai encharca o sofá e pinga no chão...*

A voz da Srta. Rogak subiu uma oitava.

— Será que nenhum de vocês entende o que Homero está dizendo? Por favor, estou pedindo. Alguém?

Será que ela tinha mandado algum e-mail para o papai?

Será que tinha virado a cabeça dele de novo, e era por isso que estava piorando? E se ela estivesse lá em casa, manipulando-o, mentindo para ele, partindo seu coração enferrujado em mil pedaços?

*Tenho que ir para casa. Agora.*

– * – **11** – * –

Finn estava diante do seu armário, como Topher dissera que estaria.

— Oi. — Bati no seu ombro.

Ele virou a cabeça, surpreso.

— Hum... — comecei. — Isso é meio constrangedor, mas não tenho escolha.

Ele abriu um sorriso.

— Já parece maravilhoso.

Engoli em seco. O pânico estava piorando.

— Sem piadas, por favor. Preciso de uma carona. Para casa. Preciso desesperadamente de uma carona para casa.

— Tudo bem. Me encontra aqui às duas e meia.

— Eu preciso de uma carona para casa agora. É uma emergência.

— Mas eu tenho aula de física. — Ele franziu a testa. — Você está bem? Quer ir à enfermaria?

— Tá, não, estou, quer dizer... — Pressionei a testa com a palma da mão, tentando não perder o controle diante do cara e de mais trezentos estranhos no corredor. — Não há nada de errado comigo. Meu pai está doente, eu preciso ir para casa, você tem carro, por isso achei que de repente...

A campainha tocou com tanta estridência que eu levei um susto, e continuou tocando, tocando, tocando, enquanto os corredores se esvaziavam. Finn disse alguma coisa, a boca se movendo, mas não consegui ouvi-lo.

— Deixa pra lá — falei, me afastando depressa.

Caminhei tão rápido quanto tive coragem; *não corra, não deixe que eles notem*. Pelos corredores, passando por portas abertas onde o vozerio parecia sempre o mesmo: professores começando uma aula, alunos agitados. Atravessando o auditório, saindo pelas pesadas portas de metal. Cortando caminho pelo gramado ao redor do mastro e pelo estacionamento dos visitantes, entrando no dos alunos.

— Miss Blue! — gritou alguém.

Comecei a correr.

Cada passo que me aproximava de casa me deixava mais ansiosa. *Será que ela está lá em casa? O que ela quer? Como posso pôr um ponto final nisso?*

— Oi. — Finn segurou meu braço, me obrigando a parar a duas fileiras do bordo canadense cor de abóbora. — Quer que eu te leve?

—Você não tinha aula de física? — Eu me virei para ele.

— Já estudei tudo. Nunca ouviu falar no Demônio de Maxwell? Segunda lei da termodinâmica. Não serve pra nada. Me dá aqui.

— Dar o quê?

—Você está tremendo. Me dá aqui os seus livros e veste o agasalho.

Ele não mencionou o fato de não estar ventando e o sol estar quente. Entreguei os livros, coloquei a mochila no chão e desdobrei o moletom de qualquer jeito, tentando parar de tremer e suar, tentando abafar a explosão que me subia pela coluna.

Enfiei a cabeça no buraco do pescoço e os braços nas mangas.

— Sabe que isso pode te causar problemas, não sabe?

— Já estou mais que acostumado com problemas. — Ele se perfilou como um soldado e se inclinou. — Finnegan *Problemas* Ramos, às suas ordens, Miss Blue.

— Para de me chamar assim.

## – * – 12 – * –

Não notei muita coisa no carro de Finn. Tinha um para-brisa, portas, um volante, cintos de segurança; era só disso que eu precisava. Ele pôs a chave na ignição, o motor pegou. Engrenou uma primeira e as rodas giraram.

A névoa me cercou enquanto ele saía do estacionamento, pouco depois de eu explicar onde morava. Lutei contra ela usando os truques do papai: *Recite o alfabeto. Conte em espanhol. Imagine uma montanha, o pico de uma montanha, o pico de uma montanha no verão. Continue respirando.* Demorou alguns segundos, mas venci. A névoa se afastou dos meus olhos serpenteando, sussurrando que voltaria em breve.

— Você saiu um pouco do ar — observou Finn.

— Dá pra dirigir mais depressa? — perguntei.

— Estou respeitando o limite de velocidade.

— Ninguém respeita o limite de velocidade.

— Eu respeito, sou um bom motorista — respondeu ele. — Tão bom que, quando levei minha mãe de carro para a consulta com o podólogo no sábado passado, ela pegou no sono.

— Por que ela mesma não dirigiu? O pé estava doendo?

— Essa não é a pergunta certa.

— Como assim?

— Você deveria ter perguntado: "Por que ela pegou no sono?" E a resposta seria: "Porque eu sou um bom motorista." Sacou? Sou tão bom motorista que ela desmaiou de tédio.

— Ah, tá. Isso é uma piada?

— Era pra ser.

— Só que não.

— Droga. — Ele deu seta, checou todos os espelhos duas vezes e entrou na ruela seguinte. Minha perna esquerda balançava sem parar num tique nervoso, enquanto eu me segurava para não agarrar o volante e enfiar o pé no acelerador até o fundo.

O sinal ficou amarelo. Finn pisou no freio, fazendo o carro parar um segundo antes de o amarelo passar para o vermelho. As ruas estavam desertas em todas as direções.

*Para casa.* Eu preciso ir *para casa.*

— Não tem ninguém vindo — observei.

— Como assim?

— Não tem trânsito.

— E daí?

— Daí que você pode avançar.

— O sinal está fechado.

— Está quebrado. Com defeito. Pode ir, não tem nenhum guarda à vista.

— A gente só está aqui há dois segundos.

— Deve ter uns dois minutos. Vai.

— Já entendi. — Ele se virou para mim. — Expediram um mandado de prisão para você. O FBI, a CIA e a Interpol estão na sua cola. Qual foi o motivo, assalto a uma joalheria? Contrabando de pandas?

— Não estou a fim de piadas hoje. E, mesmo que estivesse, você não é engraçado.

O sinal abriu.

Ele acelerou lentamente.

— Tem certeza de que está se sentindo bem?

— Absoluta.

Seguimos em silêncio. Cravei as unhas nas palmas das mãos quando três carros e uma senhorinha enrugada dirigindo uma lambreta cor-de-rosa nos ultrapassaram. Um quarteirão depois, ele virou à direita (seta ligada cedo demais, todos os espelhos checados e rechecados — para virar à direita, pelo amor de Deus, ainda por cima já estando na pista da direita, rente à calçada), diminuiu a velocidade diante de outra placa que mandava reduzir no sinal amarelo e comemorou com a cabeça quando ficou vermelho, como se fosse um gênio por ter previsto esse acontecimento.

— Está vendo?

—Vendo o quê?

—Vendo como foi boa ideia diminuir a velocidade em vez de avançar aquele sinal, como você queria que eu fizesse?

— Eu não disse nada.

—Você estava pensando em voz alta. As palavras "Vai nessa!" apareceram em cima da sua cabeça em néon azul.

— Tá legal.

— Não, falando sério. A-há! Olha lá! Um carro da polícia acabou de sair daquele posto de gasolina e está bem atrás de nós.

Observei o espelho lateral. Os óculos escuros do guarda olhavam para nós. Sua boca se mexia.

*Ameaça*

— Ele está se preparando para te abordar — falei. — Suas lanternas traseiras estão apagadas? Você já foi preso? Não tem nenhum baseado aqui no carro, tem? Não quero ser presa. Não posso ser presa. Tenho que ir para casa.

— Não precisa entrar em pânico. Você não vai ser presa.

Minha boca ficou seca.

— Nós podemos ser presos por sairmos da escola?

Ele riu.

—Tá falando sério?

Não respondi. O sinal abriu. Finn avançou com as mãos no volante, o marcador lentamente subindo para cinquenta quilômetros por hora.

— O limite de velocidade aqui é de sessenta.

*Avaliação*

Olhei para trás. O carro da polícia estava a dois metros de nós.

— Ele pode te parar por dirigir devagar demais, sabia?

— Isso não vai acontecer. Não avançamos nenhum sinal, tampouco estamos ultrapassando o limite de velocidade. Por acaso tem um policial dirigindo atrás de nós, só isso. Na certa, deve estar indo a algum restaurante.

Observei o espelho lateral, esperando que o guarda acendesse as luzes e ligasse a sirene.

— Não diga "tampouco". Faz você parecer um nerd.

— Me faz parecer um nerd muito inteligente.

— Pessoas muito inteligentes não se exibem. Além disso, "tampouco" é um arcaísmo.

— A palavra "arcaísmo" é que é um arcaísmo.

Finn parou em outro sinal. O policial se aproximou tanto que deu até para ver a grade que separa o banco da frente e o traseiro, onde eles põem os suspeitos. Meu coração começou a palpitar.

— Vou descer aqui. — Tentei engolir o gosto amargo na boca. — Já está bem perto.

— Não, não está.

— Fui eu que te procurei no estacionamento. — Abri o cinto de segurança.

— Como assim?

— Se aquele guarda te abordar, você não me conhece. Não estudo na sua escola. Descolei uma carona com você no estacionamento da fábrica de laticínios. Você estava me acompanhando até o ponto de ônibus, mas eu mudei de ideia. Entendeu?

— Não, não entendi. Que foi que aconteceu?

— Obrigada pela carona. Vou escrever aquele artigo pra você. Só que... — Abri a porta. — Eu tenho que ir.

*Ação*

## — * — 13 — * —

As pernas se projetavam por baixo da frente da picape. O dedão da bota direita apontava para o céu. A outra estava tão inclinada para a esquerda que chegava a se deitar no chão, como se ele estivesse dormindo, ou...

Meu coração deu um pulo, dois.

Ele começou a assobiar. Desafinado. *Hotel California*, dos Eagles.

Fiquei tão aliviada que quase vomitei.

Spock latiu e papai rolou de baixo da picape para ver por quê. Sentou-se e fez sombra aos olhos, as mãos sujas de graxa manchando a testa e o corte reco grisalho.

— É você, princesa?

Agachei para fazer festinha nas orelhas do Spock.

— Oi, pai.

As manchas roxas debaixo dos olhos eram consequência da falta de sono, não de uma briga: tinha acordado aos berros três vezes na noite anterior. Ele se levantou e pegou um trapo no bolso traseiro para limpar as mãos.

— Você não deveria estar na escola?

— E você não deveria estar no trabalho?

— Perguntei primeiro.

— Conselho de classe — respondi. — Sua vez.

— O radiador está vazando.

A picape, uma Ford F-150 XL 82, com motor V-8 Small Block de cinco litros, ia viver muito mais do que a gente. Alguns dias ele limpava tudo, ficava mexendo e remexendo como se o futuro do mundo dependesse de um câmbio macio e de um motor que não aquecesse demais.

— Você deveria é estar trabalhando no caminhão. — Indiquei com a cabeça o celeiro maltratado. O cavalo mecânico estava plantado lá desde o dia em que tínhamos nos mudado. — Nunca vai conseguir o preço que está pedindo se não fizer isso.

— Vou vender no estado que está. — Pegou uma chave inglesa na caixa de ferramentas e deslizou para baixo da picape.

Encontrei a outra esteira com rodinhas perto da lata de lixo e deslizei para baixo da picape ao seu lado. O cheiro de gasolina, óleo, ferrugem e fluido para radiador me relaxou um pouco. A meia tonelada de metal acima de nós parecia nos proteger de tudo no mundo exterior. Respirei fundo, e o nó no estômago afrouxou.

— Outro dia legal na escola, não foi? — perguntou ele.

— Nem um pouco — respondi. — Você jogou futebol americano com o irmão da Srta. Benedetti?

— Joguei basquete. — Ele limpou a sujeira de um para-fuso com o trapo. — Lou Benedetti. Não pensava nele há anos. Garoto alto, tão desengonçado que mal conseguia andar. Passava a maior parte do tempo no banco.

— Você adora futebol americano. Por que não entrou para o time?

— Porque era exatamente isso que o seu avô queria que eu fizesse — respondeu papai. — Quer pegar para mim uma chave de catraca de um quarto de polegada? Para um soquete de dez milímetros.

Deslizei para fora, encontrei a chave certa na caixa de ferramentas, deslizei de volta e lhe entreguei.

— Por que você estava falando com a Srta. Benedetti? — perguntou ele. — Matemática?

— Ela disse que eu deveria te perguntar sobre uma festa que deram na pedreira.

— História chata. Teve uma fogueira, dois garotos foram em cana, um terceiro levou um soco e perdeu um dente. Aliás, não fui eu que dei o soco.

— Não achei a história chata.

—Tem um monte de histórias sobre aquele lugar. A maioria é inventada, mas dois garotos morreram lá. Não na nossa festa. Foi por isso que a consideraram chata.

— A Srta. Benedetti ligou para o número do seu emprego. A pessoa que falou com ela disse que você tinha pedido demissão.

O vento soprou algumas folhas mortas para baixo da picape. Os lábios se apertaram. As cicatrizes dos estilhaços de bala no contorno do rosto brilharam como fragmentos de ossos num leito de cinzas frias.

— O que você contou para ela?

— Pediu demissão ou foi demitido? — perguntei.

— Não importa.

Seu tom de voz deixava claro que a discussão sobre o assunto estava oficialmente encerrada, mas era aí que ele se enganava. A diferença entre pedir as contas e ser demitido era enorme. Voltar a morar ali e arrumar um emprego deveria manter a loucura longe.

— Por que ela me ligou? — perguntou ele.

— Alguma coisa a ver com uma reunião sobre o Dia dos Veteranos — respondi. — Esqueci a outra coisa.

*Trish.*

Dizer o nome dela em voz alta seria o mesmo que dar a ele um copo de veneno bem doce e gelado para beber. Desceria sem problemas, mas, depois de algumas horas, ele sentiria dor de cabeça e começaria a respirar com dificuldade. Suas pernas ficariam paralisadas, os olhos deixariam de enxergar, as palavras sairiam arrastadas. Por fim, todos os órgãos entrariam em falência, um após o outro, e ele morreria mais uma vez.

— Já esqueceu? — Estranhou.

— Alguma coisa a ver com uns documentos da escola — inventei. — Ela disse que viria aqui para conversar com você a respeito, se não quiser falar por telefone.

— Ela sempre foi uma mala sem alça. — Ele deixou o parafuso solto cair na palma da mão e retirou a rosca. — Vou ligar para ela amanhã.

*Merda.*

— Nesse caso, preciso de um favor.

Ele suspirou, virando a cabeça para mim.

— O que é?

— Hoje não foi conselho de classe.

Esperei pela resposta. Ele olhou direto para o motor e aplicou a chave no parafuso seguinte.

— Você tem que dar uma ligada para a Sala de Frequência — continuei. — Dizer a eles que eu tive uma consulta médica.

Ele bateu no parafuso com o cabo da chave.

— Por favor, pai!

Alguns flocos de ferrugem caíram no seu rosto.

— Você prometeu, Hayley. Nós voltamos a morar aqui para você poder ir à escola.

— Nós voltamos para você poder arrumar um emprego normal. E se manter nele.

— Não mude de assunto.

— É o mesmo assunto. Você pediu demissão. Por que eu não posso fazer a mesma coisa? Deixa eu fazer um supletivo pela internet, e aí eu começo as aulas on-line em janeiro.

— Que é isso, menina, agora vai querer bancar a minha babá?

Não respondi. Ele bateu várias vezes no metal gelado com a chave, a ferrugem chovendo no seu rosto. As batidas pareciam um sino rachado prestes a se partir em mil pedaços.

— É isso? — cobrou ele.

Eu precisava mudar o ângulo de abordagem para ele não achar que eu o estava desrespeitando.

— Não estou bancando a sua babá — respondi. — Só estou tentando me salvar. Aquele lugar é horrível. Eles fazem simulações de atentados terroristas. Você quer mesmo que eu passe todos os dias num lugar desses? Me obrigar a ir para lá é uma *punição cruel e bizarra*.

O parafuso teimoso finalmente se moveu. Ele o sacudiu algumas vezes com a chave.

— Me poupe da Oitava Emenda.

— Eu preparo uma macarronada para você todas as noites durante um ano se me deixar sair de lá.

Ele girou o parafuso da rosca entre os dedos.

— Nada feito.

— Começo amanhã mesmo — tentei. — Macarronada e purê de batata com bacon.

— Você vai para a escola como todos os outros alunos do último ano. — Limpou a ferrugem do rosto. — Mas eu minto sobre a consulta médica se me trouxer a garra de torno e uma cervejinha gelada.

## — * — 14 — * —

Gracie me mandou uma mensagem às onze e meia da noite:

*fin quer teu tel quem?*

*fin o bbdrvl*
*não*
*pq ñ?*
*pq não e pronto*
*maspqñpqñpqñ?*
*pqnãoeprontopqnãoeprontopqnãoepronto*

Passei horas procurando mais informações sobre Trish na internet. Ela não tinha nenhuma página em redes sociais, pelo menos não que fosse pública. Encontrei algumas pessoas dos seus tempos de ensino médio tentando localizá-la para uma reunião, mas nenhuma sabia onde ela estava. Todas já haviam tentado os números de telefone e endereços que encontrei no Texas, em Nebraska e no Tennessee, mas ela não estava em parte alguma.

Gracie tornou a me escrever:

*pq ele quer teu tel?*
*sei lá pergunta pra ele*

Trish havia sido mencionada no obituário da mãe três anos antes. Dois meses depois, fora presa por dirigir bêbada. O jornal não dava detalhes sobre o julgamento, se é que tinha havido um. Provavelmente, livrara a cara em relação a isso também.

Mandei uma mensagem para Gracie:

*e aí?*
*e aí o q?*
*pq ele quer meu número?*
*1 seg*

Peguei um isqueiro na gaveta mais alta da escrivaninha e acendi uma vela de baunilha. O cheiro de mofo e umidade no teto de gesso rebaixado estava ficando cada vez mais forte. (O teto tinha pingado durante algumas semanas depois de nos mudarmos, mas ia demorar um pouco até termos grana para trocar o revestimento.)

> *fin disse q vc roubou a caneta dele*
> *q mentira*
> *quer d volta*
> *não to com a caneta dele*
> *ele é nddr*
> *?*
> *fin é nadador de borboleta devia v ele nu*
> *o tanquinho afff*
> *qdo vc viu ele nu?*
> *D sunga d ntssão fica ainda melhor q nu*
> *\*natação*
> *vc só pensa nisso Gra*
> *ele é bom nadador?*
> *dspta camps*
> *ele quer tel do teu adiv*
> *adiv?*
> *\*advogado*

Dei uma olhada por entre as cortinas. Papai ainda estava na entrada da garagem.

> *ele quer tua ficha pol*
> *diz p ele q eu matei meu último advogado pq ele encheu meu saco*

Enfiei o dedo sob a aba do envelope de Trish e o abri. A borda afiada do papel cortou a ponta do meu dedo. Soltei um palavrão e enfiei o dedo na boca.

*ele quer saber se vc é gay*

*sou*

*kct!!!*

*????!!!????*

*sério????*

*quer sair comigo?* ☺

*???*

*relaxa, não sou gay*

*tem certeza????*

*Eu não pegaria vc*

*quem fas teu tipo?*

*gente que sabe escrever direito*

*fin diz q sabe scrvr mt bem*

Estava fazendo um frio de rachar, cinco graus. Papai ainda trabalhava na picape, naquele gelo, usando jeans e camiseta. Dizia que não sentia nada.

Tirei o dedo da boca e o examinei sob a luz. O corte era invisível, até eu pressionar o polegar logo abaixo dele. O sangue aflorou, um balão molhado que estourou e escorreu pela unha do polegar, pingando no envelope. Tirei a carta de dentro, mantendo-a dobrada, e esfreguei o corte em cima dela.

Meu celular vibrou novamente.

*sabe qts gts querem q o fin lg p elas?*

*lg?*

*\*ligue*

*boa noite Gra zzzzzzz*

Desliguei o celular, abri a gaveta mais alta da escrivaninha e tirei a faca de caçador de baixo da pilha de meias. (Papai a comprara para mim no Wyoming, quando decidira que eu já tinha idade bastante para ir ao banheiro da rodoviária sozinha à noite.) Cortei a carta em tiras, enfiei-as no envelope e o levei junto com a vela até o banheiro. Depois de trancar a porta, apagar a luz e abrir a janela, encostei o envelope na chama da vela e fiquei vendo no espelho o fogo devorar o papel até ter que soltar a vela na pia para não me queimar.

# – * – 15 – * –

Meu professor de matemática estava de marcação comigo, e o fato de não ter me avisado sobre o teste da quarta-feira era uma prova disso. Ou, se me avisou, não deixou cem por cento claro onde exatamente seria o teste, nem o fato de que se tratava de uma Prova Séria, não uma múltipla escolha boba.

1.  Encontre um polinômio com coeficientes íntegros que tenham os seguintes zeros: – 1/3, 2, 3 + $i$.
2.  Matthew atira uma Pop-Tart em Joaquim enquanto está sentado à mesa para almoçar. A altura (em centímetros) da Pop-Tart acima do chão $t$ segundos depois é dada em $a(t)=40t^2+80t+90$. Qual é a altura máxima atingida pela Pop-Tart?
3.  E daí foi ficando cada vez pior até o fim da prova.

Todas as minhas respostas foram desenhos de unicórnios de armadura. Cinco minutos antes de o tempo acabar, a voz do diretor passou um sermão na escola inteira porque a gente tinha ferrado completamente a simulação de atentado terrorista na semana anterior. Desenhei uma bomba-relógio debaixo de um dos unicórnios.

* * *

Um cara que eu nunca tinha visto esbarrou em mim no meio da multidão enlouquecida que era a ala de matemática depois da aula, derrubando meus livros no chão e me empurrando contra o armário. Os amigos dele, que tinham QI de filhote de urubu, caíram na gargalhada. O professor de geometria, que estava parado diante da porta, me encarou e deu as costas.

— Precisa de ajuda? — Finn se ajoelhou ao meu lado e me entregou o exemplar da *Odisseia*.

— Não. — Pus o exemplar em cima dos outros livros e me levantei.

— Posso pegar o cara lá fora, se você quiser.

— Duvido.

— Poucas pessoas sabem disso, mas eu sou um assassino profissional treinado em krav maga e faixa preta de jiu-jítsu. Eu também sei, com algumas dobras, transformar uma folha de caderno comum numa arma letal. Ou numa borboleta, que é um ótimo truque quando trabalho de babá.

Contive um sorriso.

— Um assassino profissional que trabalha de babá.

— Só dos gêmeos Greene, e só porque os pais deles têm todos os canais premium do planeta. — Fez uma pausa para deixar que um grupo de garotas do primeiro ano passasse entre nós. — O ceticismo no seu rosto prova que a minha mentira foi convincente. Isso é bom, reduz as chances de que inocentes possam sair feridos.

— É sério? Está se referindo ao fato de que você é um nerd magricelo encarregado de um jornal inexistente?

— Em desenvolvimento, não inexistente. Estou quase ressuscitando o jornal sozinho. Aliás, para onde estamos indo?

— Aula de inglês. — Desviamos de um cara que era mais ou menos do tamanho e do formato de um banheiro químico.

— Ramos — resmungou o cara.

— Nash — devolveu Finn.

— Amigo seu? — perguntei, assim que o cara se afastou.

— Nós treinamos juntos. MMA. Precisa só ouvir como o cara berra quando eu aplico uma chave de braço nele estilo Kimura.

—Você inventou isso.

— O quê?

— Kimura. Esse nome não existe.

— Existe, sim senhora.

A campainha tocou no instante em que entramos na sala da Srta. Rogak.

— Espera aí! — Ele ficou entre mim e a porta. —Você prometeu.

— Do que está falando?

—Você me prometeu um artigo.

— Não prometi, não.

— Prometeu sim, logo antes de sair correndo do meu carro e uns dez minutos depois de me obrigar a matar a aula de física. "O Mundo de Riquezas da Biblioteca", foi o que você me prometeu.

Um sininho tilintou na minha cabeça. *Dããã*. Então era por isso que ele tinha ficado atrás da Gracie para conseguir o meu telefone na noite anterior. *Que idiota que eu sou.* Ele queria me cobrar a porcaria do artigo.

— Eu não te obriguei a matar aula. Foi você quem me ofereceu carona.

—Você implorou.

— Eu *pedi*.

—Você fez cara de cachorrinho pidão. Isso é o mesmo que implorar.

— Eu nunca fiz cara de cachorrinho pidão pra ninguém na minha vida.Você tá louco.

— Gracie disse que você gosta de implicar com as pessoas. Olá, Srta. Rogak. Como vai Homero?

— Finnegan — cumprimentou a Srta. Rogak, com um curto aceno de cabeça. — Tenho sua permissão para começar a aula?

— Sarcasmo de primeiríssima qualidade, madame — disse Finn, começando a andar de costas. — Mandou bem.

— E você, Hayley Kincain — disse ela —, pretendia só nos ameaçar da porta ou se juntar a nós?

## -*- 16 -*-

A carteira na última fila que eu queria já estava ocupada, mas não por Brandon Sei-lá-o-quê, por isso sentei na que estava vaga perto da janela por onde o vento entrava. A Srta. Rogak apertou um botão no notebook para mostrar a imagem de um fortão bronzeado, com uma cabeleira preta entremeada de fios grisalhos, brandindo uma espada ensanguentada em direção ao céu, o rosto inclinado para trás, a boca aberta num grito de vitória.

ODISSEU, dizia a legenda.

Antes que os risinhos e os comentários boçais ficassem muito altos, ela apertou o botão de novo. Uma idosa mirrada, vestindo um hábito religioso, os cabelos cobertos por um longo pano branco, ajoelhava-se no chão, os braços em volta de uma criança esquálida e seminua que parecia à beira da morte. Levava uma xícara aos lábios da criança.

MADRE TERESA.

O terceiro slide mostrava as duas imagens lado a lado.

— Qual dos dois é o herói? — perguntou Rogak. — E por quê?

Cochilei de olhos abertos durante o resto da aula.

# – * – 17 – * –

Finn estava esperando por mim no corredor depois da aula.

—Você terminou o artigo?

— Eu nunca disse que iria fazer. — Bocejei. — De mais a mais, você achou que eu escreveria durante a aula?

— É claro. — Ele continuou ao meu lado até o fim do corredor. — O que você tem agora?

— Educação física.

— Perfeito! Vai conseguir terminar em quinze minutos.

Passei os livros para o braço direito, pois assim eu poderia cutucá-lo "sem querer" com as pontas duras das capas.

— Não vou escrever nada.

— Mas ontem... — Ele fez uma pausa enquanto nos misturávamos ao tráfego que fluía pelas escadas. — Por falar nisso, como vai o seu pai?

— Muito bem. — Me desviei de um círculo de gente que se formara em torno de uma briga e apertei o passo na esperança de deixar Finn para trás. E teria deixado, se não fosse por um bloqueio na altura do refeitório causado pela fila do almoço, que se estendera até o corredor.

Franzi o nariz, farejando. *Dia de comida mexicana.*

Finn me alcançou em um segundo.

— Que bom que ele está se sentindo melhor. Só preciso de duzentas palavras.

— Eu. Já. Disse. Que. Não! — falei.

Quer dizer, na verdade, eu quase gritei.

O pessoal que comprava o almoço fez silêncio, e alguns garotos do primeiro ano, com olhos arregalados e bigodinhos de penugem, se afastaram em direção às paredes, abrindo caminho para nós. Abaixei a cabeça e passei apressada por eles.

Finn continuou nos meus calcanhares.

— É que eu preciso mesmo dessa ajuda — insistiu. — Cleveland disse que o jornal foi para o paredão de novo. Publicar um artigo escrito por um aluno-repórter de fato pode ajudá-lo a convencer a diretoria a deixar o jornal em paz.

Parei diante da porta do vestiário feminino.

— Por que você mesmo não escreve?

Ele deu um passo atrás, magoado.

— Sou o editor. Não escrevo, e sim edito, menos a seção de esportes, que eu escrevo por amor, não por obrigação. Além disso...

— Espera aí. Você disse Cleveland?

— Disse.

— O Sr. Cleveland? O professor de cálculo?

— De pré-cálculo, na verdade. E também de álgebra e de trigonometria.

— Mesmo que eu quisesse fazer isso, o que não é o caso, o Sr. Cleveland não me deixaria escrever para o jornal. Ele me odeia. Tem horror a mim. Se eu fosse você, não mencionava meu nome com ele, nunca. Faz subir a pressão arterial do cara.

Duas garotas passaram por nós e entraram no vestiário.

— Tenho que ir — falei, mão na porta. — Mais uma vez, obrigada pela carona.

—Você está enganada em relação ao Cleveland. — Ele destampou uma canetinha Sharpie, segurou meu braço e começou a escrever nele antes que eu pudesse reagir. — Meu e-mail. Duzentas palavras. As riquezas da biblioteca.

# — * — 18 — * —

— Qual é o problema com ele? — perguntei, batendo a bolinha na mesa de pingue-pongue. — E qual é o problema com você?

— Comigo? — perguntou Gracie. — Sou totalmente inocente.

— Inocente? — Dei um saque tão forte que ela soltou um gritinho e se abaixou. — O cara não me deixa em paz! Olha só o que ele fez com o meu braço! Isso é agressão física.

— Agressão física com uma Sharpie?

— Foi você que me meteu nessa. Agora tem que fazer o cara largar do meu pé.

— Só se você não atirar a raquete na minha cabeça — disse Gracie, ainda debaixo da mesa.

A assistente tocou o apito. Todo mundo gemeu e saiu se arrastando de má vontade, para fazer o próximo exercício. Chamar aquilo de "aula de educação física" era um exagero, pois o Belmont não tinha mais professores de educação física. Alguns anos antes, o Governo driblara a legislação para que os distritos escolares pudessem fazer economia demitindo todos eles. Ainda éramos obrigados a comparecer às aulas, mas só precisávamos ser supervisionados por "assistentes de educação física" (leia-se "pais desempregados"), que faziam a chamada e tentavam evitar que quebrássemos os equipamentos.

A assistente tocou o apito com mais força e berrou:

— Vamos logo com isso, senhoritas!

Duas jogadoras de futebol se apossaram das bicicletas ergométricas. Um grupo de zumbis organizou uma partida de queimado com regras especiais. O objetivo era lançar todas as bolas para trás das arquibancadas e passar o resto da aula fingindo procurá-las. Eu queria fazer abdominais ou flexões, mas Gracie me arrastou para o canto onde outros esquisitos tentavam copiar posições de ioga de um aplicativo no celular de uma garota.

— Não sou muito flexível — avisei.

—Você precisa se alongar mais — respondeu Gracie.

Três garotas fingindo estar com cólica se dirigiram à assistente, reclamando que precisavam ir à enfermaria. A assistente escreveu um passe para elas e voltou a ler uma revista.

— Odeio este lugar — resmunguei.

— Blábláblá. — Gracie girou o tronco e as pernas em direções diferentes. — Experimenta fazer isso. — Levantou o queixo. — Não sei por que você é tão negativa em relação ao jornal.

Sentei com as pernas retas à minha frente e tentei alcançar os pés.

— Fala sério.

Ela destorceu o tronco e se deitou.

—Você vive se queixando da escola. Essa é a sua chance de fazer alguma coisa a respeito.

Tentei me inclinar o máximo possível para frente, mas parei a três centímetros dos tênis.

— Escrevendo sobre as riquezas da biblioteca?

Gracie estendeu os braços no chão.

— Isso é um teste para ver se você leva jeito, e nós duas sabemos que leva. Depois disso, você pode escrever o que quiser. Por exemplo, sobre todas as coisas que odeia na escola.

— Isso não é uma posição de ioga — observei.

— É, sim, e se chama "garça repousando". — Ela levantou os dedos e dobrou os pulsos para trás até parecer um guarda interrompendo o trânsito em duas direções, só que deitado no chão de um ginásio e não de pé num cruzamento. — Escreve para o jornal.

Curvei um pouco os joelhos e peguei os tênis.

— Tenho coisas mais importantes para fazer.

## - ⁎ - 19 - ⁎ -

A mesa da sala de jantar estava coberta de jornais, varetas de limpeza, uma escova de culatra de cabo duplo, uma esponja usada, um trapo umedecido com óleo de silicone, solventes e pólvora.

As armas de papai — os fuzis, as escopetas e as pistolas — não estavam em lugar algum à vista.

*Por que ele resolveria limpar todas de uma só vez?* Tampei o vidro de óleo de silicone. *Será que pensa que vai precisar delas?*

Segui pelo corredor, acendi a luz e bati à porta do seu quarto.

— Cheguei.

— Tá — foi a sonolenta resposta.

— Cadê o Spock?

— Lá fora, na corrente.

Havia um círculo de graxa em volta da maçaneta que ele deixara ao abrir a porta com a mão suja. Uma teia de aranha esgarçada pendia do canto superior direito do batente, à sombra da luz do teto do corredor. A casa se parecia cada vez mais com um lugar invadido por um bando de sem-teto, em vez do que era: um lar que estava na família de papai havia três gerações.

— Você comeu alguma coisa hoje? — perguntei. *O que está acontecendo?*, pensei.

— Não estou com fome.

— O que vai querer para o jantar? — *Por que estava limpando as armas?*

— Não ouviu o que eu disse? — devolveu ele.

— Acho que ainda tem frango na geladeira. — *Você passou a noite inteira acordado de novo?*

— Me deixa dormir.

— São duas e meia da tarde. — *De quem você está com medo?*

— Posso jogar o jornal fora? Aquele que está em cima da mesa da sala?

Seguiu-se um silêncio tão longo que comecei a achar que ele caíra no sono, mas finalmente respondeu:

— Pode. Desculpe pela bagunça.

Dei comida ao Spock e guardei as ferramentas. O cheiro acre da pólvora se entranhou na casa, tão forte que me perguntei se ele abrira algumas cápsulas só por curtição. Comecei a ter mil visões bizarras — *papai esfregando pólvora no rosto como camuflagem, papai formando um grosso círculo de pólvora no chão, sentado no meio e acendendo um fósforo, papai...* A única maneira de me livrar delas foi abrir todas as janelas e limpar a mesa.

Quantas garotas na minha aula de educação física tinham sido obrigadas a limpar pólvora e óleo de silicone ao voltar para casa da escola?

Rá.

Talvez fosse por isso que eu sentia vontade de dar na cara de tantos zumbis: eles não faziam ideia da puta sorte que tinham. Sortudos e ignorantes, riquinhos felizes que acreditavam em Papai Noel e na fadinha do dente e achavam que a vida deveria ser justa.

Esfreguei as mãos até doerem e eu perder o fôlego, e então peguei uma garrafa decrépita de óleo de limão e passei no tampo da mesa. O perfume cítrico brigou com o cheiro da pólvora, fazendo meus olhos lacrimejarem.

Spock e eu fomos dar uma volta até o cheiro passar.

## – * – 20 – * –

*Pego uma carona ao voltar para o posto avançado numa caminhonete cheia de munição, costeletas de porco e dois caras do Grupamento Bravo. A soldado de primeira classe Mariah Stolzfuss dirige, me contando que tem um filho de dois anos no Arkansas, que adora dançar. Seguimos um Humvee cheio de garotos que mal têm idade para se barbearem.*

*Uma estrela se transforma em supernova no meio da estrada.*

*Voamos. Pássaros sem asas.*

*Ondas de choque se espalham em meio a metal, vidro e carne. Ossos se esmigalham. Pele explode. Nervos se rompem. Cérebros se derramam em crânios de metal amassado. Artérias jorram como mangueiras de alta pressão, pintando o mundo de um triste vermelho vivo.*

*Saio nadando pela fumaça. A soldado Stolzfuss ainda está atrás do volante. Limpo o sangue do seu rosto para procurar a boca, fazê-la respirar. Ela não tem mais boca. Ela não tem mais rosto.*

*Os garotos tentam me arrastar dali, garotos fortes com rostos e bocas. Eles me ajudam a sentar na poeira e tentam tirar a soldado Stolzfuss da caminhonete. Seu braço sai nas mãos deles. O sangue escorre, pinga. Uma mulher cujo coração explodiu no meio da história da sua vida.*

*Enquanto isso, o filho espera no Arkansas, dançando.*

## – * – 21 – * –

Ou eu nem cheguei a ligar o despertador, ou o desliguei sem me dar conta, porque o que me acordou não foi o celular vibrando, mas o ronco do motor de um ônibus na rua.

Soltei um palavrão e empurrei as cobertas.

Eu podia:

A. ir a pé para a escola

B. acordar meu pai, dizer a ele que precisava me levar e aproveitar o clima de intimidade, só nós dois na picape, para perguntar por que tinha limpado todas as armas

C. ficar em casa porque provavelmente ele ia passar mais um dia inteiro dormindo e nunca notaria a diferença se eu saísse de fininho um pouco antes das duas e fizesse um barulhão ao "voltar para casa" meia hora depois.

A Opção C teria algumas consequências no longo prazo, mas essa era justamente a sua vantagem, pois eu não teria que enfrentá-las tão cedo, pelo menos durante alguns dias. A Opção C era mesmo a melhor, até o momento em que a campainha tocou.

Eu nunca deveria ter atendido. Deveria ter voltado para a cama. Em minha defesa, devo dizer que ainda estava meio dormindo e não pensei direito. Sabia que era cedo demais para ser o carteiro. Ultimamente, Gracie só andava de carro com Topher, por isso era improvável que fosse ela. Nem pensei em Trish, até o momento em que já estava abrindo a porta.

— Bom dia, dorminhoca! — berrou Finn.

Felizmente, eu não chegara a tirar a correntinha. Quando tentei fechar a porta na cara dele, Finn enfiou o pé entre ela e o batente.

— Ai — gemeu.

— Tira o pé.

— Não tiro.

— Vai embora.

— Também estou feliz por ver você.

— O que está fazendo aqui? — perguntei.

—Você perdeu o ônibus — respondeu ele.

— Estou doente.

— Que tal uma canja?

— Para ser franca, estou naqueles dias — menti. — Uma cólica de matar.

— Chocolate e uma bolsa de água quente?

— Como é que você sabe?

—Tenho uma irmã mais velha e minha mãe é uma feminista fervorosa — explicou ele. — Devo ser o único cara na escola que consegue comprar absorventes internos sem convulsionar. Pensa nisso, eu até consigo dizer a palavra! "Absorvente, absorvente, absorvente!" Se a gente diz um monte de vezes, deixa de parecer uma palavra, entende o que eu quero dizer?

— Fala baixo — pedi. — Meu pai ainda está dormindo.

— Então quem foi que saiu na picape?

— Como assim?

Finn afastou o pé, eu tirei a correntinha e abri a porta o bastante para ver a entrada da garagem vazia.

— Um cara grandão, com uma pele bem clara e uns braços musculosos, não é? Boné dos Yankees, uns óculos escuros meio assustadores? Eu tinha estacionado alguns metros adiante. Vi quando ele saiu do jardim e foi na direção da cidade. Foi por isso que imaginei que você precisaria de uma carona.

Papai sempre me contava quando arrumava emprego, pois isso significava um novo começo, uma nova vida que mudaria tudo, até o momento, um ou dois dias depois, em que esse novo começo desmoronava em cima dele. Será que fora ao VA (Departamento de Assuntos dos Veteranos) para compensar os compromissos perdidos? Será que estava procurando uma loja de bebidas que abrisse mais cedo? Quando será que voltaria? E, o mais importante, com que humor?

A Opção C já não era uma opção.

— E aí — continuou Finn —, você ia vestir uma calça, ou pretendia ir à escola fazendo de conta que essa camiseta é um vestido?

## — * — **22** — * —

Eu não prestara muita atenção no carro de Finn ao pegar uma carona com ele na terça. Em algum momento de um passado distante, a lata velha fora um Plymouth Acclaim, mas já não restava muito do modelo original para o dono se gabar. Tinha quatro pneus carecas, quatro portas, um porta-malas que só fechava com um cabide de arame entortado, um teto amassado e mais ferrugem do que tinta.

— Alguém deve te odiar muito — comentei.

— É o máximo, não é? — Ele deu tapinhas no teto. — Comprei com o meu dinheiro.

O motor ligou sem pegar fogo. Finn deu marcha à ré no jardim e engrenou a primeira. Seguimos pela rua em silêncio. Uma parte de mim tentava adivinhar aonde papai tinha ido e por quê. A outra parte tentava decidir se era melhor olhar para o para-brisa ou para Finn e fingir que sabia o que dizer numa situação dessas. Uma terceira parte tentava identificar a causa do fedor.

— Quanto desodorante você passou hoje? — perguntei sem pensar.

— Exagerei? — Ele freou diante de uma placa de PARE.

— Você se encaixa na classificação de "lixo tóxico".

Ele soltou um muxoxo e riu. Por algum motivo, o som abafou tudo que estava me preocupando. Ele se virou para mim, ainda rindo, ainda ridiculamente parado diante da placa, e eu me dei conta de que para um cara alto e magricelo com o cabelo arrepiado até que ele era bem gato. Talvez fosse o jeito como corava, ou a argolinha prateada na orelha direita, ou o fato de ter olhos verdes, do mesmo tom que a gente vê no verão quando se deita à sombra de um carvalho e fica olhando o sol por entre as folhas. E também eram um pouco amendoados. E os cílios eram lindos. E ele tinha uma barba por fazer no queixo que era da espessura certa.

Você sabia que alguns bebês são abençoados por fadas bondosas quando nascem, fadas com nomes como Linda, Inteligente, Gente Fina e Alegre? Já eu fui abençoada pelas primas malignas dessas fadas, as trolls do submundo Baranga e Desengonçada. Fiquei olhando para ele, e as fadas troll bateram na minha cabeça com as varinhas pontudas, me deixando espetacularmente... *barangonçula*.

Eu estava vestida como uma mendiga. E provavelmente fedendo como uma também. Não tomara banho, é claro. Meu plano fora passar o dia inteiro de pijama. Também não escovara os dentes. Só vestira de qualquer jeito umas roupas da pilha das recém-lavadas, passara um pente no cabelo, um pouco de desodorante e saíra correndo.

Ah, meu Deus, será que ele passara desodorante demais porque eu estava com cecê na terça? Mas, nesse caso, por que me deixaria entrar no seu carro de novo?

Meu bom senso deu um tapa na cara do estrogênio e o mandou cair na real.

Farejei o ar de novo: uma quantidade letal de desodorante, um pouco do meu fedor e... alguma coisa que só poderia vir do motor.

— Está sentindo esse cheiro? — perguntei.

— Eu já entendi, Hayley. Passei desodorante demais. Eu já entendi.

— Não, estou falando sério. — Farejei de novo. — Quando foi a última vez que você deu uma olhada debaixo do capô?

— Hum... nunca.

— É sério? Quando foi a última vez que você deu uma checada na vareta?

Ele acelerou.

— Isso soou pervertido.

— Na do motor do seu carro. Está queimando óleo.

— Achei que estava vindo de outro carro.

— Para um instante. — Me inclinei para o painel enquanto o carro parava. — Está vendo? — Apontei para um tufo de fumaça branca que subia da beira do capô. — Deve ter óleo vazando da tampa da válvula.

Ele pegou a chave.

—Vai explodir?

Neguei com a cabeça.

—A fumaça é pouca, não precisa entrar em pânico. Estamos seguros. Mas não se esquece de dar uma olhada nisso.

Ele dirigiu em silêncio.

—Você sabe como checar o óleo, não sabe? — perguntei.

— É claro que eu sei.

— Mentiroso. — Apertei o botão no descanso do braço para abaixar o vidro. Nada aconteceu. — As janelas também estão quebradas?

— Não. — Ele deu um soco no botão. Meu vidro desceu três centímetros, guinchando, e parou.

— Achei que você tinha dito que não estavam quebradas.

— Bom... — Ele freou o carro quando o sinal verde à nossa frente ficou amarelo. — Podem estar *meio* quebradas.

— "Meio quebradas" ainda quer dizer "quebradas" — observei.

— Mas consertáveis.

Quando ele deixou o sinal para trás, recostei a cabeça no cinto de segurança e respirei fundo o ar da manhã de outubro. Talvez minha glicose estivesse baixa, mas eu me sentia como se flutuasse dentro de uma bolha, uma bolha perfeita e cintilante, e eu com os olhos fechados, o ar macio como seda fria roçando minha testa, alisando meu cabelo...

E então Finn estragou tudo.

— E aí? — perguntou, parando no estacionamento. — Aquele artigo. Você já escreveu, não escreveu?

A bolha estourou.

— Ah, meu Deus, você ainda está pensando nisso?

— Por que não estaria?

— Porque é uma idiotice! As pessoas estão se lixando para as riquezas da biblioteca. Nem sei por que essa palavra "riquezas" ainda existe. Não significa nada.

— Essa não é a questão.

— E daí?

— Você prometeu que escreveria.

— Não prometi.

Ele estacionou o carro em uma vaga entre um Lexus e uma minivan.

— Já te dei carona duas vezes essa semana.

— Mas eu só pedi uma. Por que está me alugando desse jeito? Mal me conhece. Você sempre obriga estranhos a fazerem coisas que não querem?

Quando as palavras saíram, vi que não tivera intenção de dizê-las, mas não me ocorreu nenhum jeito de retirá-las.

Finn desengatou o carro e se virou para mim.

— Ia matar aula hoje?

— E você com isso? — Cruzei os braços. — Essa escola é uma merda.

— Falando sério agora, tem algum dever de casa para o Cleveland?

— Eu não fiz. Me poupe do sermão.

— Qual é a sua média?

— Será que um número negativo pode ser uma média?

— E que tal se eu fizer os seus deveres de matemática enquanto você escreve o artigo? Agora, no refeitório. — Ele desligou o motor. — Aí, nós ficamos quites, e eu não te chateio mais.

## -*- 23 -*-

Escrevi a porcaria do artigo.

Inventei nomes de referências, coloquei citações de alunos que não existiam (Zeca Ghada e Mijaro Nomuro) e dediquei um parágrafo — já quase no finzinho do texto — às "estantes especiais" onde ficavam todos os livros proibidos e contestados. ("É lá que você encontra todos os livros de sexo", disse Tomáz Turbando.) Quando eu terminei de escrever o bendito artigo (me mijando de rir), vi que o meu humor tinha melhorado um pouco. O fato de papai ter acordado antes do meio-dia e se mandado na picape era um bom sinal, decidi. Um ótimo sinal. Ele estava saindo daquela zona sombria onde se escondera durante as últimas semanas. Tudo isso fazia parte do grande processo de readaptação a uma vida normal, em vez de ficarmos de um lado para o outro do país como se fôssemos perseguidos por fantasmas. Ele estava tendo um bom dia, eu também teria um bom dia e, quando me dei conta, escrevera um texto extra para o artigo sobre a biblioteca, cheio de URLs e websites inventados, para alunos que queriam ajuda com o dever de casa.

Finn fez os meus deveres de matemática, embora eu não soubesse como. De tantos em tantos minutos, uma nova horda de garotas vinha para cima dele e ficava enchendo a paciência do cara atrás de ingressos, camisetas, aulas de natação. Coloquei os fones de ouvido e aumentei o volume da música.

— Você é o maior galinha da escola, né? — perguntei, quando o grupo mais barulhento de garotas se afastou em seus saltos altos. (Saltos altos? Fala sério. Às sete e meia da manhã? E não é verdade que a mulher precisa ter peitos antes de usar saltos?) — Ou será que aquele desodorante fedorento torna você irresistível para as aprendizes de *zumbiscate*?

— Sou. — Finn abriu um sorriso, os olhos fixos nas zumbibundas. — Torna.

Mas ele fez o meu dever. E só a expressão do Sr. Cleveland bastou para fazer com que aturar Finn tivesse valido a pena. Cleveland ainda não dera nota para as nossas provas, por isso saí do segundo tempo me sentindo quase... digamos... feliz.

Quem foi que disse que milagres não acontecem?

Depois disso, o dia foi ficando cada vez melhor. Brandon faltou à aula de literatura, e a Srta. Rogak passou um filme que durou a aula inteira. Eu estava desperta o bastante na sessão de estudos para terminar o dever de chinês, e depois, como a professora da aula de saúde estava doente, os alunos aproveitaram para ficar estudando, e eu pude tirar uma soneca. O professor substituto de criminologia era um policial aposentado que nos contou histórias verídicas sobre padrões de manchas de sangue e métodos de detecção da época de um crime a partir da idade das larvas e moscas no cadáver. Ninguém pegou no sono.

Na aula de chinês, eu e uma tal de Sasha ganhamos pontos extras da Srta. Neff por sermos as únicas que conseguiram fazer o dever de casa de *pinyin*. Quando Sasha me deu um toca aqui, decidi que poderia fazer mais deveres se transformassem essa atividade num esporte competitivo.

Até a aula de estudos sociais foi muito legal. O Sr. Diaz estava dando a Lei da Remoção dos Índios de 1830 e se esqueceu de mencionar a etnia Chickasaw. Levantei a mão (educadamente) e observei (respeitosamente) o seu erro. O rosto dele ficou de um vermelho furioso, mas ele passou um minuto digitando no computador, depois lendo na tela, e por fim disse:

— Obrigado, Hayley. Tem razão. Os Chickasaw também foram obrigados a percorrer a Trilha das Lágrimas.

Levantei a mão. Ele fez uma careta, mas voltou a me permitir um comentário.

— Como milhares de nativos morreram na Trilha das Lágrimas, será que não deveríamos chamá-la de "genocídio" em vez de "marcha forçada"? — perguntei. — Se hoje em dia um governo africano fizesse o mesmo com os seus povos indígenas, nós estaríamos armando o maior escândalo na ONU e angariando fundos para as vítimas, não estaríamos?

O debate que se seguiu foi tão fantástico que não rabisquei no meu caderno nem uma única vez.

## - * - 24 - * -

Eu deveria ter adivinhado.

As leis do universo determinam que, para cada ação positiva, há uma reação oposta negativa. Por isso, o fato de a quinta-feira ter sido um dia relativamente bom significava que a sexta-feira só poderia ir por água abaixo.

Começou pouco depois da meia-noite. Eu estava cochilando no sofá, esperando, pois papai saíra para comprar pão e leite assim que eu chegara da escola, e ainda não voltara. Spock latiu, que foi o que me acordou. As luzes da picape brilharam pela janela da sala quando ele estacionou no jardim.

Spock foi para a porta, abanando o rabo. Alguns segundos depois, a porta se abriu. Papai sorriu ao me ver, um sorriso de canto de boca, os olhos não muito focados. Bêbado. Quando lhe perguntei onde tinha estado, ele me chamou de *minha doce menina.* Sentou ao meu lado no sofá, inclinou a cabeça para trás e apagou.

Observei seu rosto, suas mãos; não havia arranhões ou cortes que indicassem que andara brigando. Vesti uma jaqueta, calcei os tênis e fui até a picape. Nenhuma marca no para-choque, nenhum arranhão novo na pintura. Abri a porta e encontrei latas de Budweiser vazias no chão e um acréscimo de 185 quilômetros no marcador.

Finn não tinha dito que me pegaria na sexta. Na verdade, eu não o via desde que lhe dera o artigo sobre a biblioteca. Mas fiquei meio de olho para ver se ele iria aparecer enquanto esperava no ponto de ônibus. Não apareceu.

O ônibus fedia a vômito recente.

O refeitório estava sendo dedetizado, por isso o primeiro tempo foi desperdiçado no auditório sob a supervisão de uma professora que eu nunca tinha visto e que obviamente se esquecera de tomar a medicação.

Eu não só tirei um redondo zero na prova de matemática (é isso aí, ele não me deu nem um ponto por escrever meu nome e me lembrar da data certa), como também quebrei a cara com o dever de casa, por acertar as respostas de *todos* os problemas.

VENHA FALAR COMIGO! — era o que estava escrito no alto da prova. Com caneta vermelha.

Rogak resolveu enfiar uma prova surpresa sobre os lotófagos pela nossa goela abaixo, tivemos não uma, mas duas simulações de atentado terrorista durante a sessão de estudos (fizemos muito barulho durante a primeira), e depois ainda fomos obrigados a ter a aula de educação física no pátio, porque o pessoal da limpeza estava fazendo sei lá que lambança no chão do ginásio.

Eu vestira roupas de meia-estação, manga comprida, jeans, botas. O verão voltara a dar as caras, sufocando a gente com uma temperatura de 30 graus em vez de 10. Resultado: acabei tendo uma insolação e apaguei nas aulas de criminologia e chinês, perdendo o desafio que Diaz me lançou ao perguntar o que eu achava do legado de Andrew Jackson.

A campainha final tocou e meus colegas correram para as saídas.

Voltei em passos pesados para a ala de matemática.

— Uma coisa é colar, outra coisa é colar de forma criminosa — disse Cleveland, brandindo o dever de casa diante do meu rosto. — Não é nem mesmo a sua letra, Hayley. Pensa que sou tão estúpido assim?

Eu me diverti tanto pensando em possíveis respostas para essa pergunta, que não ouvi quase nada do seu discurso durante os cinco minutos seguintes. De repente, um alarme disparou na minha cabeça.

— Desculpe, senhor, será que pode repetir o que disse?

— Eu disse que arranjei um professor particular para você.

— Não preciso de um professor particular.

Ele pegou a caneta vermelha e fez outro círculo em volta da nota.

— Tudo bem — falei. — Não *quero* um professor.

— É o único jeito de você passar nessa matéria, e isso se estudar feito uma condenada.

— · Eu sou... como direi... inteligente, entende? — observei.

— Não preciso de um professor particular.

O cara riu tanto que nem conseguia recuperar o fôlego.

— Uau. — Tirou dois lenços de papel da caixa em cima da mesa e secou os olhos. — Minha nossa! Há muito tempo que eu não ria tanto. — Assoou o nariz e jogou os lenços na cesta de lixo. — Finnegan Ramos concordou em dar aulas para você.

— Não. Quero outra pessoa.

— E não quer uma cobertura com vista para o mar também? Boa parte da vida é fazer coisas que não queremos, Hayley.

— Obrigada pela sabedoria, senhor, mas não se aplica nesse caso.

— Então vou marcar uma reunião com o seu... — Deu uma olhada na tela do computador — pai e a Srta. Benedetti para podermos discutir qual é o nível de matemática mais adequado para você. — Digitou no teclado e voltou a observar a tela. — Diz aqui que o número de telefone e o e-mail do seu pai não são válidos. Como posso entrar em contato com ele?

Comecei a morder a bochecha. Como papai reagiria? Como ele se comportaria numa reunião dessas? E se Benedetti mencionasse Trish?

— O que tenho que fazer para o senhor não ligar para o meu pai?

Ele olhou para mim por cima do monitor, os olhos sérios.

— Aulas de reforço até pôr em dia os deveres que deixou de fazer. Comece a fazer o dever de casa sozinha, tire a sua nota da lama até o fim do semestre e passe em todas as provas. — Ele se levantou. — E também não faria nenhum mal se você escrevesse mais algumas sátiras para o que esperamos que se torne o jornal algum dia.

— Como?

— Finn me mostrou o seu artigo. Ele me contou que você gostaria de ter uma coluna regular. Pode ser uma boa ideia, contanto que as suas notas subam e você não se envolva em polêmicas. Nada de aborto, religião, e muito menos a simulação de atentado fracassada, combinado? A diretoria ainda não decidiu se libera ou não a verba para o jornal, e a última coisa de que precisamos é aborrecer os caras com uma opinião franca sobre um assunto importante.

Abri a boca, mas as palavras não saíram.

Ele me entregou o dever de casa feito por Finn.

— Sua primeira aula de reforço começa agora. Ele está na biblioteca.

## — * — **25** — * —

Eu tentei. Juro que tentei, mas estava fazendo um bilhão de graus na biblioteca e Finn se comportando como um chato obstinado. Os ventiladores em cima das pilhas de livros faziam um barulhão de britadeiras, e o meu cérebro estava derretendo.

Devo ter dito algumas coisas nada simpáticas para ele.

Finn finalmente se levantou e fechou os livros com força.

— Isso não vai dar certo — disse. —Vou mandar um e-mail para o Cleveland.

— Não — pedi. — Desculpe. Desculpe, desculpe, desculpe. Eu não quis dizer isso.

—Você não está nem tentando.

Quase discuti sobre isso com ele, mas então me lembrei de que se perdesse essa oportunidade papai seria notificado, e a coisa poderia acabar mal.

— Eu fiquei acordada até tarde jogando — expliquei. — Falta de sono me deixa de mau humor. Não vai acontecer de novo, juro.

Ele voltou a se sentar.

— Por que você tem tanto horror assim à matemática?

— Não é à matemática. Eu tenho horror a tudo.

Depois disso, fiz um esforço para prestar mais atenção e, por fim, o conceito de funções racionais começou a fazer um certo sentido. Pelo menos pareceu que Finn estava finalmente me explicando o troço em língua de gente. A biblioteca foi se esvaziando, relaxamos um pouco e, quando dei por mim, uma hora tinha se passado.

— A biblioteca vai fechar daqui a meia hora — avisou a atendente no balcão.

Finn começou a guardar os livros na mochila.

— Cleveland falou com você sobre o próximo artigo?

— Mais uma sátira para uma coluna que não quero ter?

— Ele não me deu oportunidade de mencionar isso.

Fiquei olhando para o mar de equações na página.

—Você acha mesmo que ele vai aliviar a minha barra?

— Ele não vai te passar de ano só por colaborar com o jornal. — Finn coçou o queixo. — Mas digamos que a sua média passe de três para quase seis...

— Impossível — decretei.

— Coisas estranhas acontecem — continuou ele. —Aposto que mais uns dois artigos poderiam te levar de quase cinco para seis, é sério. Ou, pelo menos, muito perto de seis. Não custa tentar. O que você vai fazer mais tarde?

— Por quê? — perguntei, ficando na defensiva.

—Tem jogo de futebol americano no nosso campo, à noite. Preciso que você faça a reportagem.

— Não gosto de futebol americano intercolegial.

— Metade do time também não.

— Pensei que você fosse o cronista esportivo.

— E editor — relembrou ele.

— Então por que não pode fazer a reportagem?

Ele abriu um sorriso, mexendo as sobrancelhas.

—Tenho um encontro.

— Ninguém mais diz "encontro".

— Mesa do canto — chamou a atendente da biblioteca, acenando para nós com o grampeador. — Falem baixo, por favor.

— Vou te propor um acordo — sussurrou ele, os lábios perto do meu ouvido.

Tentei ignorar o arrepio que me correu pela espinha.

— Qual?

— Te pago dez pratas se você cobrir o jogo.

— Quinze.

— Combinado. — Ele se levantou.

— Ainda temos meia hora — relembrei, surpresa. — Aonde você vai?

— Eu tenho que me arrumar, lembra? Noite especial. — Anotou um número no alto da folha com os problemas de matemática. — Me liga amanhã se esquecer como se resolvem as equações polinomiais. — Guardou os livros na mochila. — Não vai me desejar boa sorte?

— Que tal "mantenha o zíper fechado"?

— Preciso mesmo fazer isso?

— Primeiro encontro?

Ele assentiu.

— Se quiser ter um segundo com a mesma garota, então sim, deve manter o zíper fechado. E o cinto também.

— Posso beijar a moça, vovó?

— Depende.

— Do quê?

— De ela estar a fim de beijar você. Ora, Finn, você nunca teve um encontro antes?

— Milhões deles. Sou um Casanova mundialmente famoso, mulheres nos cinco continentes desmaiam quando me veem, a revista *People*...

Levantei as mãos.

— Me poupe dos detalhes sórdidos. Até segunda.

# – * – 26 – * –

Todas as janelas do ônibus estavam abertas quando voltei para casa, mas o ar que entrava por elas vinha direto de uma erupção vulcânica. Fechei os olhos e pensei em tomar um longo banho gelado. Depois disso, eu devoraria um monte de picolés, e aí chamaria uma limusine para me levar ao multiplex e veria um filme atrás do outro num ar condicionado tão glacial que precisaria comprar um agasalho para não ter hipotermia.

O problema era que eu estava dura, de modo que a maior parte do plano era uma miragem causada pela temperatura diabólica que fazia dentro no ônibus.

Mas seria delicioso entrar no chuveiro. Talvez eu tomasse um picolé no box mesmo, para refrescar o interior e o exterior simultaneamente.

O ônibus parou e abriu as portas, libertando mais uma leva de estudantes malvestidos.

Eu não estava nem um pouco a fim de ir ao jogo de futebol americano. Seria mais seguro ir de bicicleta do que pedir a papai para me levar, o que significava que eu estaria toda suada e nojenta de novo quando chegasse lá. E ainda mais nojenta quando voltasse para casa. Eu deveria ter exigido vinte pratas. De repente, até cinquenta.

O ônibus parou no meio do trânsito e o sol bateu em cheio no teto, me tostando feito um bife de acém grelhado na boca do fogão.

Um chuveiro gelado, picolés, e depois eu encheria a banheira de cubos de gelo e me deitaria nela. Os livros que eu tinha pegado na biblioteca, no começo da semana, ainda estavam empilhados na escrivaninha, sussurrando meu nome e implorando para serem lidos.

Se Finn quisesse que eu escrevesse sobre o jogo, teria que arranjar um jeito de me levar e trazer sem que eu me arriscasse a suar até a morte. Olhei o número que ele havia anotado no meu caderno, liguei e fiquei ouvindo enquanto tocava umas vinte vezes antes de desligar.

*Quem não tem uma caixa postal?*

O Grande Encontro já devia estar rolando. Comecei a digitar uma mensagem para Gracie, perguntando se ela sabia com quem o Finn iria sair, mas decidi deletá-la. A informação não valia o risco de alertar o Sistema de Detecção Precoce. De todo modo, devia ser uma garota de outra escola. Ele era superpaquerador e tinha uma opinião inflacionada de si mesmo. Justiça lhe fosse feita, até que o cara sabia fazer graça. E não era de todo feio. Comecei a imaginá-lo de sunga, mas fui logo interrompendo o pensamento. O calor estava fazendo meu cérebro entrar em curto-circuito.

Desci do ônibus, sequei o suor do rosto e comecei a caminhar. Talvez pulasse o jogo. Daria um jeito de pegar com alguém as estatísticas do time e ficaria de ouvido na mesa do locutor na manhã de segunda para filar a resenha. Isso daria certo. Daria cem por cento certo.

Quanto mais perto eu chegava de casa, melhor me sentia. Poderia me dar ao luxo de mergulhar numa verdadeira maratona de leitura durante o fim de semana. Todos os picolés que conseguisse tomar, todas as páginas que conseguisse ler. *Que paraíso.*

Mas o bom humor só durou até eu ver as caminhonetes que bloqueavam o jardim: duas picapes brilhantes, um utilitário detonado e um jipe Wrangler sem teto nem portas, além de três motocicletas. Estavam atulhados de equipamentos de camping, molinetes de pesca, coolers, e cobertos de adesivos militares de para-choque.

As janelas da casa estavam abertas, talvez com as vidraças estilhaçadas pelo volume ensurdecedor da música que tocava na sala. A canção chegou ao fim e um coro altíssimo de vozes masculinas caiu na gargalhada, um xingando o outro e soltando mil palavrões.

Abri a porta. As salas de estar e de jantar estavam lotadas por uma dúzia de caras, todos mais velhos do que eu e mais jovens do que papai, com cabelo reco estilo militar e tatuagens pretas tribais nos braços musculosos. Usavam camisetas superjustas e cordões prateados com placas de identificação escondidas por baixo da gola. Apesar do calor, todos usavam calça comprida, jeans ou com estampa de camuflagem. Dois deles exibiam facas penduradas nos cintos e estavam sentados balançando os joelhos, os olhos inquietos, fazendo mil checagens de território involuntárias. Soldados, com toda certeza. Soldados da ativa, de licença.

Papai estava no meio do sofá, pálido e cansado em comparação com eles, mas parecendo mais bem-disposto do que nos meses anteriores. Ele levantou uma lata de refrigerante.

— Hayley Rose! Chegou bem na hora!

## - * - 27 - * -

Todos os caras apertaram a minha mão, educados e respeitosos, enquanto papai me apresentava a um por um. Essa cena, o cheiro de tantos soldados reunidos na sala num dia quente como aquele, trouxe de volta uma vaga lembrança de quando, na infância, eu vivera numa base. Balancei a cabeça para me livrar da imagem.

— Vão fazer um quiz para ver se eu lembro os nomes de vocês? — perguntei.

— Não, senhora — responderam vários ao mesmo tempo.

— Espera só até ver o quintal — disse papai.

Enquanto caminhávamos pela casa, contou que todos eles tinham servido com um velho amigo, Roy Pinkney, estavam de licença e iam para o acampamento de Roy, no norte, perto do lago Saranac.

Saímos pela porta dos fundos, e meu queixo despencou.

— Quando Roy deu uma olhada no quintal, gritou "Potencial!" e mandou alguns dos garotos à cidade para alugar um cortador de grama — explicou papai, com um largo sorriso. — Eles levaram só uma hora para dar um trato caprichado na grama.

Pela primeira vez em semanas, a grama do quintal fora cortada. Cortada e varrida com um ancinho. Um buraco havia sido cavado, cercado por pedras e enchido com lenha, pronta para ser acesa numa fogueira. Um soldado havia tirado a camisa e rachava lenha com um machado. Cadeiras e toras viradas esperavam ao redor do poço. Também haviam montado quatro barracas pequenas, as vigas retas, as cordas bem esticadas.

Um cara alto e careca se aproximou de nós.

— Não me diga que essa é a sua menina, Andy. Não pode ser.

— Hayley Rose — disse papai —, você não se lembra dele, mas esse é o Roy.

Estendi a mão, mas o cara me deu um abraço de urso e um beijo no alto da cabeça.

— Não é possível — disse ele, me soltando e sorrindo. Simplesmente não é possível que você tenha crescido tanto assim. — Recuou um passo e olhou para mim. — Espero que agradeça a Deus todas as noites por se parecer com a sua mãe e não com esse bicho feio do seu pai.

— Sim, senhor — respondi.

— Lembra a primeira vez que você pôs esse anjo no meu colo, Andy?

— Quando a gente estava morando perto do Depósito de Suprimentos? — perguntou papai.

Roy assentiu.

—Você devia ter o quê, uns cinco meses de idade?

— Não me lembro, senhor — respondi.

— Devia ter uns três meses — disse papai. — Rebecca ainda estava viva.

Meu queixo despencou pela segunda vez, porque papai nunca, e eu quero dizer *nunca mesmo*, pronunciava o nome da mamãe em voz alta.

—Tem razão — disse Roy. —Ainda me lembro dela rindo de mim. Imagina só, Hayley, seu pai te pôs no meu colo no momento em que você estava começando a fazer as necessidades. E era julho, se bem me lembro, por isso você estava só de fralda. Eu tinha acabado de chegar não me lembro de onde, só sei que foi um evento onde exigiam o uniforme de gala, e eu estava lindo de morrer.

Papai deu um riso de deboche, mas Roy o ignorou.

— Pois bem, lá estava eu sentado no apartamento dos seus pais, e a sua mãe, muito gentil, foi à cozinha pegar um chá gelado pra mim, quando de repente seu rosto ficou todo vermelho, você começou a soltar uns grunhidos...

(Agradeci a Deus pelo fato de o cara sem camisa que cortava lenha não conseguir ouvir.)

— ... e o Andy me entregou você, mas eu não sabia nada sobre bebês, por isso te sentei no meu colo. E foi aí que a sua fralda explodiu.

Papai e Roy caíram na gargalhada, e eu desejei que a terra se abrisse e me tragasse. Roy me deu outro abraço, papai fez o mesmo, e eu finalmente comecei a rir, decidindo que nem em mil anos iria àquela porcaria de jogo de futebol americano.

Fiquei dando pitacos na conversa durante as horas seguintes. Preparei três dúzias de ovos recheados, liguei a lava-louças e fiquei de olho no papai, esperando que se embebedasse. Mas não. Só tomou refrigerante e limonada, embora todos os amigos estivessem virando uma cerveja atrás da outra e Roy tomasse uísque. Roy era uma versão melhorada do meu pai, confortável na própria pele. Feliz por fazer piadas com a vida nas trincheiras, com as cicatrizes, com todos os pesadelos que os *burrocratas* e políticos mentirosos o haviam obrigado a enfrentar.

Eu mal podia acreditar no que estava vendo.

Papai detestava falar sobre a guerra e nunca fazia isso quando estava sóbrio. Metade do tempo ele nem queria que as pessoas soubessem que era um veterano. Estranhos sempre diziam coisas como "obrigado por servir ao país", porque se sentiam de fato gratos e achavam que era a coisa certa a fazer, mas o problema era que esse gesto provocava uma série de detonações na cabeça dele que às vezes culminavam com um soco na parede ou na cara de algum idiota num bar. O pior era quando descobria por acaso que estava falando com algum parente de um soldado morto. A tristeza nos olhos da pessoa abria mais uma ferida na alma dele, e depois disso passava dias sem dizer uma palavra.

Mesmo assim lá estava ele, tão sóbrio quanto eu e Spock, só querendo falar da vida de soldado. E *rindo*.

Roy trouxera duas churrasqueiras, e logo os caras no quintal estavam atacando as pilhas altas de cachorros-quentes e hambúrgueres. Dei uma olhada no cooler, que fora abastecido com seis tipos de sorvete, além de chantilly e meia dúzia de barras de chocolate geladinhas. Roy explicou que seriam picadas e misturadas com o sorvete, e eu me senti confusa, mas grata e feliz.

Até Michael aparecer.

Após a morte da vovó, papai alugou a casa para Michael; pelo que eu sabia, eles haviam sido amigos no ensino médio. Michael desocupara a casa e nos mudamos para lá, mas logo depois começou a aparecer demais para o meu gosto. O jeito como olhava para mim me dava calafrios, e eu já andava desconfiando que fosse o fornecedor de maconha do papai. Verdade seja dita, ele nunca fizera nada de que eu precisasse me queixar com papai, mas, sempre que entrava porta adentro, eu sentia necessidade de ir para outro lugar. Roy e os amigos agiriam imediatamente se Michael tentasse fazer alguma besteira braba.

De repente, cobrir o jogo de futebol americano para o jornal me pareceu uma boa ideia.

## - * - 28 - * -

A multidão no estádio urrava tão alto que eu mal pude ouvir a mulher de meia-idade na bilheteria.

— Por quê? — repeti.

Ela me olhou de cara feia e esperou um segundo até que a gritaria diminuísse.

— Todo mundo paga para entrar no jogo. Sem exceção.

— Mas eu sou da imprensa — reclamei. — Estou aqui a trabalho.

— Estudantes têm desconto de um dólar. — Ela estendeu a mão pelo guichê. — Quatro dólares, ou não entra.

Paguei a ela. Agora, Finn estava me devendo dezenove pratas.

A arquibancada era uma muralha de gente vestindo a camisa amarela do Belmont. Por um segundo, tive a sensação de que todos me olharam e souberam na mesma hora que eu viera sozinha e não fazia ideia de onde me sentar, mas aí soou um apito, os dois times trombaram no campo atrás de mim e a multidão vibrou, dando pulos. Eu estava invisível aos olhos do mundo.

Dei as costas para a arquibancada. Do outro lado do campo encontrava-se o inimigo, o time do Richardson Ravens, com seu uniforme preto e prateado. Para além das balizas, no fim do campo, ficava um morrinho onde um monte de gente se sentava em cobertores, crianças pequenas faziam a maior bagunça, ignorando alegremente a pelada de quinta categoria.

O juiz apitou, e as duas fileiras de jogadores voltaram a trombar, grunhindo e berrando. Não vi direito o que aconteceu com a bola, mas o lado do campo onde ficava a torcida do Richardson irrompeu em gritos.

Mandei uma mensagem para Gracie:

*oi*

Depois de uma longa pausa, ela respondeu:

*cinema falo + tarde ok?*

Mandei um smiley simples para ela, já que meu celular não tinha nenhum com as mãos em volta do seu pescoço e batendo sua cabeça numa parede.

Os dois times se reuniram para combinar a próxima estratégia brilhante. Ao fim da confabulação, voltaram a se alinhar, cada rosto furioso a centímetros do rosto inimigo, os pés raspando a terra como cavalos impacientes. O quarterback soltou um rosnado, as fileiras voltaram a trombar e eles caíram de novo. As camisas amarelas do Belmont soltaram gritos e assovios.

*Será que eu deveria estar anotando tudo isso?* Dei uma olhada na arquibancada. *Qualquer um que se importasse com esse jogo estaria ali, não? Por que prefeririam ler no jornal?* Resposta: não prefeririam. Meu plano anterior de pegar as estatísticas e ficar atenta aos comentários durante o primeiro tempo na segunda-feira ainda era viável, e parecia ainda mais tentador do que no ônibus.

Eu precisava de algum lugar para ir que não fosse a minha casa. Ainda eram quinze para as oito. Provavelmente eu conseguiria chegar ao shopping antes das nove.

*q filme é?*

Perguntei para Gracie.

Ela não respondeu, o que significava que estava com Topher, o que significava que qualquer esperança que eu ainda nutria de ir dormir na casa dela na noite de sexta tinha acabado de se evaporar. Será que pegaria mal se eu fosse para a casa da Gracie e perguntasse à mãe dela se queria sair? A Sra. Rappaport era uma grande fã de programas de decoração na tevê. Da última vez que eu estivera na sua casa, ela falara em reformar a cozinha. De repente, a gente poderia assistir a alguns sobre bancadas de granito.

Senti um calafrio. Era melhor passar a noite expulsando ratos de latas de lixo.

O relógio contava os últimos segundos do primeiro tempo, os juízes apitaram e a galera correu para os banheiros e para a lanchonete.

— Isso é ridículo — resmunguei, me achatando contra a cerca que separava os torcedores do campo. Assim que a multidão passou, fui em frente, planejando me dirigir ao estacionamento, desacorrentar a bicicleta e pedalar. Não para casa, pelo menos não nas próximas horas. Apenas pedalar no escuro e torcer para que Topher e Gracie tivessem uma briga feia e ela me ligasse aos prantos pedindo para eu passar a noite na casa dela e comentando que estava com a geladeira cheia de sorvete.

— Jogão, hein?

Eu me virei, pronta para dizer alguma coisa venenosa sobre os pais que pagavam com o maior prazer o salário dos técnicos, mas AQUI Ó que gastariam seu rico dinheirinho com bibliotecários ou professores de educação física!

— Eu estava crente que a essa altura a gente já estaria perdendo por uns trinta pontos — disse Finn.

Na mão esquerda, ele segurava uma caixinha de papelão frágil, contendo cheesebúrgueres, batatas fritas e dois copos de refri. Na direita, segurava um terceiro copo cheio de cravos, com toda a pinta de terem sido arrancados do quintal de alguém.

— O que você achou da anulação daquela jogada? — perguntou. — Foi uma maneira genial de encerrar o primeiro tempo, não foi?

— O que aconteceu com a garota que vinha se encontrar com você? — perguntei.

— Ela está aqui — respondeu ele.

—Você trouxe a coitada para esse jogo? Poderia ter escrito o artigo você mesmo.

— Não, não poderia — disse ele. — Que garota quer ser ignorada num encontro? Segura aqui pra mim.

Empurrou a caixa com a comida e os refrigerantes na minha direção, tirou do bolso o celular que vibrava, deu uma olhada e digitou uma resposta. Atrás de nós, a banda se posicionou no gramado, os tambores rufando numa cadência solene.

— OK. — Finn guardou o celular. — Quer conhecer a garota?

— Eu não perderia isso por nada no mundo. — Segui-o em meio à multidão. — Ela é uma zumbi? — perguntei. — Aposto que está usando a camisa amarela do Belmont. Ah, meu Deus, Finn... ela é chefe de torcida?

— Ela não é absolutamente uma zumbi, nem uma chefe de torcida, nem uma chefe de torcida zumbi. Ainda estou conhecendo a garota. Aliás, o nosso encontro é meio, tipo assim, às cegas.

— Que horror — comentei. — Só gente mais velha tem encontros às cegas quando se divorcia e não sabe o que fazer. Você tem o quê, uns dezesseis anos?

— Quase dezoito — corrigiu ele.

— E já precisa que os outros arranjem encontros pra você? — Dei uma risada.

— Por aqui. — Ele tirou a caixa das minhas mãos e se dirigiu à saída.

—Você trancou a garota no porta-malas?

—Vou me encontrar com ela lá no morrinho. Achei que seria mais romântico do que numa arquibancada de cimento.

Nesse momento, a banda atacou de "Louie, Louie", o que o impediu de ouvir minha resposta.

## - * - 29 - * -

Segui Finn até as crianças que riam e rolavam morro abaixo feito salsichas. Passei pelos pais que se abraçavam, exaustos, sentados em cobertores manchados. Pelas pessoas que criticavam o desempenho da banda e do pessoal que fazia malabarismos com bastões. Caminhamos até o alto do morro e nos embrenhamos pelas sombras que as luzes do estádio não alcançavam.

— Ela te deu um bolo — falei.

— Ainda não. — Ele colocou a caixa com a comida e os refrigerantes na beira de um cobertor xadrez.

— Devia estar apertada para fazer xixi — observei. — Como é mesmo o nome dela?

— O nome dela é Hayley. — Ele se endireitou e me entregou o copo com os cravos. — Olá, Miss Blue.

# -*- 30 -*-

— Eu.

—Você — confirmou ele.

A banda começou a tocar o tema do último filme do Batman.

— Não bastava você ter me convidado?

— Fiquei com medo de que você recusasse.

— E se eu recusar agora?

— É o que você quer?

Fiquei vendo a banda fazer sua coreografia.

— Ainda não decidi.

—Você poderia sentar e comer enquanto pensa no assunto — sugeriu ele.

Sentamos no corredor, os cheesebúrgueres, as batatas fritas e as flores como uma fronteira entre nós, e ficamos observando as crianças e a banda até o intervalo acabar. O clima de constrangimento diminuiu um pouco quando o jogo recomeçou, mas só porque não faltava do que debochar. Finalmente, o juiz apitou e foi oficial: os Mecânicos do Belmont haviam perdido o sexto jogo da temporada, e eu não fazia a menor ideia do que aconteceria em seguida. Nem sabia o que queria que acontecesse. O estádio foi esvaziando aos poucos; as famílias no morrinho reuniram as crianças e as tocaram para o estacionamento, e logo éramos os únicos que haviam restado.

— Muito bem, agora é que vem a parte complicada — disse Finn. — O segurança vai passar para ver se ainda tem algum baladeiro aqui em cima. Tenho certeza de que estamos longe o bastante para ele nos ver, mas acho melhor nos deitarmos durante alguns minutos, por via das dúvidas.

— Essa é a desculpa mais idiota para fazer uma garota se deitar que eu já ouvi na minha vida — comentei.

— Estou falando sério. Olha lá. — Finn apontou para dois seguranças num dos extremos do campo. — Não vou tentar nada, juro. Vou até me afastar um pouco, para você ficar mais confortável.

Ele se afastou uns quatro metros e se deitou na grama.

— Que tal? — sussurrou alto.

Deitei no cobertor com cuidado, mantendo a cabeça virada e os olhos bem abertos para poder vigiá-lo.

— Se encostar um dedo em mim, eu enfio o seu nariz no cérebro com a lateral da mão.

— Shhh — pediu ele.

As luzes no estádio começaram a se apagar, uma a uma, até a escuridão tomar conta do campo.

— Só mais uns minutinhos — sussurrou Finn, sua voz muito longe, para minha tranquilidade.

Os últimos carros saíram do estacionamento, os pneus cantando. O bate-papo no rádio dos seguranças passava pelo morro abaixo como uma brisa perdida. Quando se enfraqueceu, eu me sentei e fiquei vendo a luz da lanterna se mover a distância. Alguns minutos depois, o segurança chegou ao seu carro e foi se afastando lentamente, os pneus triturando o cascalho.

— Fecha os olhos. — A voz de Finn me assustou. — Conta até vinte.

— Depois que eu enfiar o seu nariz no cérebro, vou quebrar os seus dedos e os seus joelhos — avisei.

— Vou ficar aqui — prometeu ele. — E vou continuar falando para você saber que não saí do lugar. Cinco. Seis. Sete. Falando, falando, falando, tá? Olhos fechados? Tá deitada? Ainda estou falando e procurando algum assunto para conversar, mas é difícil, porque essa é uma situação bizarra. Quinze. Dezesseis. Por algum motivo não previ que a sua reação ao meu encontro bem-intencionado seria ameaçar minha integridade física. Eu deveria ter me preparado para essa possibilidade. Da próxima vez que eu me reunir com o serviço secreto britânico...

— Já posso abrir os olhos? — perguntei.

—Vinte — respondeu ele. — Olha pra cima.

O céu noturno se estendia até o infinito, salpicado de estrelas como cristais e pérolas em um manto de veludo preto.

— Uau — sussurrei.

— Pois é — disse ele. — Tive que recorrer a todos os meus contatos para que o tempo colaborasse, mas deu tudo certo no fim. Posso sentar no cobertor agora?

— Ainda não. — Encontrei a Ursa Maior e as Três Marias sem dificuldade, mas não sabia os nomes de nenhuma outra constelação. Será que sempre tinha havido tantas estrelas assim no céu?

— Não vou tentar nada — continuou Finn. — A menos que você queira que eu tente. Mas, é claro, se você quisesse que eu tentasse alguma coisa, eu colaboraria com muito boa vontade. Quer que eu tente alguma coisa?

— Ainda não decidi.

— Eu já comentei que a grama onde estou deitado está encharcada de orvalho? — perguntou ele.

— Ainda não decidi se isso é oficialmente um encontro.

— Do que você chamaria?

— De antiencontro.

— Eu te trouxe flores.

— E eu gostei. Mas ainda é um antiencontro. — Fiz uma pausa. — Não quero que você me culpe por pegar uma gripe. Pode voltar aqui para o cobertor, se quiser.

— Promete que não vai me mutilar?

— Prometo te avisar com bastante antecedência antes de te mutilar.

Fiquei só sacando com o canto do olho enquanto o vulto de Finn se levantava, caminhava na minha direção e se deitava a cinco centímetros de mim. Dava para sentir o calor que irradiava da sua pele. Ele cheirava a grama molhada, suor e sabonete. Mas não a desodorante.

— Em noites assim — disse ele, em voz baixa —, eu poderia ficar olhando para o céu eternamente.

Esperei que continuasse divagando sobre as estrelas, sobre suas aventuras como astronauta ou a ocasião em que fora abduzido por alienígenas (e eu teria sido capaz de acreditar), mas ele só continuou deitado, observando a borda da Via Láctea que se estendia bem acima de nós. As camadas de sons — os carros na rua, os aviões a distância, a despedida dos grilos, o adejar das asas dos morcegos — foram pouco a pouco silenciando, até eu só ouvir o coração batendo nos ouvidos e o ritmo lento e regular da respiração de Finn.

De repente, minha mão encontrou a dele e nossos dedos se entrelaçaram. Ele a apertou uma única vez, e suspirou.

Abri um sorriso, grata pela escuridão.

Fomos embora uma hora depois, para que Finn pudesse me levar para casa mais cedo do que eu tinha permissão para chegar. Nenhum de nós falou muito durante o percurso. Também não conversamos no carro, mas isso foi mais fácil, porque ele ligou o rádio. Era como se as horas passadas sob as estrelas tivessem nos mandado para um novo país cujo idioma ainda não conhecíamos, mas eu não sabia se ele estava se sentindo do mesmo jeito, pois não tinha coragem de perguntar.

Finalmente falei, pouco antes de ele entrar no jardim da minha casa:

— Não. Para perto daqueles arbustos.

— Vai dar uma festa sem mim? — perguntou ele.

— Um colega de exército do meu pai está aqui de licença com um monte de soldados. Eles vão seguir para as montanhas Adirondack amanhã.

Soltei o cinto de segurança e abri a porta no instante em que ele desligou o motor, pois eu não sabia o que queria que acontecesse no banco da frente. Bem, até que sabia, mas não tinha cem por cento de certeza, e me pareceu que o mais seguro era tirar a bicicleta do banco traseiro o quanto antes. O guidom ficou preso no cabide entortado acima da porta, mas Finn conseguiu soltá-lo.

— Obrigada. — Me inclinei sobre o guidom. — Foi uma... noite legal.

Ele se recostou no carro.

— Agora a gente já pode chamar de encontro?

— Não.

— Pode chamar de antiencontro bem legal?

Dei uma risadinha.

— Pode.

Ele ficou chacoalhando as chaves.

— Gostaria de observar, para que conste nos registros, que a minha calça e o meu cinto continuaram fechados durante a noite inteira.

— O que foi muito inteligente da sua parte. — Hesitei, porque queria beijá-lo e tinha certeza de que ele a mim, mas a bicicleta estava na minha frente e Finn a vários passos, e ainda por cima dois soldados apareceram dos fundos da casa e começaram a vasculhar a traseira de uma das caminhonetes.

— É melhor eu ir — falei.

— Você vai ficar bem? — perguntou. — Com esse pessoal ao seu redor, e tudo mais?

— Você é que deveria estar preocupado. Você saiu com a filha do capitão sem pedir permissão a ele.

## — * — 31 — * —

Papai estava sentado diante da fogueira no quintal com Roy e outros soldados. A conversa morreu quando entrei no círculo de luz.

— Não quis interromper — falei. — Só queria avisar que já estou em casa.

— Como foi o jogo? — perguntou Roy.

— Nós perdemos — respondi. — Mas as estrelas estavam lindas.

— Durma bem, princesa. — O rosto do papai estava meio na sombra, parecendo anguloso e envelhecido. Minha vontade foi sentar no chão e encostar a cabeça no seu joelho para ele me fazer cafuné e dizer que tudo ficaria bem, mas o problema é que eu não sabia se isso era verdade. Ele estava sóbrio, ainda bebendo refrigerante, cercado por colegas que entendiam tudo que ele passara, mas o bom humor da tarde havia desaparecido. Ele parecia novamente perdido, atormentado.

Um dos soldados mais jovens se levantou e me ofereceu uma cadeira, mas murmurei um boa-noite rápido e corri para dentro.

Michael estava refestelado diante da tevê, jogando com dois recrutas, babando cuspe manchado de chiclete num copo de papel. Fui direto para o quarto sem dizer uma palavra. Não me dei ao trabalho de tomar banho, nem escovar os dentes. Tranquei a porta, vesti o pijama e me recostei na cama com um livro e o celular.

Finn me mandou uma mensagem assim que eu me acomodei.

*cheguei*
*vc tá bem?*

*tô*

respondi.

Esperei, olhando para a tela. Será que eu deveria dizer mais alguma coisa? Será que a gente deveria passar a noite inteira trocando mensagens?

*a gnt se fala + tarde tá?*

sugeriu ele.

*tá*

Hesitei, mas prendi a respiração e escrevi depressa:

*amei as flores*
*as estrelas estavam um espetáculo*
*obgd*

Ele não respondeu e não respondeu e não respondeu. Dei um tapa na testa. *Que diabos eu quis dizer com "antiencontro"? Agora o garoto está pensando que sou doida, louca varrida, e ainda fui dizer que ia enfiar o nariz dele no cérebro, quem diz uma maluquice dessas?*, mas, nesse momento, a tela do celular se acendeu de novo.

*estando do seu lado*
*n vi nenhuma estrela*
*boa noite*

## − * − 32 − * −

Acordei ao som de uma sinfonia de serrotes na sala: soldados roncando alto o bastante para fazer as vidraças trepidarem. Me espreguicei, esfregando o sono dos olhos, e encontrei o celular embolado entre as cobertas. Nenhuma mensagem. Reli as que Finn mandara na noite anterior para ter certeza de que ele dissera o que eu achava que dissera.

E dissera mesmo.

Meu estômago começou a se embrulhar. Eu pensei em escrever para Gracie, perguntar o que eu deveria fazer, mas e se ele tivesse dito tudo aquilo da boca pra fora? E se todo aquele lance de encontro tivesse sido uma armação para... sei lá, me humilhar e me traumatizar para o resto da vida? Além disso, se eu contasse para Gracie, ela despejaria tudo nos ouvidos do Topher, que adorava exagerar as coisas, e aí na segunda de manhã a escola inteira pensaria que eu e o Finn tínhamos transado e o Finn pensaria que fora eu quem espalhara o boato e nunca mais falaria comigo.

E aí é que eu seria mesmo reprovada em matemática.

Li sua mensagem pela terceira vez. Senti um aperto no estômago. Precisava descobrir a verdade: ele estava zoando comigo, eu estava exagerando tudo, ou... alguma outra coisa?

Vozes grossas no corredor e a porta do banheiro sendo batida indicaram que alguns soldados tinham acordado. Se eu conseguisse convencê-los a passar o fim de semana inteiro aqui em casa, isso distrairia papai e me daria tempo para encontrar Finn e...

E depois?

Tudo bem, eu pensaria nisso outra hora. Primeiro Passo: alistar babás militares para o capitão Andrew Kincain.

Os caras que eu vira jogando na noite anterior tinham pegado no sono no sofá com os joysticks ainda na mão. A cena que fora pausada ainda pulava na tela, um monstro decapitando um guerreiro de pele verde cujo corpo desabava lançando um chafariz de sangue do pescoço cortado, e de novo, e de novo, e de novo. Fui depressa para a cozinha.

— Bom dia, princesa — disse papai.

Estava diante do fogão, vigiando o bacon que chiava em quatro frigideiras, o rosto tenso. As bolsas debaixo dos olhos estavam inchadas, mas não parecia ter chorado. Provavelmente, passara a noite em claro.

— Bom dia — respondi.

— Chegou bem na hora! — Roy veio da garagem e se dirigiu à cafeteira. — Me dá uma mão aqui, Hayley — pediu, servindo uma xícara. — Estou tentando convencer o seu velho a vir com a gente para as montanhas.

Papai franziu a testa e abaixou a chama debaixo de uma frigideira.

—Vira o disco, Roy.

— Uma cabana, um lago, mil árvores — insistiu Roy. — Dois dias, uma noite. Você vai se esbaldar.

*Dois dias e uma noite?* Eu com uma chance de ficar sozinha, papai com uma chance de pôr as ideias em ordem?

— Tá falando sério? — perguntei. — Parece maravilhoso. Você tem que ir.

— Eu não vou te deixar sozinha. — Papai virou o bacon. — E fim de papo.

— Eu fico na casa da Gracie.

— Já disse que não — rebateu ele, ríspido.

— Só essa noite, então — tentou Roy. — Poxa, você poderia estar em casa amanhã antes do jantar, a viagem só leva duas horas. Traz a Hayley, se quiser.

Papai fez que não com a cabeça.

Tirei um pedaço de bacon frito do prato ao lado do fogão. Tivera um vislumbre do meu velho pai na noite anterior, o cara simpático, com senso de humor, mas ele voltara a se esconder, e agora o Novo Pai, o Pai Traumatizado, é que fritava o bacon. Por mais que eu quisesse um pouco de privacidade para pensar em Finn (e de repente até mesmo sair com ele), convencer papai a continuar na companhia de Roy era mais importante.

— Nunca estive nessas montanhas — falei. — Deve ser legal.

— Está vendo? — Roy abriu um sorriso. — Vamos lá, Andy. Você sabe que quer ir. Respira fundo, tira essa bunda de casa por um dia.

— Eu não vou! — exclamou papai, feroz. — E ponto final!

A fumaça do bacon subia em espirais para o teto. Ele ficou olhando para a frigideira. A escuridão voltara a tomar conta do seu rosto. Ele não se moveu, nem mesmo quando a gordura fervendo respingou nos seus braços.

— Tudo bem, Andy — disse Roy, em voz baixa. Estendeu o braço diante de papai para fechar as bocas do fogão, e então se virou para mim, meneando a cabeça em direção à porta.

Eu estava sentada na traseira da picape de papai, vendo dois soldados guardarem as mochilas num Jeep, quando Roy veio para o quintal. Um vento frio soprava do norte.

— Vão ver se todos já acordaram — ordenou-lhes Roy. — Embalem e guardem todo o equipamento, e cuidem para que a casa e o quintal fiquem limpos.

— Sim, senhor — responderam eles, marchando em direção ao quintal.

— Quando você tem que ir embora? — perguntei.

— Depois do café. Não temos muito tempo para conversar. — Ele tirou um maço de cigarros do bolso da camisa e pegou um. — Andy está se tratando com algum terapeuta ou psiquiatra?

Neguei com a cabeça.

— Ele não quer ir. Quando eu toco no assunto, ele grita comigo. E bebe muito. Demais.

Roy soltou um palavrão e acendeu um cigarro, sua mão envolvendo a chama para protegê-la do vento.

Afastei os cabelos do rosto.

—Você tem medo de viadutos?

Ele soprou a fumaça de lado, para que não atingisse meu rosto.

— Como assim?

—Viadutos. Você pega um desvio para não ter que passar por baixo?

— Não. — Ele ficou observando a brasa do cigarro. — Andy anda fazendo isso? Por quê?

— Snipers — expliquei. — Primeiro foram os viadutos, depois as cabines de pedágio. Ele faz desvios quilométricos em volta de caçambas de entulho ou até mesmo latas de lixo porque poderiam estar escondendo uma bomba caseira. Ele sabe que é uma bobagem, mas isso não o impede de ter ataques de pânico. Às vezes, ele passa dias sem sair de casa.

— Ele está sem emprego? — perguntou Roy.

— Quando chegamos à cidade, ele foi trabalhar para uma companhia de seguros, e depois arranjou um emprego nos correios. Mas não durou. Duas semanas atrás, foi demitido da empresa de tevê a cabo também.

— Qual é o problema?

— O temperamento. Ele perde a cabeça por causa de coisas bobas e depois tem muita dificuldade para se acalmar.

¤ 97 ¤

— Ele recebe pensão por invalidez?

— Recebe, mas é pouca coisa.

— Essa casa era da sua avó, não era? Ela é própria?

Num flash, eu me vi...

*... de pé em cima de uma cadeira diante da mesa da cozinha, ajudando vovó a guardar embalagens de chicletes numa caixa de papelão. Pusemos na caixa os chicletes, cigarros, livros e um desenho do céu cheio de passarinhos que eu tinha feito com lápis de cor. Vovó lacrou a caixa com durex e nós a levamos para os correios e a mandamos para o papai...*

Cravei as unhas nas palmas das mãos até a lembrança desaparecer.

— Acho que sim.

A voz de papai vociferou no quintal, mas, com o vento, não consegui entender o que dizia.

Roy deu mais uma tragada no cigarro.

— Qual é a desse tal de Michael?

— Eles foram colegas de escola. É o único amigo que papai tem por aqui. Mas acho que ele é traficante.

— Merda — disse Roy.

— Por que ele está piorando? — perguntei. — Isso não faz sentido. Ele já voltou há anos.

— O sangue ainda está escorrendo.

— Não está, não — respondi. — Tudo já cicatrizou, até a perna. E há muito tempo.

— Com quantos anos você está?

— Dezoito — respondi. — Bem, vou fazer. Em abril.

— A alma dele ainda está sangrando. Isso é muito mais difícil de curar do que uma perna ferida ou uma concussão cerebral.

— Mas pode ser curada, não pode? As pessoas podem ficar boas.

— Nem sempre — disse ele. — Talvez eu devesse dourar a pílula, mas você já tem idade bastante para saber a verdade. Andy tem que tomar uma atitude. Ele precisa de ajuda.

Saltei da traseira da picape.

— Convence papai a ir com você. Fala com ele. Ele vai te ouvir.

— Essa é a parte mais difícil. — Roy franziu a testa. — Se ele não quiser ir, não há nada que eu possa fazer.

— Então fica aqui com ele — pedi. — Eu vou para a casa da minha amiga.

— Eu adoraria poder fazer isso, Hayley, mas já me comprometi com os rapazes.

— Só por uma noite... — Eu detestava implorar, mas não consegui me conter. — Por favor...

— Desculpe. — Roy apagou o cigarro no para-choque e guardou a guimba cuidadosamente no maço. — Vou falar com algumas pessoas quando eu voltar para a base, pedir a alguém do VA para vir aqui dar uma olhada nele. Esse peso não deveria cair nas suas costas.

Pareceu prestes a dizer mais alguma coisa, mas fomos interrompidos por um soldado magricelo, com marcas de acne.

— Todos já estão acordados, senhor, e se lavando.

— Cuide para que apaguem a fogueira completamente — ordenou Roy.

— O capitão Kincain acendeu a fogueira de novo, senhor. Ele me disse para não mexer nela. E, ah,.. — hesitou.

— O que é?

— Senhor, o capitão Kincain quer que saiamos daqui o mais depressa possível. Ele foi bastante enfático a esse respeito.

# — * — 33 — * —

Papai saiu do quarto depois que eles foram embora e veio ficar comigo diante da fogueira, carregando um pack de seis latinhas. Jogou uns gravetos no fogo e se sentou numa cadeira dobrável sem dizer uma palavra.

— Foi muito simpático da parte deles dar um pulo aqui — disse eu, cuidadosa.

Ele pegou um graveto fino no chão e o atirou no fogo.

— É.

Peguei o celular que vibrava no meu bolso. Era Finn.

*bom dia*
*quer ir p paris?*

— Quem é? — perguntou papai.

— Colega da escola. — Digitei depressa:

*quero pf*
*+ tarde*

e guardei o celular.

— Não é aquela menina, como é o nome dela, a que mora aqui na rua? — perguntou papai, abrindo uma das suas cervejas matinais.

— Não, não é a Gracie — respondi. — É uma amizade recente. Quer dizer, nova pra mim.

Ele soltou um resmungo, apoiando a lata de cerveja no joelho direito e balançando a perna esquerda num tique nervoso, como se ouvisse uma música rápida que eu não podia escutar. Inclinou-se para frente e atiçou o fogo com um velho cabo de vassoura.

— Pensei que você tivesse dever de casa.

Esse era o meu sinal para deixá-lo em paz. Mas eu não podia fazer isso, mesmo sabendo que deveria. Aquela cerveja como café da manhã estava me apavorando. O vento ondulava os talos das espigas no milharal do terreno ao lado. Joguei um graveto no fogo, fazendo algumas fagulhas subirem, e tentei encontrar um caminho seguro no campo minado que era o humor do papai.

— Ele disse que eu me pareço com a mamãe. — Pigarreei. — O Roy. Foi estranho ouvir ele dizer isso.

Papai soltou um resmungo.

— Quer dizer que ele era o seu melhor amigo naquele tempo? Afinal, se ele se lembra do rosto da Rebecca...

Ele tornou a atiçar o fogo.

— Ele e a namorada moravam no apartamento embaixo do nosso quando você nasceu. Não me lembro do nome da garota. Sua mãe e ela eram amigas.

— Você nunca disse que eu me parecia com a mamãe.

— E não se parece. — Ele esvaziou a lata e abriu outra. — Você se parece com você mesma. E com mais ninguém. Acredite em mim, isso é bom.

Peguei uma pedra do tamanho do meu polegar e a atirei no fogo.

— Você não acha que eu me pareço com você? Nem os olhos?

Ele esticou o pescoço para a direita, até os ossos estalarem.

— Não faça isso — avisou.

Joguei outra pedra

— O quê?

— Rochas sedimentares podem explodir numa fogueira. A umidade contida nelas se transforma em vapor, e aí *bum*.

—Você não é mais meu professor.

Ele tornou a atiçar o fogo, levantando os troncos para que entrasse um pouco de ar.

— Por que está de mau humor? — perguntou.

Não havia jeito de eu responder a isso sem ficar em maus lençóis. Era ele que tinha crises de humor, que fazia mil exigências absurdas, que expulsava os amigos antes de tomarem o café que ele próprio tinha preparado. Era ele que agia feito uma criança, me obrigando a resolver todos os problemas sozinha. Roy lhe dera a oportunidade perfeita de pôr as ideias em ordem, e papai só faltara cuspir nela. O que fez com que eu me perguntasse se ele gostava de ser um eremita infeliz, se sentia prazer em ferrar a minha vida tanto quanto estava ferrando a dele.

—Vai responder ou não? — perguntou, me desafiando a ser insolente.

Toda a sua raiva idiota por causa do Roy estava sendo descarregada em mim. E eu não a merecia, não dessa vez. Joguei outra pedra nas chamas, tentando manter a calma, porque isso era perigoso, meu coração batendo depressa daquele jeito, minha boca amarga e seca. Eu já me zangara com meu pai antes, mas agora era diferente. Eu chegara a um novo nível sem me dar conta. E essa nova paisagem era escura como uma caverna.

—Você ouviu o que eu disse sobre as pedras? — ele me interpelou.

Peguei um punhado de seixos no chão.

— Ouvi.

— Ah — disse ele, como se finalmente compreendesse. —Você está chateada, é isso? Se apaixonou por um daqueles soldados? Pois está louca se pensa que eu deixaria qualquer um deles chegar perto de você.

O vento norte tornou a soprar, atiçando o fogo e agitando meus cabelos em todas as direções. Um estouro alto soou no meio das chamas. Papai estremeceu. A umidade no interior de uma pedra chegara ao ponto de ebulição.

— Por que você não foi com eles? — perguntei.

— Porque eu não quis.

Meu celular vibrou. Não atendi.

— Conversar com o Roy poderia ter te ajudado — observei.

A fumaça subia.

— Não há nada para conversar — disse ele.

— Roy acha que você deveria falar com alguém do VA.

— Foram eles que fizeram isso comigo.

— Pai...

— Chega, Hayley. Não quero a ajuda deles.

— Tá, então não procura o VA, mas pelo menos vai para o acampamento. — Meu celular tornou a vibrar. — Você estava rindo ontem à noite, o Roy...

Papai urrou:

— Eu não gosto de mato, porra!

O oxigênio entrou na cavidade que ele abrira embaixo das toras. A fogueira aumentou. Por um segundo, desejei que a grama ainda estivesse alta e seca, para que o fogo pudesse se espalhar e queimar tudo — a casa, a picape, tudo — e forçá-lo a ver o idiota que estava sendo.

Comecei a me afastar.

— Volta aqui — ordenou papai.

— Por quê?

Ele cravou um olhar gelado em mim sem responder, até eu voltar e sentar num toco de árvore. O celular recomeçou a vibrar. Ou Finn estava me mandando um romance inteiro, ou Topher e Gracie tinham terminado.

— Você parecia estar se divertindo ontem à noite — comentei em voz baixa.

— E estava mesmo — admitiu ele. — Mas, quando fui dormir, os pesadelos voltaram, mais longos e sinistros do que nunca.

Deu um gole na cerveja e ficou olhando para o fogo, como se tivesse se esquecido completamente de mim. Resolvi arriscar e dei uma olhada no celular. As mensagens eram de Finn, perguntando se eu queria pular de paraquedas, escavar minas de ouro, esquiar no Everest. Uma parte de mim queria voltar para dentro de casa, ligar para ele, fofocar, namorar, fazer qualquer coisa, menos falar com o meu pai. Digitei a resposta depressa, dizendo que ligaria quando pudesse.

Papai estendeu a mão.

— Me dá isso aqui.

— Por quê?

— Porque eu já estou cansado de ouvir esse troço zumbir.

O fogo crepitava. Fiz um esforço para ficar de boca fechada, porque, se eu dissesse o que queria, a radioatividade exterminaria todas as formas de vida num raio de milhares de quilômetros.

Coloquei o celular no chão.

— Não vou atender. Prometo.

— Eu quero ver com quem você está falando. Sou seu pai. Me dá esse telefone.

—Você? — Olhei para ele em meio às ondas cintilantes de calor. — Agindo como um pai?

Ele se levantou.

— O que foi que você disse?

Alguma coisa dentro de mim entrou em ebulição.

—Você está péssimo, pai — respondi sem titubear. — Não tem emprego. Não tem amigos. Não tem vida. Metade do tempo você nem consegue levar o Spock para dar uma volta sem ter uma crise de nervos.

— Chega, Hayley. Cala a boca.

— Não! — exclamei, me levantando. — E agora você vem com esse papo de "sou seu pai", mas isso não significa nada, porque você só sabe plantar a bunda numa poltrona e ficar bebendo. Você não é um pai, você é...

Ele agarrou a frente do meu agasalho. Soltei uma exclamação. Ele trincou os dentes com força. A fogueira dançava nos seus olhos. Eu tinha que dizer alguma coisa para acalmá-lo, mas ele parecia estar tão fora de si que eu não sabia se me ouviria. Ele apertou o agasalho com mais força, me obrigando a ficar na ponta dos pés. Sua mão livre se fechou num punho. Ele nunca batera em mim, nem uma única vez.

O vento mudou de direção, fazendo a fumaça girar ao nosso redor.

Eu me preparei.

A fumaça o fez piscar. Ele engoliu em seco e pigarreou. Abriu a mão, soltando meu agasalho, e começou a tossir.

Dei um suspiro trêmulo, mas não me movi, com medo de que sua fúria voltasse. Ele se virou de costas, inclinou-se para frente com as mãos nos joelhos e tossiu com força, e então cuspiu na terra e se levantou. A fumaça mudou de direção e eu inspirei. Expirei. Ao inspirar, estava zangada. Ao expirar... lá estava o sentimento de sempre: medo. O medo me deixava com raiva e a raiva me deixava com medo e eu não sabia mais quem ele era. Ou quem eu era.

Muito acima da sua cabeça, um bando de gansos voando em V rumava para o sul. O som dos grasnados viajou mais devagar do que os corpos, chegando até a fogueira segundos depois de eles se afastarem. Uma nuvem encobriu o sol, escurecendo a luz e encolhendo as sombras.

O celular tocou e papai se levantou de um pulo como se tivesse levado um choque elétrico. Sem uma palavra, pegou o aparelho e o atirou no fogo.

# — * — 34 — * —

*Idosos mirrados nos conduzem pela montanha até sua aldeia. Não falo a língua. Meu intérprete diz que fala.*

*Ontem, o inimigo montou lançadores de granadas na laje de uma casa. Atiraram no nosso posto avançado, corrigiram o ângulo e atiraram de novo. E de novo. Cada tiro parecia uma pequena flor vermelha desabrochando no vale. Eles abriram as comportas do inferno sobre nossas cabeças, distraindo-nos para que não nos preparássemos para os homens que invadiriam em peso nosso acampamento, atirando em todas as direções.*

*Nove dos meus soldados tiveram de ser retirados do local. Dois morreram antes de conseguirem voltar à base. Matamos quatro rebeldes e capturamos outros quatro.*

*No fim da batalha, nosso apoio aéreo disparou mísseis contra a porta da tal casa, transformando-a numa cratera aberta na encosta da montanha.*

*Os anciãos nos levam até lá. Uma pequenina mão, suja de sangue e poeira, projeta-se por entre os escombros. Os anciãos gritam conosco.*

*— O que eles estão dizendo? — pergunto.*

*— Que atingimos a casa errada — responde o intérprete.*

*Explodimos uma casa cheia de crianças, mães e avós desdentadas. A casa dos rebeldes está vazia, bem ali do lado.*

*Os anciãos gritam comigo, brandindo os punhos.*

*Compreendo cada palavra que dizem.*

# - * - 35 - * -

— Cinquenta pessoas te viram no jogo — disse Topher. — Para de mentir.

O refeitório estava quieto no primeiro tempo, todo mundo de luto pela morte de mais um fim de semana.

— Não estou mentindo — repeti. — Foi tudo muito estranho. Ele é estranho. Não é, Gra?

Gracie fez que sim, roendo uma unha, distraída. Havia algo de errado com ela; estava quase sem maquiagem, o cabelo preso num rabo de cavalo, e, pelo hálito, não escovara os dentes.

Topher estendeu o braço sobre a mesa do refeitório e partiu um pedaço do meu muffin.

— Ele disse que te mandou um milhão de mensagens.

— Que exagero. Foram só duas. Depois disso, o celular pifou.

Eu passara o resto do sábado assistindo a realities de culinária na tevê. Papai continuara sentado diante da fogueira, de costas para a casa. Quando acordei ao meio-dia no domingo, havia um celular novo em folha, caríssimo, na mesa da cozinha, ao lado de um bilhete que dizia *Perdão*. Ele voltou para casa algumas horas depois, os braços cheios de sacolas do mercado. Guardei a comida e fiz uma panela de chilli. Ele assistiu a um jogo de futebol americano na tevê, o volume alto o bastante para eu poder ouvir do meu quarto, mesmo com a música no volume máximo.

Sabia que ele estava esperando que eu agradecesse, mas eu não sentia a menor vontade de fazer isso. Comprar um celular novo de presente para mim que não tínhamos condições de pagar era ridículo. Seu pedido de perdão não tivera o menor valor.

*Já chega.* Lembrar nunca adiantou nada.

Fiz um esforço para voltar ao tempo real.

— Não importa o que o Finn tenha dito a você — falei a Topher. — Nós não tivemos um encontro. Ele está inventando tudo isso.

— Típico de homem — murmurou Gracie, começando a roer a unha do polegar. — Mentiras e mais mentiras.

— Gata... — Topher puxou com delicadeza a mão que a namorada levara à boca. —Você prometeu que não faria mais isso.

Gracie o fuzilou com os olhos.

— Cala a boca.

Havia um clima ruim rolando entre os dois. Fingi estudar uma lista com os nomes em chinês de coisas que se comem no café da manhã.

Gracie apontou o dedo para mim.

— E acho bom você também não dizer nada.

— Gata! — exclamou Topher. — Relaxa.

Antes que eu pudesse abrir a boca, Finn se jogou numa cadeira ao meu lado.

— Oi — disse.

— Hum — respondi, articulada e espirituosa como sempre.

Ele usava uma camiseta preta justa com o logotipo de uma banda de que eu nunca ouvira falar, uma calça jeans meio baixa nos quadris e um par de tênis novos. Tinha cortado o pescoço se barbeando. E estava cheirando a almíscar.

— Hum — repeti.

— Detesto quando você me chama de "gata" — avisou Gracie a Topher. — Se eu quiser roer as minhas unhas, vou roer. Quando foi que você se tornou um mala sem alça?

— Opa! — Topher levantou as mãos. — Desculpe, é só que...

— É que nada. — Ela piscou os olhos para afastar as lágrimas, levantou-se e correu para a porta.

— Qual é o problema com ela? — Topher me perguntou.

— Deve estar naqueles dias — sugeriu Finn.

— Será que você faz alguma ideia do quanto isso é insultuoso? — perguntei. — Será que sabe o quanto as mulheres detestam quando os caras pensam que qualquer demonstração de emoções negativas tem a ver com o ciclo menstrual, como se nós fôssemos ovelhas?

(De algum canto mal-iluminado da cabeça, surgiu o pensamento de que comprar uma briga com Finn acerca das coisas idiotas que os caras dizem sobre a menstruação quando as garotas agem de maneira estranha poderia ser uma péssima decisão. E o pensamento foi abafado pelo seguinte, que gritou em alto e bom som que, se ele era burro o bastante para achar que a menstruação era a raiz de todos os males femininos, eu não devia perder meu tempo com ele.)

(Mas que droga, o cara estava uma delícia com aquela camiseta.)

Desviei meu ataque para Topher.

—Vocês brigaram no fim de semana?

Topher negou com a cabeça.

— Eu, não. Ou é a TPM, ou os pais.

— Não é a menstruação — insisti.

— Bom, o fato é que ela não quer tocar no assunto. — Ele roubou outro pedaço do meu muffin. — Levei ao cinema na noite de sexta. Ela não disse uma palavra. E também não quis, sabe como é, fazer nada depois.

— Você não acha que deve ir atrás dela? — perguntou Finn, fazendo um gesto em direção à porta.

— Por quê? — perguntou Topher.

— Porque você é o namorado dela, seu babaca. Tem a obrigação de ajudar, de ver do que ela precisa.

— É mesmo? Eu deveria fazer isso?

— Deveria sim, Topher — falei. — Vai lá. A gente toma conta das suas coisas.

Assim que ele saiu, um silêncio horrível recaiu sobre a mesa.

Eu podia sentir a presença do Finn ao lado. E o seu cheiro. Não eram só as notas sutis de almíscar, ele tinha escovado os dentes, talvez até feito um bochecho com enxaguante bucal. Será que era um bom assunto para começar uma conversa, perguntar qual era a sua marca preferida de enxaguante bucal?

Provavelmente não.

— Enfim! — A voz dele saiu alta demais, uma nota de soprano. Ele pigarreou e tentou de novo. — Tudo bem. E aí, quando é que vai me entregar o artigo sobre o jogo de futebol americano?

Eu não tinha pensado nisso o fim de semana inteiro.

—Você precisa mesmo dele para hoje?

— Seria bom. Assim que me entregar, o jornal vai poder se gabar de ter nada menos que... — Ele franziu a testa, contando em silêncio nos dedos. — ... dois artigos. Poderíamos ter uma reunião oficial da equipe hoje à tarde para discutir os outros assuntos sobre os quais queremos escrever.

— Não, obrigada.

Ele estava penando para abrir a embalagem de tódinho, já que viera sem o canudo.

—Você tem alguma coisa melhor para fazer? Algum banco para assaltar? Alguma republiqueta para invadir?

—Tenho algo do tipo.

—Você vem à reunião se eu te pagar dez pratas?

—Você ainda me deve dezenove do jogo.

— Então vamos arredondar logo para trinta. E nem mais um centavo.

—Você paga todos os funcionários do jornal?

— Por quê, isso é errado?

— Quantas pessoas trabalham na coisa?

— Contando comigo e com você? Duas.

Caí na risada.

—Você é o pior editor de jornal escolar de todos os tempos, sabia?

— A realização de que eu mais me orgulho até a presente data. — Ele finalmente abriu o tódinho e o bebeu de um gole só. Quando terminou, secou a boca nas costas da mão. — E aí, está zangada comigo?

— Por você ter dito uma tremenda besteira sobre a menstruação?

— Eu estava pensando mais no fato de você não ter ligado nem respondido às minhas mensagens depois da manhã de sábado.

— Foi o meu celular.

Finn resmungou.

—Vamos lá, Blue Girl, diz alguma coisa original, por favor.

— Respirou fundo. — Eu sei... que fui... — Suspirou. — Eu armei uma emboscada para você no encontro. Desculpe se te aborreci com isso.

— Me aborreceu?

Ele se inclinou para frente e bateu com a testa na mesa três vezes.

— Para com isso! — Pus a mão entre sua cabeça e a mesa.

—Você é louco?

—Varrido — concordou ele.

— Olha só. Eu não estava inventando isso. — Tirei da mochila o celular que papai me dera por se sentir culpado e o entreguei a ele. — O antigo foi assassinado no sábado, no exato momento em que você estava me mandando uma das suas mensagens. Eu ganhei esse aí ontem e ainda não tenho o número de ninguém e nem podia pedir à Gracie, porque... enfim, as coisas estavam meio complicadas lá em casa.

— Complicadas com o seu pai ou com a Décima Patrulha das Montanhas?

— Com o meu pai — esclareci. — E aqueles caras eram da Centésima Primeira Patrulha, do Kentucky. Eles foram embora logo cedo no sábado.

Finn ficou todo animado.

— Então você não estava me ignorando por ter se irritado com a minha mentira na noite de sexta e, se ainda se lembra da nossa conversa, com o fato de eu ter me oferecido para te pagar pelo que era para ser um encontro?

Hesitei, enquanto analisava cada uma das cláusulas que ele enfiara na pergunta.

— Ignorando você, não — respondi. — E nós concordamos que era um antiencontro, lembra?

Ele relaxou, rindo.

— Excelente! Eu estava começando a me sentir um pouco menos confiante em relação ao evento. Mas... — Apontou para mim, e então se inclinou tão perto que minha visão se embaçou e duplicou seu rosto. — ... Agora a verdade pode vir à tona. Você passou o fim de semana numa missão secreta. Uma operação clandestina. Que era a verdadeira razão por que aqueles soldados estavam lá. Não se preocupe — ele voltou a se recostar na cadeira —, não precisa explicar os detalhes. Eu entendo tudo.

— Tudo?

Ele abriu uma segunda embalagem de tódinho.

— Passei o fim de semana entrando em contato com informantes e intimidando testemunhas evasivas. Estou a par de tudo: os anos que você passou trabalhando para o serviço secreto britânico, o favor que prestou para a Família Real sueca e o fato de falar vinte e sete idiomas fluentemente.

Tirei a embalagem da sua mão e dei um gole.

— Vinte e oito.

— Como assim?

— Eu falo vinte e oito idiomas. Você se esqueceu do udmurte. A maioria das pessoas sempre se esquece.

— Udmurte? — Ele entrelaçou os dedos atrás da cabeça, mostrando um teor chocante de bíceps e de definição peitoral por baixo do tecido fino da camisa. — Por acaso... você está me dando mole, Miss Blue?

— Nem começa a se achar, garoto — murmurei, ficando tão vermelha que cheguei a pensar que ativaria o sistema de sprinklers do refeitório.

— Ah, tá legal — disse ele, abrindo um sorriso. — Gostaria que alguém anotasse essas palavras: mesmo que você caia em si e decida nunca mais falar comigo, vou sempre me lembrar desse momento com o maior carinho. Udmurte. Essa foi genial.

Antes que eu pudesse desconstruir a frase e decidir se ele estava me sacaneando, provocando ou elogiando, Topher entrou no refeitório e correu até nós.

—Vem, gente, depressa — chamou, ofegante. — Ela surtou. No banheiro.

## -*- 36 -*-

Pelo nível de pânico do Topher, esperei encontrar o corredor bloqueado por uma equipe da SWAT e por negociadores de reféns. Em vez disso, deparei com um grupo de garotas diante da porta do banheiro, esperando, eufóricas, como espectadoras de um enforcamento medieval.

—Você não pode entrar — anunciou a mais alta, ficando na frente da porta.

— É isso mesmo — concordou a segunda, que usava uma calça de pijama e botinhas de pelúcia — Nossa amiga precisa de privacidade.

Dentro do banheiro, Gracie soluçava.

— Sua amiga? — estranhei.

— Ela está sofrendo muito — explicou a terceira garota, sua voz besuntada de dramaticidade.

— Qual é o problema? — perguntei.

— Ela está deprimida — afirmou a mais alta.

— Com tendências suicidas — acrescentou a da calça de pijama.

—TPM talvez — especulou a terceira.

As zumbis olhavam para mim, com os rostos flácidos parecendo estar debaixo de refletores, experimentando diferentes expressões de zelo e superioridade moral que haviam aprendido em reality shows. Olhei ao redor, esperando encontrar alguém que realmente soubesse o que fazer numa situação dessas, mas só vi Topher e Finn, alguns passos atrás.

—Vocês sabem o nome dela? — perguntei às garotas.

— Como assim? — perguntou a Garota do Pijama.

— Como é o nome da amiga de vocês? — insisti. —A que está chorando no banheiro?

— O nome dela é Gwen — disse a terceira. — Acho que ela está na minha aula de educação física.

— Sai da frente. — Forcei a passagem entre elas e abri a porta do banheiro.


Gracie levantou a cabeça quando entrei. Estava sentada no chão, ao lado da calefação, debaixo da janela que não abria nem à bala.

—Vai embora. — Ela secou os olhos na manga do suéter marrom.

Pensei no que ela tinha dito e respondi:

— Acho melhor não. Qual é o problema?

Ela balançou a cabeça, fechou os olhos e se recostou na calefação.

— Quer que eu chame a enfermeira?

Ela fungou.

— Por acaso um Tylenol infantil e um copo de suco de laranja vão resolver tudo? Beleza.

O banheiro cheirava a cigarro, vômito e perfume. As portas de dois dos três reservados tinham sido removidas. Umedeci uma toalha de papel na pia e a entreguei a Gracie.

— Pra que isso? — perguntou ela.

— Põe nos olhos — respondi. — Vai te dar um alívio.

Ela fez o que eu sugeri, suspirando um pouco quando sentiu o papel frio na pele. No corredor, Topher discutia com as zumbis dramáticas.

Sentei ao lado de Gracie, pois não sabia o que mais poderia fazer. Do chão, dava para ver a base de três privadas e a parte inferior das pias. Não sabia qual era mais nojento, mas tinha certeza de que os professores de biologia e química nunca mais precisariam comprar kits de mofo ou bactérias.

— Ele foi infiel — murmurou ela.

— Topher?

— Não. — Ela apertou a toalha e ficou vendo as gotas pingarem nos ladrilhos sujos, formando uma poça. — Meu pai. Ele traiu minha mãe.

— Tem certeza? Eu estive na sua casa. Seus pais são perfeitos.

— Eles fingem muito bem. Isso já vem rolando há séculos. É como um ciclo: ele tem um caso, mamãe descobre, eles brigam, fazem terapia, se apaixonam, viajam na enésima lua de mel. Seis meses depois, ele arranja uma nova amante e começa tudo de novo.

— Não sei o que dizer.

— Você pode dizer *que merda* — sugeriu ela.

— Que merda — concordei.

— Com M maiúsculo — disse ela em voz baixa. — Que nojo, principalmente a parte do sexo. Quem gosta de pensar nos pais transando? Você não gostaria de ouvir os dois brigando por causa disso, acredite.

— Eu acredito.

— Ele diz que ama a minha mãe. No Natal passado, eles se casaram de novo. Garrett e eu tivemos que ficar lá com os dois na frente dos convidados, todos fingindo. Às vezes, eu me pergunto se ele também trai a gente, se está procurando novos filhos que não o decepcionem.

— Nunca pensei numa coisa dessas — confessei.

— Gostaria de poder parar de pensar. Eles vivem dizendo: "O ensino médio é muito importante. Você tem que começar a levar os estudos a sério, Grace Ann, a sua vida inteira vai depender deles", aí enchem a cara e passam horas gritando um com o outro. — Ela suspirou, soltando a toalha de papel no chão. — O fim de semana foi um inferno. Ontem à noite, eles tiveram uma briga que foi a pior de todas até hoje. Eu podia jurar que os vizinhos iriam chamar a polícia.

— Ele bateu nela?

— Meu pai? Nunca. Ela jogou uma xícara de café em cima dele, acertou bem no nariz. E aí se sentiu péssima, porque minha mãe ama demais meu pai, entende? Ela se sentiu mal porque machucou ele — contou Gracie, fungando —, mas aí se sentiu ainda pior por compreender que, por mais que ame ele, meu pai nunca vai mudar.

O pai de Gracie é engenheiro e a mãe, contadora. Eu não conseguia imaginar nenhum dos dois gritando, atirando objetos um no outro ou tendo casos extraconjugais. Meu pai sim, eu podia imaginar fazendo coisas desse tipo; Trish, essa então, aprontava. Mas papai carregava uma guerra na cabeça, e Trish era uma bêbada. Os pais de Gracie não precisavam enfrentar nenhum problema parecido, e ainda assim a filha estava se desfazendo em lágrimas no chão do banheiro da escola.

— Por que eles não podem ser só meus pais? — Fungou de novo. — Antes, eles eram maravilhosos. Brincavam um com o outro, se beijavam na nossa frente, papai escrevia poemas bobos e mamãe fazia muffins para ele, e agora... — Seu tom subiu ao pronunciar a última palavra, o lábio inferior trêmulo. Com o rosto contraído de tristeza, Gracie olhou para mim, e pela primeira vez eu a vi exatamente como era no jardim de infância no dia em que caíra do trepa-trepa e arranhara os joelhos.

— Ah, Gracie. — Abri os braços e ela se inclinou para mim, soluçando no meu ombro. Fiquei alisando seus cabelos, sussurrando *shhh*, *shhh*, embalando-a até se acalmar. Quando a campainha tocou, ela já tinha parado de chorar e estava respirando normalmente. Quando nos levantamos, deu um risinho e secou minhas lágrimas.

— Por que está chorando? — perguntou.

— Alergia. — Funguei. — E aí, em que pé as coisas vão ficar agora?

Ela se olhou no espelho e usou o canto de uma toalha de papel para limpar o delineador que escorria pelo rosto.

— Mamãe disse que essa foi a última vez. Ela vai procurar um advogado.

— Putz.

— Ela tentou explicar para o Garrett o que o divórcio significa, agora de manhã. Ele está na segunda série; por que tem que entender uma palavra dessas? O garoto ficou tão transtornado que vomitou o café da manhã e se escondeu no closet do papai. — O lábio inferior tremeu e ela piscou depressa. — Se fosse só eu, poderia enfrentar a situação. Não quero viver em duas casas, mas, se desse jeito a gritaria vai acabar, então, vamos nessa. Mas a expressão no rosto do meu irmãozinho...

Ouvimos passos. A porta se abriu algumas vezes, mas Finn e Topher estavam dando mil desculpas para quem quer que fosse e tornou a se fechar.

— Quer ir para casa? — perguntei.

— Rá-rá-rá! — Gracie riu, balançando a cabeça. — Só se você tiver uma máquina do tempo. — Curvou-se sobre a pia e jogou um pouco de água no rosto. Quando se endireitou, entreguei mais algumas toalhas de papel a ela. — Não importa aonde eu vá, nunca tenho vontade de estar lá. E aí vou a outro lugar, mas também não me sinto feliz. — Enfiou a mão na bolsa e tirou uma latinha de pastilhas de hortelã. — Quer uma?

Abriu a lata e a estendeu para mim. Eu já ia aceitar, mas então vi o que havia dentro: uns comprimidos grandes, ovais, de um tom azul-piscina.

— Não são pastilhas de hortelã.

— Dããã. Pastilhas de hortelã não adiantariam grande coisa, adiantariam? — Ela colocou a lata na beira da pia, pôs um comprimido na boca e tomou um gole de água da torneira. — Não tem problema, eles são legais. Uma das receitas da mamãe. Você deveria experimentar. De repente, tornaria a matemática divertida, quem sabe.

Olhei para os comprimidos e depois para ela. Os olhos ainda se pareciam com os da Gracie do jardim de infância, mas a boca, as maçãs do rosto e a maquiagem que não os escondiam cem por cento eram de alguém que eu nunca conhecera.

— Não, obrigada.

Ela olhou para mim no espelho.

— Posso ir para sua casa depois da aula?

— Não vai dar. Eu tenho que ir para o asilo de idosos fazer serviço voluntário. — Fechei a latinha e a devolvi. —Vem comigo.

# -*- 37 -*-

A recepcionista do Lar e Abrigo de Idosos Santo Antônio prendeu o telefone entre a orelha e o ombro e anotou a hora da minha chegada na ficha, usando uma caneta com a tampa toda roída. Apontou para os elevadores e estendeu quatro dedos, e então disse à pessoa do outro lado da linha que a jornada de trabalho era de dezesseis horas, e em alguns dias tinha a sensação de que nunca mais sairia daquele inferno.

Gracie me seguiu até o elevador. Não dissera uma palavra no ônibus. Suspeitei que fosse porque estava meio dopada, mas pelo menos me acompanhara, e isso já era alguma coisa.

As portas do elevador se fecharam.

— Quanto tempo vamos ter que ficar? — perguntou ela.

— Benedetti disse que eu preciso de quatro horas.

— Quatro? — Gracie soltou um suspiro teatral. — Não gosto tanto assim de idosos.

— Aposto que eles também não gostam de você — rebati. — Pelo menos uma hora. É melhor do que ir para casa, não acha?

Gracie franziu a testa quando as portas do elevador se abriram.

— Não muito.

Uma enfermeira nos encaminhou à Sala de Atividades. O ser que escolhera esse nome devia ter um senso de humor doentio. Da dúzia de residentes que ocupavam o aposento, só um parecia ter pulso, uma senhora num vestido floral desbotado empurrando um andador tão devagar que era difícil dizer em que direção se movia. A maioria dos outros dormia esparramada em cadeiras de rodas alinhadas diante de uma enorme tela de tevê, presos a tubos de oxigênio como balões murchos. A tevê estava desligada. Meu nariz se franziu; a sala cheirava a pastilhas para tosse sabor cereja, fraldas usadas e desinfetante.

Um cara magricelo de uniforme, com um longo rabo de cavalo preto, passou por nós empurrando um carrinho.

— Primeira vez aqui?

— A última — murmurou Gracie.

Ele apontou uma mesa diante da janela.

— Doris gosta de jogar cartas. O Sr. Vanderpoole, sentado diante dela, é fã de quebra-cabeças.

Doris era do tamanho de um gnomo de jardim (só que sem o chapéu), e usava óculos fundo de garrafa que ampliavam os olhos acinzentados e úmidos. Ela observava o quebra-cabeça do Sr. Vanderpoole, um retrato de um antigo parque de diversões. Metade da roda-gigante e partes da cerca de um curral estavam faltando, mas não restavam mais peças na mesa. O Sr. Vanderpoole, usando terno e gravata, o rosto perfeitamente barbeado, dormia em silêncio na cadeira de rodas, imóvel como uma estátua.

Gracie se aproximou de uma estante baixa e examinou os quebra-cabeças e as caixas de jogos empilhados.

— Será que eles têm um tabuleiro Ouija?

— Por quê? — perguntei.

— Bom, no mínimo é mais interessante do que quebra-cabeças — disse ela. — Talvez os mortos me ensinem a lidar com meus pais.

—Vem, Gra — chamei. — Eu te obriguei a vir justamente para que você tire isso da cabeça.

Ela fez um gesto indiferente, como se dissesse: "Você que manda."

Puxei a cadeira ao lado de Doris e me sentei.

— Sou Hayley Kincain, senhora. Quer jogar cartas?

Ela piscou como uma coruja decrépita e perguntou:

— Quando minha irmã vai chegar?

— Hum... — Olhei ao redor, procurando uma senhora do tamanho de um gnomo que se parecesse com Doris, ou, melhor ainda, uma enfermeira.

— Quando minha irmã vai chegar? — repetiu Doris. Seus olhos ficaram cheios de lágrimas.

— Não sei bem... — respondi. — Ela mora aqui?

— A sua irmã vai chegar logo, logo — disse Gracie, sem se virar. — Agora, você tem que jogar cartas, Doris.

— Ela tem razão — concordei com mais entusiasmo do que sentia. — Bridge ou Go Fish?

Doris sorriu e balançou a cabeça.

— Eu gosto de Fish.

Crise encerrada, embaralhei as cartas.

— Como você fez isso? — perguntei a Gracie.

— Fiz o quê? — Gracie carregou uma pilha de caixas amassadas para a mesa. — Acredita que eles têm Candy Land?

De tempos em tempos, alguém no corredor soltava um gemido, como um fantasma entediado. Em silêncio, xinguei a Srta. Benedetti, cortei as cartas e tornei a xingá-la. Dei sete cartas a Doris e estudei minha mão: cinco ases e dois sete de copas. Abri a boca para dizer que precisávamos de um baralho diferente, mas tornei a fechá-la ao ver o cuidado com que Doris organizava as cartas e quão calma parecia, como se não tivesse ficado à beira das lágrimas por causa da irmã, momentos antes.

Um minuto se passou. Dois. Depois de uma curta eternidade, Doris finalmente pôs na mesa uma carta virada para baixo e tirou outra do monte.

— Sua vez — disse ela.

Observei minhas cartas.

— Você tem algum sete?

Ela olhou para mim, sem entender.

— Por quê?

Pelo visto, estávamos jogando pelas Regras de Doris. Imitei sua jogada: uma carta virada para baixo, outra tirada do monte. Era como jogar com uma criança de três anos. (Será que foi desrespeitoso pensar isso dela?)

Gracie destampou o Candy Land e franziu a testa. Então destampou o Banco Imobiliário e dois quebra-cabeças.

— Olha só que bagunça. As peças estão todas misturadas. Assim não dá para jogar nada!

O Sr. Vanderpoole bufou, remexendo-se em seu sono.

Doris estendeu o braço e deu um tapinha na minha mão.

— Quando é que a minha irmã vai chegar?

Depois de cinquenta partidas de Go Fish Segundo as Regras de Doris, Gracie já espalhara as peças das caixas numa mesa vazia, separara todas elas em pilhas e fora à outra extremidade da Sala de Atividades, à procura das que faltavam. Doris estava num mundo feliz todo seu, tirando uma carta do baralho de cada vez, colocando-a sobre a mesa e anunciando "ganhei" de tempos em tempos. Falava sozinha em voz baixa. Uma vez disse "Annabelle". Outra vez murmurou algo parecido com "algodão doce".

Não sei por que eu precisava fazer isso para me formar, mas, quanto mais tempo passava ali, embaralhando e distribuindo cartas, menos chateada ia me sentindo. Aquela sala não tinha qualquer ligação com o mundo exterior. Será que Doris sabia em que ano estávamos? Provavelmente, não. Será que os idosos sabiam quem era o presidente, qual era o preço da gasolina, de que guerra estávamos participando? Quantos deles se lembravam sequer dos próprios nomes?

Embaralhei as cartas. Distribuí outra mão. Acabei com seis ases (dois de copas, dois de espadas, um de paus e um de ouros) e o valete de copas. Cantarolando, Doris arrumou as cartas numa espécie de ordem que para ela fazia sentido.

Se vovó não houvesse morrido, será que teria vindo parar aqui? Eu passara tantos anos tentando não pensar nela, que mal podia me lembrar do seu rosto. Nem sabia com que idade ela morrera. Tinha sido na mercearia? Eu estava na escola? Fora eu que a encontrara? Eu me lembraria disso, não? As perguntas preenchiam as pausas glaciais, enquanto Doris decidia que carta baixar. A ponta de uma pulseira identificadora se projetava por baixo da manga do cardigã. Continha seu nome impresso, além do nome do abrigo e um número de telefone. Será que Doris realmente não sabia quem era nem onde vivia? O que era melhor: estar vivo (se essa era a palavra certa) sem se lembrar de nada, ou estar morto?

Era uma boa pergunta para fazer a Finn. Provavelmente ele responderia com alguma citação obscura do *Livro Tibetano dos Mortos* ou alguma bobagem sobre interpretação de runas, mas havia uma possibilidade de realmente pensar no assunto, e aí poderíamos chegar a uma conclusão.

Meia eternidade depois, uma enfermeira usando uma blusa estampada com cachorros de histórias em quadrinhos veio até a mesa, abaixou-se ao lado de Doris e perguntou se ela queria ir ao recital de acordeom antes do jantar.

— Minha irmã vai estar lá? — perguntou Doris.

— Espero que sim — respondeu a enfermeira, carinhosa. Ajudou Doris a se levantar e me disse: — Obrigada por vir. Janine está na recepção. Ela vai assinar a sua ficha.

A enfermeira Janine usava uma blusa bege lisa, sem cachorros. Quando me aproximei, ela fechou o fichário em que estava escrevendo e disse:

— Me deixa adivinhar: Belmont?

— Como é que você sabe? — perguntei.

— Tenho um sexto sentido para essas coisas. Você quer ser enfermeira? — perguntou ela. — Fisioterapeuta? Farmacêutica?

Dei de ombros.

— Nunca cheguei a pensar nisso.

Ela revirou os olhos.

— Eu já pedi a eles que parem de mandar alunos como você. Nós só queremos voluntários que gostem desse tipo de trabalho.

—Vou dizer isso à minha orientadora. — Entreguei a ficha de presença a ela. — A irmã da Doris vive aqui também?

Ela escreveu no papel.

— Annabelle? Morreu há mais de setenta anos.

— Ah, que tristeza.

— Nem tanto. Doris ama a irmã. Ela sempre acha que Annabelle vai entrar pela porta a qualquer momento. Imagine como seria horrível se ela compreendesse que nunca mais vai vê-la. — Ela me devolveu o papel. — O ônibus chega daqui a meia hora. Peça à sua orientadora para visitar as bandeirantes no mês que vem.

## – * – 38 – * –

Fui encontrar Gracie sentada num banco de madeira atarraxado ao chão do pátio diante do abrigo. Sentei ao seu lado e esperei, mas ela apenas fungou e continuou olhando para o rio que corria ao sopé da colina.

— A enfermeira Janine me orientou a não voltar mais — contei.

— Até parece que eles podem se dar ao luxo de ser exigentes.

— Ela não gostou dos meus objetivos profissionais.

Gracie enxugou o nariz na manga.

—Você tem objetivos profissionais?

— É claro que tenho. Estou planejando livrar nossos colegas da maldição dos zumbis. — Tirei um bolo de lenços de papel do bolso e entreguei a ela. — Não conte para a Srta. Benedetti.

Ela assou o nariz.

— Pode deixar.

—Vai me dizer o que está errado? — perguntei.

— Eles têm três caixas de Candy Land e nenhuma peça vermelha. — Ela continuou olhando para o rio. — Todo mundo quer ser a vermelha, qualquer um sabe disso.

—Você não está chorando por causa das peças vermelhas.

— Não. — Ela afastou os cabelos para trás das orelhas e suspirou. — Mamãe entupiu a minha caixa postal porque eu não estava no ônibus. Deixou um milhão de recados me pedindo para não ir à pedreira.

— Por que você faria isso?

— De dois em dois anos, alguém se suicida pulando de lá. Se você quer mesmo saber minha opinião, deve haver alguma maneira melhor de morrer. Enfim, eu liguei de volta para dizer que não tinha me matado, e aí a gente acabou brigando. Por quê? Porque não fiz a minha cama hoje de manhã. Foi aí que eu comecei a chorar de novo. — Ela tentou acertar o lenço de papel numa lata de lixo, mas errou. — E agora estou me sentindo uma meleca mole.

— Uma meleca mole que não consegue nem se livrar do seu próprio lenço de papel.

— Sua boba — disse ela, esboçando um sorriso. — Quem venceu o jogo de cartas?

— Eu nem cheguei a decifrar as regras. — Peguei o lenço usado de Gracie e duas guimbas de cigarro e os joguei na lata de lixo. — A enfermeira acha que Doris tem sorte por não se lembrar do passado. Ela não entende o quanto perdeu.

— Minha avó morreu de Alzheimer — contou Gracie. — Passou os últimos dez anos de vida sem reconhecer ninguém, nem meu avô, e olhe que ele a visitava todos os dias.

— Ela estava aqui? — Apontei para o prédio.

Gracie fez que não.

— Em Connecticut. Uma semana depois do enterro dela, vovô morreu. Mamãe quase não falou durante um mês depois disso.

— O que fez com que ela recomeçasse?

— A falar?

— É.

— Garrett. — Ela tirou uma caixa de chicletes da bolsa, me deu um, e dobrou e enfiou outro na boca. — Um dia, ele disse a mamãe que queria visitar o túmulo do vovô. Nós embalamos um lanche e comemos no cemitério. No começo, eu achei aquilo meio mórbido, mas até que foi uma homenagem singela. Daquele dia em diante, visitar os nossos avós se tornou um hábito. Agora, vamos duas vezes por ano.

— Você vai ao cemitério por livre e espontânea vontade?

— Vou — respondeu ela. — Não é assim que tem que ser?

Uma rajada de vento soprou do rio, agitando as últimas folhas douradas das frágeis bétulas plantadas ao redor do pátio.

— Acho meio sinistro.

— Até parece que a gente desenterra os mortos. Nós só fazemos um piquenique. Dizemos a eles como estamos indo no mundo. Garrett leva o boletim da escola e fotos das suas partidas de futebol. Você ainda não visitou o túmulo da sua avó? Seu pai não te levou?

Gracie passara meses a fio tentando pacientemente arrancar de mim os comos e os porquês da nossa volta ao Belmont. Não estava a par de tudo, é claro, mas sabia o bastante para fazer perguntas que poderiam dar um nó na minha cabeça.

— Hora de ir. — Levantei e apontei. — O ônibus está chegando.

# – * – 39 – * –

Papai e eu só havíamos trocado algumas palavras depois da cena da fogueira. Esse mutismo estava começando a se tornar mais propriamente um hábito, mas ainda me deixava desconfortável. Não falar com ele era como tentar caminhar com os pés dormentes. A sensação era estranha, pesada.

Respirei fundo e bati à porta do seu quarto.

— Está acordado?

A porta se abriu. Usando jeans e uma camisa de manga comprida do Syracuse Orangemen, ele acabara de fazer a barba, para minha surpresa. Às suas costas, notei um e-mail aberto na tela do computador, mas de longe não dava para ver a quem estava escrevendo ou o que dizia.

— Chegou tarde — disse ele. — Está tudo bem?

Estava cheirando a sabonete. Não a maconha ou a bebida, nem mesmo a cigarro. Talvez essa fosse a outra parte do seu pedido de desculpas pelo que acontecera no sábado.

— Onde vovó está enterrada? — perguntei.

Ele arregalou os olhos.

— Não lembro o nome do lugar. É perto do rio. Por quê?

— Quero ir até lá. Agora.

— Não dá. Daqui a pouco vai escurecer.

— Não tem problema. — Eu sentia um formigamento no corpo inteiro, a sensação aflitiva, insuportável, de que algo despertara dentro de mim. — Preciso muito ver o túmulo dela.

— Vamos amanhã — sugeriu ele. — Depois da sua aula.

— Você não precisa ir comigo. Se desenhar um mapa, posso ir sozinha, de bicicleta.

— Por que a pressa?

— Eu estive no lar de idosos depois da aula — expliquei —, trabalho voluntário. Isso me fez pensar na vovó e, não sei por quê, mas quero muito ver onde ela está. É importante.

Eu não planejara contar a verdade a ele. Tinha se tornado mais fácil mentir em relação à maioria das coisas, pois não doía tanto quando ele me ignorava. Por outro lado, também não imaginara encontrá-lo sóbrio e lúcido. Era difícil jogar quando as regras do jogo viviam mudando.

Ele virou a cabeça, olhando para a janela.

—Vamos precisar de casacos.

As velhas lápides na frente do cemitério estavam tão gastas que os passarinhos debocharam de mim por tentar lê-las. Caminhamos depressa por alguns minutos, até papai parar numa encruzilhada onde as letras gravadas eram mais legíveis. Franziu os olhos por causa do sol poente, tentando encontrar o caminho certo. Observei o jazigo de uma família.

ABRAHAM STOCKWELL 1762–1851

RACHEL STOCKWELL 26 FEV 1765–22 FEV 1853

THADDEUS STOCKWELL 1789–12 NOV 1844 DESCANSE EM PAZ

SARAH D. 1827

Quatro pequenas lápides encimadas por carneiros de pedra jaziam de cada lado de Sarah.

BEBÊ 1822

BEBÊ 1823

BEBÊ 1825

BEBÊ 1827

— Sabe que nome dão a isso? — perguntou papai, sua voz readquirindo o tom professoral.

— Cemitério?

— Não, sua boba. Essa hora do dia.

— Poente?

— Quando o sol já está abaixo do horizonte, mas ainda há luz o bastante para se enxergar, o poente é chamado de "crepúsculo civil". Tem outra palavra também, mais antiga, mas não estou me lembrando. — Ele esfregou a nuca com a mão direita.

— Acho que elas estão lá atrás. Perto de uns pinheiros. Vamos logo, já está quase escuro.

— Elas? — perguntei. — Quem são "elas"?

Mas ele já estava seis passos à minha frente, mesmo mancando. Corri até seu lado no alto do outeiro.

— Encontrei — disse ele em voz baixa, depois de se dirigir para o lado oposto.

Senti um arrepio. Um amplo vale de mortos se estendia a meus pés, centenas deles ocultos no chão em fileiras ordenadas, seus sussurros congelados nas pedras sob as quais jaziam. *Estou aqui. Estive aqui. Lembre-se de mim. Lembre-se.*

Puxei o zíper da jaqueta e desci o outeiro correndo, passando por túmulos decorados com flores — algumas artificiais, outras reais e murchas —, e bandeirinhas em bastões de madeira. Papai esperava ao lado de uma lápide salpicada de líquen verde-pérola perto de um grupo de pinheiros altos e escuros. Ele se ajoelhou e tentou limpar o líquen. Mas estava muito entranhado, como se viesse crescendo desde muito tempo. Ele tirou o canivete do bolso e raspou as palavras e datas com a lâmina.

REBECCA ROSE RIVERS KINCAIN 1978-1998

BARBARA MASON KINCAIN 1942-2003

— Não sabia que ela estava aqui. — Apontei para o nome de cima. — Minha mãe.

(A palavra soou como se fosse um idioma estrangeiro. Como se minha boca estivesse cheia de pedras.)

— Becky se dava tão bem com sua mãe que pareceu a coisa certa a fazer — disse papai. — Sua avó a ensinou a roubar no bridge. É isso que imagino que elas façam no Céu.

— Onde seu pai está enterrado?

— Em Arlington. Mamãe não queria que ele fosse para lá, mas ele insistiu. Sempre tinha que fazer as coisas do seu próprio jeito.

Voltei a estudar os nomes, esperando que as lágrimas brotassem. Era difícil decifrar como eu me sentia. Confusa, talvez. Sozinha. Imaginei se vovó podia nos ver ali, parecendo perdidos em meio às sombras que se tornavam mais densas ao nosso redor. Tentei visualizá-la. Não me lembrava do seu rosto, e isso me angustiou mais do que qualquer outra coisa.

— Você sente saudades dela? — perguntei. — Quer dizer, delas?

— Sinto saudades de todo mundo. — Papai se levantou, fechou o canivete e o guardou no bolso. — Mas não faz nenhum bem à gente ficar pensando no passado. — Esfregou as mãos para limpar o líquen. — Devia ter vindo mais cedo para raspar isso.

Apontei para as lápides na fileira seguinte.

— Por que algumas têm vasos de alvenaria e outras não?

— Foi mamãe quem encomendou a lápide quando Becky morreu — explicou papai. — Ela não gostava de flores cortadas, minha mãe. Preferia flores plantadas. Talvez tenha sido por isso que não encomendou uma das que vêm com um vaso.

— A gente deveria fazer alguma coisa para melhorar a aparência delas.

— Também acho. — Ele se levantou ao meu lado e apontou para o gramado vazio à esquerda do túmulo. — É ali que você precisa me pôr quando chegar a minha vez.

Engoli em seco.

— Você não vai morrer. — Encostei a cabeça no seu ombro. — Nem daqui a cem anos.

Ele me abraçou. Fechei os olhos e respirei fundo o cheiro de pinho e terra molhada. Somente alguns pássaros cantavam e, muito longe, uma coruja piava. Abraçada a papai, a tristeza finalmente rompeu as amarras dentro de mim, esvaziando meu coração e me fazendo sangrar. Meus pés pareciam enraizados na terra. Havia mais do que dois corpos enterrados ali. Havia pedaços de mim que eu nem sabia que estavam sob o chão. E pedaços de papai também.

— Lusco-fusco — disse ele.

— O quê?

— Aquela palavra que eu não lembrava. Lusco-fusco. Essa hora curta entre a penumbra e a escuridão. — Ele me deu um abraço rápido e me soltou. — A noite chegou, princesa. Vamos voltar para casa.

## -*- 40 -*-

Finn me mandou uma mensagem na terça, perguntando se eu queria carona para a escola. Fiquei meio surpresa, mas disse que sim e vesti uma blusa limpa. Na quinta, já tínhamos entrado numa espécie de rotina. Por volta das seis e meia da manhã, ele escrevia:

?

e eu respondia:

OK

e quando chegava à esquina de baixo do quarteirão seguinte da minha casa (nem em mil anos iria deixar que ele me pegasse onde papai pudesse ver), encontrava Finn no carro, o motor fumegando porque ainda não mandara consertar o vazamento na válvula do óleo. Ele também se viciara em comer burritos e tomar tódinho no café da manhã comigo, Gracie e Topher assim que chegávamos à escola, e ia me encontrar na biblioteca depois da aula para tentar me convencer de que pré-cálculo não era uma piada infame de mau gosto.

Eu começava a entender por que as pessoas se horrorizavam ao saber que, em vez de ir à escola da sétima série ao segundo ano do ensino médio, eu tinha viajado ao lado do meu pai no caminhão. Não que minha vida houvesse sido estragada por eu não cantar no coral natalino ou por perder a emoção de encenar a Batalha de Gettysburg com bexigas e pistolas d'água. É que eu não conhecera As Leis.

Aliás, eu nem sabia que As Leis existiam antes daquela semana.

Eu não era nenhum bicho do mato, nenhuma matuta ignorante. Assistir ao Animal Planet me alertara para a existência dos padrões de acasalamento. Além disso, tendo comido mil sanduíches de mortadela em lanchonetes de beira de estrada, já ouvira de tudo que os marmanjos dizem entre si sobre esses assuntos. Mesmo assim, tinha certeza absoluta de que a dança do acasalamento da patola-de-pé-azul não me levaria a parte alguma com Finn, e, se eu me aproximasse dele do jeito que os caminhoneiros recomendavam, as coisas não iriam acabar nada bem.

As coisas estavam ainda mais complicadas pelo fato de haver algo estranho em Finn. Não estranho como no caso dos zumbis. Ele era mais como um androide com uma imaginação fértil. Mas já passara tempo bastante na companhia de zumbis para adotar algumas das suas manias. Ele conhecia As Leis. Eu, não.

Uma hora Finn aparecia diante do meu armário, outra hora não dava as caras. Será que eu devia retribuir o gesto e ir até o armário dele antes que ele pudesse dar o próximo passo, fazer o próximo gesto, qualquer que fosse? Uma hora tínhamos altos papos sobre teorias da conspiração, outra hora gritávamos tanto ao discutir sobre o serviço militar obrigatório (eu era a favor e ele, um bunda-mole privilegiado, contra), que acabávamos sendo expulsos da biblioteca. E aí não trocávamos uma palavra no carro ao voltar para casa.

Essa era outra questão: eu não podia tocar no assunto com ele. E/ou ele não podia/se recusava a tocar no assunto comigo, presumindo que quisesse fazer isso e que todo esse drama não fosse produto de uma intoxicação por estrogênio ou sintoma de um tumor cerebral causado por ter passado a infância me empanturrando de comida industrializada, produtos cheios de corantes artificiais e xarope de milho com alto teor de frutose. (É público e notório que postos de gasolina de beira de estrada não vendem frutas e legumes orgânicos.)

Fiquei olhando todos os casais e quase casais ao meu redor, quebrando a cabeça para entender como essa química funcionava, e acabei ficando ainda mais confusa.

Gracie não pôde me ajudar. A situação na casa dela ficou crítica quando o pai foi embora. No dia seguinte, o irmão caçula se recusou a ir à escola. A Sra. Rappaport arrastou o garoto até o carro e tentou enfiá-lo à força lá dentro, embora ele gritasse e esperneasse. Gracie segurou o braço da mãe para impedi-la, quando então a Sra. Rappaport se virou e lhe deu um tapa no rosto. Um vizinho que assistiu à cena chamou a polícia.

O único relacionamento do meu pai que eu presenciara fora com Trish, mas ele passara a maior parte desses anos longe de nós, do outro lado mundo. Quando finalmente deu baixa, os dois transformaram nosso apartamento num campo de batalha. E mesmo que o relacionamento não tivesse sido tão horrível, não haveria a menor possibilidade de conversar com papai sobre o assunto. O lusco-fusco que nos envolvera no cemitério penetrara também o seu corpo. Ele não quis falar, nem jantar. Apenas se sentou diante da tevê.

Por isso, eu não podia conversar com Finn sobre o que queria, não podia conversar com Gracie sobre nada além do mau comportamento dos seus pais, e meu pai continuava sendo um mistério maior do que nunca.

Para piorar ainda mais as coisas (será que isso era possível?), eu não conseguia me definir em relação ao que queria com Finn. Será que eu gostava dele? Minha opinião sobre o assunto mudava várias vezes por dia. Será que eu queria que ele gostasse de mim? Idem. Como eu podia gostar dele e ele de mim se não nos conhecíamos? O pouco que eu conseguira apurar sobre sua família (perfeitos expoentes da classe média, a julgar pela descrição que ele próprio fizera) havia selado minha convicção de que o garoto sairia correndo aos gritos se algum dia conhecesse meu pai. E essa seria uma reação lógica, claro, mas será que eu queria mesmo me apaixonar (ou me *amigar*...) por alguém que não daria uma chance ao meu pai? Nós precisávamos nos conhecer melhor. Pouco a pouco. Em passinhos de gueixa. Para podermos fazer isso, teríamos que abrir o jogo e conversar sobre coisas mais importantes do que o tamanho da fonte usada nos jornais on-line e suas ilusões febris sobre o tempo que passara estudando telecinese com um grupo de monges numa caverna de gelo no Himalaia.

Eu não tinha a menor ideia de como fazer isso.

Comecei a bisbilhotar sobre a vida dele na internet, na noite de quarta, mas acabei ficando com tanto nojo de mim mesma que desisti e passei horas jogando *Morte Assassina 3*, e no dia seguinte dei o maior vexame na prova de vocabulário em chinês. Escrevi um bilhete de desculpas em *pinyin* para a professora. Ela disse que eu formulara uma frase sobre porcos e guarda-chuvas.

Num certo sentido, nada disso importava. Já era bastante difícil sobreviver dia após dia, tanto por ter que navegar entre as hordas da Zumbiscola quanto por ficar ouvindo a bomba-relógio que começara a tiquetaquear na cabeça do papai. Uma paquerinha com Finn? Não faria mal algum. Mas concluí que não podia ir mais longe. Quando nos encontrávamos depois da aula para ele me ensinar pré-cálculo, eu sempre fazia questão de que nos sentássemos em lados opostos da mesa. E quando eu entrava no carro dele, mantinha a mochila no colo, o rosto virado para a janela e a atitude no nível glacial do "não me toque".

Apesar dessa estratégia, as hordas não paravam de fofocar sobre nós. Garotas na minha aula de educação física vinham me perguntar sem a menor cerimônia como ele era. Foi assim que descobri que sua família se mudara para o bairro um ano antes e que ele liderara a equipe de natação na conquista do campeonato estadual, mas decidira não nadar este ano, e ninguém conseguiu descobrir a razão. Também fiquei sabendo que essas mesmas garotas estavam putas da vida, pois tinham presumido que ele era gay — afinal, que outro motivo poderia haver para nunca ter tentado ficar com nenhuma delas?

Sintonizei meu olhar de serial killer, e elas acabaram indo embora.

Até os professores notaram. O Sr. Diaz passou pelo meu armário uma hora em que Finn estava comigo e disse:

— Por tudo que é mais sagrado, meus filhos, por favor, não procriem.

*Fala sério.*

Mas havia uma subcorrente, uma eletricidade que passava por baixo de todas as brincadeiras inofensivas — e era a tensão sexual. Eu vinha espionando as conversas sobre sexo dos zumbis desde que as aulas tinham começado. E achava que a maioria das coisas que diziam eram totalmente inventadas. Mas agora começava a ter minhas dúvidas sobre tal conclusão. O que As Leis diziam a respeito? Se todo mundo estava mesmo transando, por que essa contradição de ficar aos cochichos no corredor, mas fazer o maior alarde no refeitório e nas redes sociais? Se a galera literalmente deitava e rolava, por que não havia mais garotas exibindo uma barriguinha? Eu conhecia as estatísticas. E sabia que a clínica de aborto mais próxima ficava a mais de cento e cinquenta quilômetros. A maioria das minhas colegas não se lembrava nem de amarrar os tênis pela manhã. Eu não levava a menor fé na capacidade dessas garotas de usar qualquer método anticoncepcional. Ou ninguém estava transando e todo mundo mentia, ou a escola andava pondo anticoncepcionais nos cookies de aveia com passas.

Não admira que os zumbis fossem tão doidos. Eles achavam que deviam procriar antes mesmo de aprender a lavar as próprias roupas. Ou seja, falavam naquilo, pensavam naquilo, talvez até fizessem aquilo, enquanto o tempo todo mantinham as aparências, iam à aula e aprendiam mil táticas para progredir e se tornar adultos produtivos — qualquer que seja o significado disso. E só essa hipocrisia já bastava para me dar ânsias de fugir para as montanhas e levar uma vida de eremita, desde que encontrasse um refúgio com uma biblioteca pública decente por perto e privadas com a descarga funcionando, porque, vamos combinar, aqueles banheiros químicos são o fim do mundo.

De repente, eu via Finn no corredor, ou percebia seu perfil com o canto do olho quando íamos de carro para a escola, e ele se virava para mim e sorria. E eu perdia toda a vontade de ser uma eremita.

—*— **41** —*—

Ele estava esperando por mim quando saí do castigo na sexta.

— Rogak? — perguntou.

— Diaz.

Então começamos a caminhar juntos na direção do meu armário.

— Que foi que você aprontou dessa vez?

— A culpa não foi minha.

— É o que todos sempre dizem.

— Eu apenas observei que o termo "Guerra Mexicano--Americana" dá a falsa impressão de que foram os mexicanos que a começaram, e que no México ela é chamada de "Invasão do México pelos Estados Unidos", o que é verdade, ou então "Guerra de 1847", que pelo menos é mais neutro.

— Você ficou de castigo por causa disso? — perguntou Finn.

— Não exatamente. O Sr. Diaz, que realmente precisa aprender a administrar a sua raiva, gritou comigo por perturbar a aula com o que classificou como sendo minhas "minúcias pedantes". Aí um idiota chamado Kyle se irritou porque achou que "pedante" quer dizer "pedófilo", e eu me descontrolei um pouco. — Entreguei os livros a ele e girei o mostrador (os armários são como cofres) do cadeado. — E eu não estava sendo pedante, nem entrando em minúcias. Diaz é que estava se comportando como um imperialista primeiro-mundista.

— Como é que você adquiriu esse conhecimento enciclopédico de História? — perguntou Finn.

— Papai é formado em História pela West Point. Eu sei mais sobre a queda do Império Romano do que os próprios romanos sabiam. — Levantei o trinco. O armário não abriu. Tornei a girar a combinação. — Mas essa foi a pergunta errada. Experimenta perguntar por que as outras pessoas são tão ridiculamente burras e por que estão sempre reclamando que a História dos Estados Unidos da América é difícil. Em vez de ficar de castigo, eu deveria receber uma medalha por não passar os dias estapeando a cara dos outros.

O trinco ainda teimava em não abrir. Dei um pontapé no armário, lembrando, tarde demais, que estava de tênis e não de botas.

Finn me fez chegar para o lado e deu um tranco no mostrador.

— Mas você reclama das aulas de pré-cálculo.

— É bem diferente — respondi, tentando me apoiar com naturalidade no pé que não estava latejando de dor. — Os tiranos zumbis entulham nossos cérebros com matemática para poderem implantar subliminarmente os fundamentos malignos do consumismo.

Finn levantou o trinco. Meu armário se abriu como num passe de mágica.

— Eu te odeio — falei.

— Não chego a ser obtuso — disse ele, cruzando os braços —, mas quem tem mesmo uma inteligência aguda é você.

— O que isso quer dizer?

— É uma piada geométrica.

Enfiei os livros no armário.

— "Piada geométrica" é um oximoro, seu pastel, como "refeitório saudável" ou "trabalho voluntário obrigatório".

— Acho que cada um de nós deve tentar levar o outro ao seu limite, para ver se convergimos — disse Finn.

— Cala a boca — respondi.

— Estou te azarando, Miss Blue, azarando no idioma perfeito da geometria analítica. Seus olhos infinitos como π tiram meu seno à noite. Sacou?

Fiz uma pausa. Ele dissera "azarar" duas vezes. Minha raiva por ter ficado de castigo virou uma bolinha e saiu girando para longe. Finn levantou as sobrancelhas, talvez esperando que eu dissesse alguma coisa. Mas o que eu deveria dizer para um cara com uma beleza irritante, fazendo trocadilhos infames com termos de geometria, só para me azarar num corredor vazio numa tarde de sexta?

—Você é o maior bunda-mole da história do povo bundo — declarei.

— Embora você tenha uma sólida mediana — recomeçou ele com um sorriso —, sei que algum dia desses vai querer integrar o meu logaritmo natural.

— Ai, essa foi péssima — falei.

— Talvez — disse ele. — Mas você não está mais de cara amarrada.

— A biblioteca vai fechar daqui a cinco minutos, por isso não precisa me dar aula de reforço hoje. — Bati a porta do armário. — Mas será que pode me dar uma carona para casa?

— Hum... — De repente, Finn franziu a testa e girou os números no mostrador do armário. — Por falar nisso...

— Que foi? Seu carro quebrou?

— Não. — Ele levantou o trinco para checar se o tinha quebrado com o tranco. Não tinha. — Eu estava pensando que talvez a gente pudesse fazer alguma coisa. Juntos. Fazer alguma coisa juntos.

— Agora?

— É. Agora.

— Tipo o quê? Escrever outro artigo?

— Hum, não. — Ele tornou a sacudir o trinco do armário. — Eu estava pensando em pegar um cineminha. Ou, de repente, dar um pulo num shopping.

— Cinema ou shopping? Está me convidando para um encontro?

— Não exatamente. — Afastou os cabelos dos olhos. — Qual foi mesmo aquela palavra que você usou na noite do jogo? "Antiencontro"?

— É, um antídoto para a estupidez dos encontros. Por definição, um antiencontro não pode ser um filme bosta ou uma ida a um shopping idiota.

— O que poderia ser, então?

De repente, a conversa enveredara por um caminho perigoso.

— Sei lá. A gente até poderia ir a um shopping, se fosse para libertar todos os cachorros do pet shop.

— A gente iria em cana — disse Finn.

— Poderia ser divertido.

— Não, isso acabaria com as minhas chances de ser aceito por uma faculdade decente, o que faria com que meus pais surtassem.

— Você teria o melhor material do mundo para escrever a dissertação para a faculdade.

— Nosso shopping não tem nenhum pet shop.

— Bom, aí já é um problema sério — refleti. — Libertar cachorros-quentes da praça de alimentação não seria tão interessante assim. O que você faria normalmente numa sexta à tarde? Se empanturrar de comida e jogar videogame até entrar em coma?

Ele fez que não com a cabeça.

— Provavelmente, iria à biblioteca. Ninguém usa os computadores de lá nas tardes de sexta.

— Isso é muito sem-graça para um cara que tem *problemas* como nome do meio — observei. — E que tal a pedreira?

Ele piscou.

— Você quer que eu te leve à pedreira?

— Qual é o problema?

— Não é exatamente o tipo de lugar para se visitar à luz do dia.

— É sim, seu bobo, se a gente estiver a fim de ir.

Ele pareceu bastante confuso, como eu também estava, e decidi que isso era melhor do que me sentir confusa sozinha.

# — * — 42 — * —

A pedreira ficava mais perto da minha casa do que eu tinha me dado conta, escondida da rodovia por uma mata de bordos canadenses com folhas em tons vibrantes de vermelho e laranja--amarronzado. Passamos pelas árvores, pegamos a estrada de terra e começamos a subida íngreme. A pedreira estava do meu lado do carro, para além de uma grade alta, a uns seis metros de distância por um caminho de terra e pedregulhos. Senti o vazio antes de vê-lo.

No alto do morro ficava um vasto platô; Finn virou o carro em direção à grade e estacionou.

— A vista é melhor à noite — falou.

— Duvido. — Ele desligou o motor. — A polícia só faz rondas noturnas por aqui na hora em que a vista é mais bonita e as condições são propícias a todos os tipos de loucuras.

Soltei o cinto de segurança e destranquei a porta.

— Aonde vai? — perguntou ele, às minhas costas. — Hayley?

A grade era bastante nova, com três metros de altura e confeccionada numa trama de aço quase tão grossa quanto meu dedo mindinho. Enfiei o pé numa abertura, me segurei no alto e comecei a escalar.

— Espera aí — pediu Finn.

— Você vem? — perguntei.

— Você não pode fazer isso.

— E daí? Impulsionei o corpo e comecei a subir.

— Sabe aquele sinal por que a gente passou lá atrás? — continuou ele. — Aquele que dizia com todas as letras "Entrada Proibida"?

Levantei o pé esquerdo, encontrei outra abertura.

— Nós já entramos, vindo de carro até aqui. — Minha mão direita estava a poucos centímetros do alto da grade.

— Sim, mas você está indo ainda mais longe.

Agarrei a barra superior e levantei o pé bem devagar, até poder jogar a perna por cima, e depois a outra, e descer pelo lado proibido.

— Tchan-tchan! — Levantei os braços, vitoriosa. À minha frente, uma massa irregular de granito se elevava até a borda da pedreira. Parecia um mapa antigo. Era como se o visitante que passasse da borda fosse se perder para sempre na Terra Incógnita, como naquele mapa medieval que dizia *Aqui há dragões*.

— E agora? — perguntou Finn.

— Vou até lá olhar pra baixo.

— Ah, não vai não. Ele pulou na grade e começou a subir. — Não se atreva a dar um passo. Esse troço pode se partir em mil pedaços.

— Estou de pé em cima de um bloco de granito, Finnegan. O "troço" não vai se partir em menos de um bilhão de anos.

Ele girou as pernas e desceu depressa pelo lado interno da grade, suado e esbaforido, embora estivesse em melhor forma do que eu.

— E se houver um terremoto? — Parou à minha frente, a mão direita segurando a grade com força, os nós dos dedos brancos como ossos.

— Os únicos desastres naturais que acontecem por aqui são nevascas. Está fazendo uns cinco graus, por isso acho que estaremos seguros pelos próximos dez minutos.

— Fraturamento hidráulico. — Ele umedeceu os lábios e engoliu em seco. — Terremotos podem acontecer em qualquer lugar hoje em dia, por causa do fraturamento hidráulico. Você pode estar indo para uma poltrona no cinema, com a cara enfiada num saco de pipocas, e de repente *bum*, um terremoto gigantesco abre o chão e milhares de pessoas morrem.

— Mais uma razão para evitar o cinema e o shopping — respondi, me afastando um passo da cerca.

— Não faça isso! — gritou ele. — É perigoso ir até a borda.

—Você não tem que vir comigo.

— Tenho, sim — respondeu ele, infeliz. — É uma Lei de Homem.

—Você não disse isso.

— Não sou eu que crio as leis. Só tenho que segui-las.

— Isso é ridículo e machista. — Dei mais um passo.

— Para, por favor — pediu ele, gemendo. — Será que não dá pra se arrastar sentada?

— Como é?

— Assim. — Ele soltou a cerca e se sentou, ofegante. — Arrastando o traseiro. Vai ser mais seguro. Por favor.

Também me sentei e me arrastei por alguns metros.

— Isso vai te deixar mais tranquilo?

— Não, mas vai reduzir o meu pânico às proporções de apenas medo.

—Você pode ficar aqui, ora. Vigiando a cerca.

Ele fez que não com a cabeça, murmurando "Lei de Homem", e então se sentou e começou a se arrastar logo atrás de mim.

Quando cheguei à borda, cruzei as pernas e respirei fundo, admirando a vista. De um lado a outro, a pedreira era quase tão larga quanto um campo de futebol é longo. Ralos arbustos e tufos de mato brotavam de saliências finas nas encostas nuas, com alguns ninhos de pássaros entre eles. A superfície da água estava pelo menos uns quinze metros abaixo de mim. Não havia como determinar a profundidade.

Segundo Finn, uma fonte subterrânea havia inundado a pedreira havia décadas. Os fantasmas dos trabalhadores mortos na enchente ainda assombravam o local, contou, operando os esqueletos enferrujados dos caminhões de descarga e das escavadeiras debaixo d'água. (Os fantasmas dos suicidas também deviam estar ali, mas não mencionei esse fato.) Uma estradinha de cascalho subia a partir da água no outro extremo. Árvores atravessavam o telhado de uma casa, e pesadas correntes se estendiam pelo caminho, talvez para proteger os fantasmas.

Finn só se aproximava uns poucos centímetros de cada vez, tão ofegante como se corresse.

—Você está bem? — perguntou.

Ri baixinho e continuei me arrastando, até poder pendurar as pernas na borda. A pedra lisa esquentava meu traseiro; o vento desgrenhava meus cabelos como a mão de um gigante. A água contida na pedreira ondulava e refletia as nuvens vertiginosas no céu. O lugar inteiro parecia vivo, como se o chão soubesse que estávamos ali, como se recordasse cada ser humano que já parara para apreciar aquela vista. Ou talvez cada um deixasse algo gravado ali: impressões digitais, DNA, segredos sussurrados à face da pedra e gravados, ocultos e protegidos até o final dos tempos. Talvez a enchente fosse uma espécie de pedra protegendo esses segredos, para que os homens não os desenterrassem com suas máquinas monstruosas.

— Esse lugar é incrível — falei.

Finn deu uma última arrastada e, a um corpo de distância do meu, teve o primeiro vislumbre da pedreira.

— Ah, meu Deus. — Ele dobrou os joelhos e encostou a cabeça neles, escondendo-se da vista.

— Não tem perigo. Estamos seguros — afirmei. Meus calcanhares quicavam ligeiramente contra a encosta. — A pedreira não vai a parte alguma. Põe a mão.

Ele não respondeu, mas suas mãos saíram lentamente dos bolsos do agasalho e se abriram sobre o granito aquecido pelo sol.

— Qual é a altura daqui até a água?

— Não muita.

Ele esticou o pescoço para dar uma olhada e estremeceu.

— AimeuDeusaimeuDeus.

— Tem medo de altura? — perguntei.

— O que foi que me entregou?

— Você é um nadador. Nunca pulou do trampolim?

— De jeito nenhum — disse ele. — Por favor, não me diga que você é do tipo que dá um duplo mortal do trampolim e depois nada até a superfície às gargalhadas.

— De jeito nenhum — repeti sua resposta. — Eu nem sei nadar.

— Como assim? — Ele me encarou. — Todo mundo sabe nadar.

— Eu não sei.

E lá veio a horrível faca de novo...

*rasgando... o sol brilhando na piscina lotada de adultos não consigo encontrar papai música alta demais ninguém escuta quando eu caio na parte funda a água se fecha em cima do meu rosto abro a boca para gritar por ele e a água entra na minha boca meus olhos veem a água ficar cada vez mais grossa e os adultos dançando...*

— Por que não? — perguntou Finn.

Dois pássaros voaram por nós. Suas sombras flutuaram sobre a água.

— Nunca aprendi — falei.

*rasgando... na água acima a água voando como uma nuvem adultos gritando adultos mergulhando na água ainda não consigo encontrá-lo...*

Finn se aproximou mais alguns centímetros e secou na manga o suor do rosto.

— Eu te ensino.

— Falando sério, eu não entro na água, só na do chuveiro.

— Banana.

— Banana, não. Banana flutua.

Ele se arrastou de lado para chegar mais perto.

— Gostaria de observar que no momento estou enfrentando meu medo de altura, precariamente empoleirado nessa borda, numa tentativa de te impressionar.

— Ah, por favor, Finn. Você está, no mínimo, a um metro da borda.

— Se eu chegar até ela, você me deixa te ensinar a nadar? Caí na risada.

— Só se você pendurar as pernas.

Ele me fuzilou com os olhos e avançou bem devagarinho, as pernas esticadas à sua frente, até as solas dos tênis avançarem um milímetro simbólico além da beira do penhasco.

— Pronto, já vim — gemeu ele, a voz falhando na última palavra. Sua testa ficara coberta de gotas de suor, e ele tremia, embora a pedra embaixo de nós irradiasse o calor de uma fornalha.

— Não é divertido? — perguntei.

— Não — disse ele. — É o oposto de divertido. É como enfrentar ratazanas no metrô, infecções resistentes a antibióticos e os nuggets misteriosos do refeitório, tudo ao mesmo tempo e elevado à décima potência. Por que você não está com medo?

— Quanto mais alto, melhor. — Bocejei e fechei os olhos. — Quando eu era pequena, gostava de fingir que podia voar por ter asas escondidas debaixo da pele. Eu podia desdobrá-las... — Estendi os braços à altura dos ombros. — ... mergulhar no vento e... — Arrastei o traseiro pelo chão, fazendo com que vários seixos despencassem pela encosta da pedreira. Meus olhos se abriram de estalo quando Finn gritou e me puxou pela barra da blusa, o que fez com que caíssemos para trás.

— Desculpe — apressou-se a pedir. — É que você quase despencou. Não estou exagerando. Você deu um tranco pra frente e eu juro que pensei que fosse cair. Ai, meu Deus. Agora você está com ódio de mim, não está?

Sentei, esfregando a parte de trás da cabeça que batera no chão. Não era verdade que eu quase caíra. Fora mais como uma sensação de que algo me puxara para o espaço, mas essa ideia era absurda, não era? Nada assim jamais poderia acontecer.

— E aí? — Finn espanou a sujeira do meu cabelo. — Está furiosa comigo? Quer que eu te leve para casa? Não estou a fim de ir embora, mas vou, se você estiver.

Pisquei duas, três vezes, fingindo estar com ciscos nos olhos para poder esfregá-los com força, tentando remover a sensação de quase ter me lançado do alto do penhasco.

— Não estou furiosa com você — respondi. — Você está comigo?

Ele suspirou, sorrindo.

— Eu nunca poderia ficar furioso com você, nem que eu quisesse.

## – * – 43 – * –

Depois de irmos embora da pedreira, fomos à biblioteca (Finn procurou provas na internet de que o medo de altura era um sinal de inteligência, enquanto eu lia um novo mangá), e depois à lanchonete, para tomar um sorvete. Escolhi o de abóbora na casquinha. Ele preferiu um sundae de chocolate com amêndoas e calda quente, chantilly e confeitos. Depois que a garçonete trouxe os sorvetes para o nosso reservado, ficamos presos num daqueles silêncios tão torturantes e constrangedores que dá até vontade de fugir pela janela do banheiro.

— Pois é... — falei. *(Brilhante, Hayley. Brilhante, espirituoso e irresistível.)*

— Pois é... — concordou ele.

Dei uma lambida no sorvete e perguntei a primeira coisa que me passou pela cabeça:

— Por que você resolveu sair da equipe de natação? Gracie disse que você nada direitinho.

— Porque é um saco. — Ele enfiou um canudinho no fundo do sundae e tentou tomar o sorvete por ele. — Me fala sobre aquela vez em que você conheceu o primeiro-ministro da Rússia enquanto caçava javalis selvagens na taiga.

— Primeiro a equipe de natação.

— Garotos quase pelados, mergulhando em piscinas de água morna? Por que você iria querer saber mais sobre uma coisa dessas?

— De que parte você não gostava? — resolvi perguntar. — Da água, dos garotos ou do fato de estarem quase pelados?

— Do técnico. — Finn retirou vários confeitos do sundae e os enfileirou no meio da mesa. — Ele transformava cada treino numa situação de vida ou morte.

— Mas você venceu o campeonato estadual, não venceu? Se nadasse este ano, não conseguiria descolar uma bolsa de estudos para uma boa faculdade?

— Babaquice — afirmou ele, amargo. — Pura mitologia repetida pelos pais para poderem nos obrigar a praticar esportes e tirar o nosso couro, fingindo que no fim o sacrifício vai ser compensado pela sacrossanta bolsa de estudos. Sabe quantos garotos conseguem uma bolsa de estudos? Quase nenhum. Tipo, uns catorze.

— Catorze bolsistas no país inteiro?

— Tá, talvez quinze. A questão é que os pais e os técnicos acreditam nesse mito. O técnico lá do Belmont transformou a natação num verdadeiro inferno, por isso eu caí fora.

Achatei com o dedo uma microformiga num confeito e a coloquei na boca.

— E do que você gostava, no tempo em que ainda era legal?

Ele me observou por um momento antes de responder.

— De saltar do bloco de largada no começo de uma competição. Era aquela barulheira da torcida, até que eu afundava na água feito um míssil e a multidão desaparecia. Eu consigo nadar debaixo d'água por mais de trinta e cinco metros. Detestava ter que vir à tona para respirar.

— Tá, então nadar é legal, os técnicos e os pais é que são um saco.

— É isso aí.

Ele escavou o sundae com a colher e mergulhamos em outra pausa na conversa, tão excruciante quanto agulhas enfiadas nas unhas.

— Você vai para a faculdade ou direto para a CIA? — finalmente perguntei.

Ele sorriu e, de repente, como se levasse um pescotapa, percebi que não era a única que morria de constrangimento quando ficávamos sem ter o que dizer.

— Dediquei os melhores anos da minha vida à CIA — disse Finn. — Eu não volto nem que eles me implorem de joelhos. — Levou à boca uma colherada de sorvete. — O xis do problema é: como posso ir para a faculdade, quando meus pais não têm como pagar?

Levantei a mão direita e formei um círculo com o polegar e o indicador.

— Para onde você quer ir. — Fiz o mesmo com a mão esquerda. — Para onde você tem dinheiro para ir. — Fui aproximando as duas mãos devagar, até as bordas dos círculos terem uma pequena área de intersecção, e então as levei ao rosto e olhei pelo círculo menor, como se fosse um telescópio.

— Que faculdade fica aqui no meio?

— Você sabe mesmo como dar charme a um Diagrama de Venn — disse ele. — Isso poderia tornar as nossas aulas de matemática muito mais interessantes.

— Cala a boca. Faculdade. Onde?

— Sinceramente? Na Swevenbury, o que é totalmente fora da realidade. Eu não teria grana para estudar lá nem que vendesse a alma ao diabo. Razão por que — ele enfiou uma colherada enorme de sorvete na boca — serei um bom menino e visitarei algumas federais e estaduais na semana que vem. Minha mãe já arranjou tudo. — Lambeu o verso da colher. — Para onde você quer ir?

— Ainda não pensei muito no assunto. Acho que vou fazer um curso pela internet. — Lambi o sorvete de abóbora que me escorria pelas costas da mão. — Não posso sair de casa.

— Por que não? — perguntou ele.

As luzes fortes do restaurante se refletiam nas mesas e nas paredes cromadas. As superfícies duras ampliavam o zum-zum das conversas ao nosso redor e os gritos na cozinha. O barulho era tanto, que tive vontade de me contorcer.

—Você não tá a fim de responder, né? — perguntou ele.

Fiz que não com a cabeça.

— Beleza, próximo assunto — disse ele. — Câmeras nasais: uma jornada biológica fascinante ou um modismo humilhante? Suas impressões.

— Onde você morava antes de vir para cá? — perguntei.

— Na Lua — respondeu ele, calmamente. — Minha família só quis se mudar porque o lugar não tinha atmosfera.

—Vai, falando sério. Eu quero saber.

Ele respirou fundo e tentou equilibrar o saleiro de lado.

— Num subúrbio de Detroit. Meu pai trabalhava no departamento de publicidade da Chrysler. Um belo dia, ele foi trabalhar, e *puf*. — O saleiro caiu de lado. — O emprego tinha se evaporado. — Pegou o saleiro. — E depois, *puf*. — Largou o saleiro. — Foi a vez da casa sumir. — Espalhou um pouco de sal no meio da mesa, formando um montinho. — Minha mãe arranjou um emprego aqui, por isso nos mudamos. Agora meu pai trabalha como consultor em Boston. A gente só o vê uma ou duas vezes por mês. Meus pais estão cansados, infelizes, e a nossa vida é um desastre sob quase todos os aspectos.

— E a sua irmã? — perguntei.

Ele levantou o rosto, surpreso.

— Como você sabe que eu tenho uma irmã?

— Você me falou sobre ela. Naquela manhã em que me deu carona pela primeira vez, lembra?

Ele franziu a testa, enfiou o dedo no meio do montinho de sal e traçou uma lenta espiral.

A tristeza em seu rosto foi inesperada. Inclinei a casquinha para que algumas gotas de sorvete derretido pingassem no meio do desenho de sal.

— Câmeras nasais provam que o apocalipse se aproxima — afirmei, a voz fraca.

Ele riu baixinho e jogou sal em mim. Depois disso, trocamos as mentiras mais doidas do mundo sobre nossas infâncias, até a garçonete avisar que ou fazíamos mais um pedido, ou deixávamos a mesa livre para os próximos clientes.

O lusco-fusco viera e se fora enquanto estávamos na lanchonete. A noite caíra, acuada pelas luzes fortes da rua e do comércio. Finn deu a partida no carro e saiu do estacionamento.

O silêncio dentro do carro fez com que o clima de estranheza voltasse.

Eu não conseguia encontrar uma posição confortável. Não parava de me remexer, olhando pela janela, espiando o espelho retrovisor, encarando o celular, desejando que Gracie ligasse, e depois olhando de novo pela janela, imaginando o que dizer, se é que eu deveria dizer alguma coisa. A tensão aumentava à medida que nos aproximávamos da minha casa, até que me peguei pensando em descer do carro no próximo sinal, como da primeira vez que ele me dera carona.

Finn checou os espelhos e ligou a seta para virar na minha rua.

— Não precisa entrar com o carro no jardim — lembrei a ele.

— Eu tenho que entrar — respondeu Finn ao dobrar a esquina. — Está escuro. — Tornou a sinalizar. — Depois de um encontro, mesmo que seja um antiencontro, eu tenho que te deixar na porta de casa. É uma Lei de Homem. Eu pisei na bola semana passada porque pensei que os amigos do seu pai estavam armados com submetralhadoras. Não posso fazer isso de novo.

Antes que eu tivesse tempo de responder, ele manobrou pelo jardim, os faróis varrendo o tapume e parando diante de uma pilha de toras na frente da garagem. Elas não estavam lá quando eu saíra pela manhã. A porta da garagem estava aberta e as luzes, acesas, mas o único sinal do meu pai era o machado encostado no toco de árvore que ele usara como cepo.

Relaxei. Provavelmente, devia estar apagado no sofá.

Finn pôs o carro em ponto morto e soltou o cinto de segurança.

— O que está fazendo? — perguntei.

— Vou te acompanhar até a porta.

— Eu sei andar.

A expressão magoada no seu rosto fez com que eu tivesse vontade de me beliscar. Estávamos flertando de novo. Ou será que não? Talvez não. Por que as pessoas não nasciam com uma luzinha no meio da testa para indicar quando estavam em clima de paquera, ou qualquer outro comportamento social confuso?

Finn passou o polegar pelo vinil gasto do volante. As mãos eram fortes, mas sem calos. Ele mordeu o lábio. Esperei. *(Eu deveria descer logo de uma vez.)* Ele abriu a boca como se fosse dizer alguma coisa.

Mas não disse.

Nem eu. *(Eu deveria mesmo descer.)*

Ele pôs a mão no freio de mão, virando-se um pouco para mim. Será que ia me beijar? Ou dizer que meus dentes estavam cheios de confeitos de chocolate? Por que isso era tão complicado?

Não era complicado, não, pensei, impaciente. Era estúpido.

Apertei o botão do cinto de segurança. O mecanismo o recolheu e a fivela bateu na porta, dando um susto em nós dois. Pousei a mão na maçaneta.

Finn desligou o motor e apagou os faróis. A fraca luz azulada da garagem mal chegava até nós. Sombras caíam sobre suas maçãs do rosto. Ele levantou os olhos para mim. Para me atravessar a alma com eles. E foi então que finalmente percebi, tarde demais, como sempre: eu não queria que ele me beijasse.

Queria ser *eu* a beijá-lo.

Meu coração batia com tanta força, que eu tinha certeza de que devia estar fazendo as vidraças trepidarem, como se tivéssemos um rádio ligado, um baixo violento pulsando nos amplificadores mais potentes do planeta. Pousei a mão sobre a dele, horrorizada com as perguntas que me voavam pela cabeça. Olhos abertos ou fechados? O que eu devia fazer com a língua? Será que meu hálito estava muito ruim? E o dele? Será que era a única menina de dezessete anos nos Estados Unidos que nunca fora beijada? Ele saberia assim que nossos lábios se tocassem. Mas por que me importava com o que ele pensaria? E em que ponto do dia tinha me transformado numa tagarela idiota?

Não consegui interromper as perguntas, nem me impedir de inclinar a cabeça em direção aos seus lábios.

Ele aproximou o rosto do meu. Estava escuro.

E parou.

Seus olhos se arregalaram. Hesitei. Será que eu cometera um erro? Será que ser beijado por mim era uma ideia tão aterrorizante que ele chegara a ficar paralisado?

— Não se mexa — sussurrou Finn, olhando por cima do meu ombro.

— O que foi?

— Um cara enorme. Com uma marreta. — Sua voz saiu tão grossa que mal entendi o que dissera. — Ao lado da sua porta. Acho que ele vai nos matar.

— Hayley Rose! — Com uma cara furiosa, meu pai bateu na vidraça, fazendo um gesto para que eu saísse.

*Merda.*

— Nós estávamos estudando na biblioteca — sussurrei para Finn. — E depois fomos tomar um sorvete. Nem uma palavra sobre a pedreira.

Papai bateu de novo.

— Fora!

Eu me virei e encostei o rosto na vidraça.

— Espera aí!

— Pede a ele pra abaixar a marreta — sussurrou Finn.

— Não é uma marreta, é uma machadinha.

— Não importa. Pede a ele pra abaixar esse troço.

—Vai embora assim que eu descer. — Pus a mão na maçaneta. —Te ligo amanhã.

— Não posso.

— Por que não? — perguntei.

— É o seu pai — argumentou ele. — Eu tenho que conhecer o seu pai, não tenho?

— Não, você tem é que cair fora. — Apontei o dedo para papai. — Chega pra trás, pai, e abaixa esse troço!

Depois de uma curta discussão, ele finalmente foi até a garagem, encostou a machadinha no cepo, cruzou os braços e ficou olhando enquanto eu descia do Acclaim. Infelizmente, Finn também desceu.

— Lei de Homem — sussurrou.

— Idiota — resmunguei.

— Quem é você? — rosnou papai enquanto nos aproximávamos.

— Pai, esse é o meu amigo Finn.

— Prazer em conhecê-lo, senhor. — Finn estendeu a mão. — Sou Finnegan Ramos. Colega de escola da Hayley.

Papai continuou de braços cruzados.

— Não lhe dei permissão para sair com a minha filha.

Tentei sorrir.

— Ele não precisa de permissão, pai.

— Uma ova que não precisa — disse papai, a voz arrastada.

Seria necessário um oceano de bebida para deixar sua voz daquele jeito.

—Vai pra casa — pedi a Finn.

— Não foi um encontro, senhor — disse Finn a papai. — Nós estávamos na biblioteca.

— Ah, tenho certeza — respondeu papai. — Esse garoto tocou em você, Hayley Rose?

E também havia alguma coisa errada com os olhos. Não estavam vermelhos, mas com as pupilas minúsculas, e ele parecia incapaz de se concentrar.

— Não foi nada disso, pai. Você está fazendo uma tempestade num copo d'água.

Ele me fuzilou com os olhos.

— Então você deixou que ele te tocasse, não deixou?

— Eu não fiz isso, senhor — disse Finn. — Posso explicar?

Papai apontou o dedo para ele.

—Você está discutindo comigo?

— Para com isso! — gritei.

— Não, senhor. — A voz de Finn ficou mais alta. — Está tirando conclusões erradas.

Dei um passo à frente para me interpor entre eles.

— Finn é o editor do jornal da escola. Eu tenho que escrever para o jornal. Benedetti acha que vai me ajudar a entrar na linha. É você quem me obriga a ir a essa escola. Não pode se irritar comigo quando sigo as regras e tento viver como os outros alunos.

Ele soltou um resmungo.

— Por favor, vai embora — pedi a Finn.

Ele assentiu, recuando de costas.

— Tá. A gente... se vê por aí.

Levantei a mão e dei um tchau para Finn, enquanto ele dava marcha à ré. Não retribuiu meu aceno.

Papai colocou uma tora no cepo.

— Não acredito que você fez isso — falei.

— Que é que você espera de mim, hein?

Sem aguardar por uma resposta, baixou o machado com tanta força que as duas metades da tora saíram voando para lados opostos, uma desaparecendo na escuridão, a outra quase me acertando os joelhos.

— A culpa é toda sua — murmurou papai. — Se continuar tão perto assim, vai se machucar.

## – * – 44 – * –

Gracie apareceu no começo da tarde de sábado com uma mochila e ficou esmurrando a porta até eu acordar. Quando abri, ela anunciou:

— Você tem que me deixar ficar aqui.

Esfreguei os olhos.

— É sério que você quer?

— Se não deixar, eu vou dormir na praça.

Bocejei.

— Que foi que aconteceu?

— Garrett foi pra casa do papai, e eu estou presa com a minha mãe. Alguma cabeça vai rolar, juro por Deus, mas não sei se vai ser a dela ou a minha. Talvez as duas.

— Meu pai tá doente. Você não pode ficar aqui.

— Então vem comigo — pediu ela. — Minha mãe não vai ficar chateada se você for pra lá, vai agir como se tudo estivesse normal. Estou implorando, Hayley. Por favor.

Suspirei.

— Me dá cinco minutos.

Parei diante da porta do quarto do papai e avisei que iria dormir na casa da Gracie.

Ele resmungou qualquer coisa, já meio de ressaca, mas ainda meio bêbado.

— O quê? — perguntei.

— Eu disse pra deixar a porta destrancada! — gritou ele. — Michael vem aí.

Arrumei minhas coisas depressa.

Gracie ficou falando sem parar enquanto caminhávamos até sua casa. Como se não bastasse a mãe estar destroçada, o pai se sentindo culpado e o irmão caçula tão furioso que quebrara todos os brinquedos favoritos, a ex-namorada de Topher, Zoe, mandara um torpedo para ele pedindo uma mãozinha com um trabalho de literatura... entre outras *piranhagens*.

— Como assim pedir ajuda para um trabalho de literatura é piranhagem? — perguntei.

— Se liga, amiga! É Shakespeare! Basta pensar em *Romeu e Julieta*. Os dois têm o quê, uns catorze anos, e, mal se conhecem numa festa, *pimba*, vão direto pra cama. Eles transam no quarto da Julieta com os pais dela dentro de casa, e aí são pegos em flagrante e todo mundo morre.

— É um pouco mais complicado do que isso.

— Uma galerinha safada de catorze anos e violência de gangue. Não posso acreditar que eles obriguem os alunos do ensino médio a ler isso. — Ela chutou uma pedra na calçada. — Odeio aquela tal de Zoe.

Decidi esperar que sua irritação passasse antes de contar como fora o primeiro encontro entre papai e Finn. Quanto ao episódio da pedreira, já decidira não dar uma palavra com ninguém, nem mesmo com ela. Até porque eu mesma ainda não chegara a uma conclusão. Se tivesse medo de altura como Finn, faria sentido: uma tontura, seguida por uma queda de pressão causada pela ansiedade. Mas a altura não me dava vertigens, pelo contrário, eu me sentia eufórica. Talvez houvesse alguma coisa na pedra, um estranho pulso magnético que afetara meu cérebro e senso de equilíbrio. Talvez ninguém jamais tivesse pretendido se matar lá; só subiram para apreciar a vista, mas a energia lítica afetara suas cabeças e eles tentaram voar.

Na casa da Gracie, assamos bolinhos de chuva, cookies de chocolate com pedaços de chocolate e um pão que se recusou a crescer. Quando o primeiro tabuleiro de cookies entrou no forno, a mãe dela foi para a garagem, onde passou dez minutos chorando e gritando no celular, antes de dar marcha à ré e ir embora.

Gracie me disse para ignorar a sujeira que tínhamos feito, mas eu não conseguiria fazer isso. Expliquei que gostava de lavar louça, mas então Topher ligou e ela partiu para o andar de cima gritando no celular, a voz tão parecida com a da mãe que chegou a me dar calafrios.

Quando eu e papai voltáramos para a cidade, Gracie me levara a tudo quanto é canto para me ajudar a recordar o tempo em que eu vivera ali: o porão da igreja, onde eu frequentava as aulas de catecismo aos domingos (vovó tocava órgão lá, segundo ela), o cemitério onde uma vez tínhamos brincado de esconde-esconde e levado uma bronca dos coveiros, a mercearia onde empurrávamos minicarrinhos atrás da mãe dela, o parquinho onde o escorrega ficava tão quente no verão que queimava nossas pernas se descêssemos devagar... Era como ouvir um conto de fadas ou a biografia de um ilustre desconhecido. Gracie se irritava quando eu dizia que não me lembrava de nada, por isso comecei a mentir, fingindo que sim, é claro que eu me lembrava do dia em que tínhamos feito biscoitos com sal em vez de açúcar, ou da ocasião em que seu cachorro ficara fedendo depois de brigar com um gambá e nós entornáramos o vidro de perfume inteiro da mãe dela em cima do bicho para esconder o cheiro.

Gracie e Topher ainda estavam brigando quando terminei de lavar a louça. Fiquei andando pelo corredor, passando pelas fotos escolares de Gracie e Garrett penduradas em ordem cronológica, até entrar na sala íntima.

*(Será que continua se chamando "sala íntima" depois que os pais já não têm intimidade?)*

As fotos na parede e acima do piano mostravam Gracie bem mais nova, Garrett com dois anos de idade e o casal Rappaport, os quatro na Disney, num zoológico, na praia, os olhos sempre franzidos por causa do sol. Não havia fotos dos avós de Gracie ou de qualquer outra pessoa. Era como se os quatro tivessem aparecido num passe de mágica e vivido felizes por um tempo, numa bolha de plástico iluminada por luzes brilhantes. Peguei a foto de Gracie com cinco anos, usando uma fantasia de anjo no Halloween, e a levei para a mesa de centro da sala.

A casa estava cheirando igual a uma padaria. Gracie ainda batia boca no andar de cima, mas pelo menos não dizia palavrões, e a voz estava mais baixa. Eu me enrosquei no sofá e fiquei folheando as páginas lustrosas das revistas da Sra. Rappaport.

O retrato do anjinho Gracie me observava. Eu não parava de levantar os olhos, meio que esperando vê-la bater as asas.

Não gostava de admitir, mas a verdade era que minhas lembranças estavam começando a aflorar. Primeiro na aula da Srta. Rogak quando recebera a carta de Trish, e depois na pedreira. Talvez Gracie tivesse razão. Talvez visitar os lugares de infância ajudasse a memória. Ou talvez fosse porque eu estava mais velha, mais revoltada, ou começando a me esquecer de como não lembrar. Também era possível que apenas tivéssemos nos demorado o bastante em um lugar para que o passado nos alcançasse.

Agora, sentada sozinha na sala que deixara de ser *íntima*, folheando receitas, cortes de cabelo e bebês de celebridades, ali, com o canto do olho esquerdo, eu me vi brincando com um gato, um filhotinho preto e branco. Continuei virando as páginas (cinquenta receitas deliciosas com peru, afine a cintura como as estrelas de cinema), porque, se eu encarasse a lembrança, ela evaporaria...

*... um gatinho preto e branco brincando com lã,*

*... lã na minha mão, o som das agulhas de tricô batendo,*

*... batendo e o som das mulheres, o cheiro de limão e pó de arroz, batendo,*

*... batendo, a lã amarela na mão e a lã verde que saía da cesta para as agulhas da vovó,*

*... sua voz com as outras mulheres tagarelando como passarinhos numa árvore, rindo, o riso flutuando pelo chão como plumas e*

*... eu encostando a cabeça nos joelhos da vovó.*

Voltei à cozinha para tornar a lavar as panelas, dessa vez com água superquente.

Quando Gracie acabou de brigar com Topher, coloquei uma pilha de cookies de chocolate num prato, pus numa bandeja com uma garrafa de leite e dois copos, e a levei para o quarto dela.

— E aí? — perguntei.

— Ele prometeu que nunca mais vai falar com ela. — Gracie assoou o nariz e jogou o lenço de papel na pilha em cima da escrivaninha. — Está furioso comigo por não confiar nele.

Não havia resposta segura para isso. Mordi um cookie.

— Quer assistir a um filme-catástrofe? — perguntou ela, pegando o controle remoto. — Um desses em que todo mundo morre?

— Parece perfeito — respondi, servindo o leite.

Quando o filme começou, ela tirou a latinha da bolsa, engoliu um dos comprimidos que havia dentro e a passou para mim. Estava ainda mais cheia de comprimidos do que antes, mas agora diferentes: ovais amarelos, losangos rosa-claros e círculos brancos.

— Você roubou tudo isso da sua mãe? — perguntei.

— Comprei — confessou ela. — Quer um ou não?

— Para que servem?

— Depende. — Ela apontou. — Esses te fazem dormir, esse aqui te acorda, os outros fazem com o que o mundo não pareça tão ruim. Eles não deixam a gente ligadona, nem nada. Por que está me olhando com essa cara?

— Não estou olhando para você com cara nenhuma.

Ela deu de ombros.

— Foram meus pais que começaram. Foram eles que me fizeram tomar ritalina para o TDA quando eu estava na quinta série. Escreve o que eu estou te dizendo, quando a gente tiver filhos, vai ter comprimido pra tudo, até pra traição de namorado.

— Ele não está te traindo, Gracie.

—Todo mundo trai. — Ela fechou a lata. — Quer pipoca?

Uma hora depois, a Sra. Rappaport entrou sem bater e parou, confusa, ao deparar comigo.

— Ah... Olá, Hayley.

— Olá, Sra. Rappaport.

— Oi, mãe. — Gracie sorriu, os olhos vidrados e inocentes.

— Hayley precisa passar a noite aqui. Nós fizemos cookies, quer um?

— Não me lembro de ter dado permissão para ela dormir aqui — disse a Sra. Rappaport.

— Eu te disse — falei para Gracie. —Vou pra casa.

Gracie me puxou de volta.

— Não vai, não. —Virou-se para a mãe. — O pai dela foi passar o fim de semana fora. A gente não pode deixar que ela fique sozinha, pode? E se alguém invadir a casa?

— Aonde ele foi? — perguntou a mãe dela.

Pensei depressa.

— A uma caçada. Com uns amigos do exército. Vou ficar bem, de verdade. Ele volta amanhã.

A Sra. Rappaport suspirou.

—Tudo bem, pode ficar. Mas tratem de falar baixo. Estou com uma enxaqueca terrível.

Finn não ligou. Nem mandou qualquer mensagem.

Lá para as tantas do segundo filme, a lata de pastilhas de hortelã que não eram pastilhas de hortelã veio parar na cama ao meu lado, abriu a tampa sozinha e, quando dei por mim, um comprimido já estava na minha boca, e eu o engoli com leite.

Achei que tinha tomado o comprimido de acordar, mas logo meus olhos começaram a se fechar e eu cochilei, enquanto Gracie falava em passar a Páscoa em Fort Lauderdale. Enroscada sob o edredom na cama, o gato velhinho aninhado no meu quadril, ronronando, mergulhei num sono pesado e tranquilo, a voz de Gracie pouco a pouco silenciando. O rom-rom do gato zumbia como um motor a diesel bem regulado, e eu me vi na estrada, à noite, presa pelo cinto de segurança no lado do carona, enquanto o caminhão do papai voava pela escuridão, o lado do motorista vazio, o volante longe demais para que eu alcançasse.

# -*- 45 -*-

*Tomamos chá feito com água suja diante de uma fogueira perto da aldeia, longe das montanhas. O rádio começa a chiar, mas logo se cala; não conseguimos explicar a interferência. Giramos o chá nas canecas de metal, esperando. Sem saber pelo quê.*

*De repente, a gritaria começa.*

*O fogo arde no céu da cor do deserto, bafejando veneno goela abaixo da amante dele e devorando os filhos dela. Uma montanha movente, viva, faminta, trovejando em direção à aldeia, às nossas barracas: o terrível vento africano chamado simum.*

*Jogamos o chá na fogueira. Gritamos em sete idiomas, armas, braços, dedos apontando para o vento que avança na nossa direção. Corremos. Nos escondemos. Rezamos.*

*A menina-camelo manqueja, pela deformidade congênita que lhe valeu o apelido cruel. O vento voraz está vindo, e tudo que ela pode fazer é mancar. Eu me viro. Alguém segura meu braço, me puxa para dentro, grita na minha cara, mas continuo olhando para ela. A echarpe vermelha foi arrancada dos seus cabelos. Ela continua mancando. A aldeia desaparece. O vento é um leão, a bocarra escancarada. Engole a menina-camelo e apaga a cor dos seus olhos.*

*Minha boca se enche de areia, a cabeça infestada pela pestilência do leão, os ouvidos ensurdecidos pelos gritos de cada cadáver. Os ventos do deserto têm nomes. Eles devoram corpos destroçados de crianças e arrancam corações palpitantes de homens.*

### – * – 46 – * –

A Sra. Rappaport nos acordou na manhã de domingo, dizendo que Gracie tinha que ir à igreja com ela e que eu, se quisesse, poderia acompanhá-las. Deu para perceber que não me queria de peso morto, por isso, apesar de Gracie me olhar como se estivesse com vontade de torcer meu pescoço, respondi que tinha mil deveres de casa para fazer e, depois de uma tigela de sucrilhos, arrumei minhas coisas.

— Nós nunca vamos à igreja, isso é ridículo — disse Gracie, quando já estávamos no jardim.

— Talvez ela queira pedir ajuda a Deus para fazer as pazes com seu pai.

— Como se Deus não estivesse se lixando...

Fui para a praça e fiquei lá sentada até ver o carro da Sra. Rappaport se afastar, Gracie esparramada no banco da frente, olhos colados no celular. Voltei para a casa dos Rappaport e digitei o código de entrada, que abriu a porta da garagem. (O que não exigiu nenhuma habilidade, pois eu já vira Gracie digitar a sequência 112233, pelo menos, uma dúzia de vezes.)

Liguei o alarme do celular para não me esquecer de sair de lá bem antes de elas chegarem.

Voltando à sala *não mais íntima*, folheei as revistas de novo, e depois os álbuns de fotos que ficavam numa fileira bem arrumada na prateleira mais baixa da estante, mas não vi nada com o canto do olho. As páginas continuaram achatadas e lustrosas. A sala não revelou outro segredo, nem repassou outra cena ocorrida mais de dez anos antes.

A garota que subiu as escadas para ir ao banheiro da Sra. Rappaport era um pouco parecida comigo. Vi o que ela fez, observei tudo no espelho. Ela abriu o armário em cima da pia, tirou cada vidro de comprimidos, leu os rótulos e tornou a guardá-los. Menos um. Então, despejou os comprimidos na mão. Pareciam vitaminas genéricas ou antialérgicos, alguma coisa comum. Será que podia ser tão simples assim? Ela passou os comprimidos para a outra mão como se fossem moedas ou pérolas baratas. Seu pai tomava esses comprimidos para se livrar da dor. Antigamente, eles costumavam vir em embalagens de plástico brancas, com rótulos impressos pela própria farmácia de manipulação, que traziam o número de telefone do estabelecimento e o nome do médico que o prescrevera. Agora vinham em latas de chiclete vazias ou saquinhos velhos. Não importava onde ele os conseguira. Não resolviam nada. Só embaçavam os contornos e transformavam as vozes numa estática dissonante.

O rosto no espelho se dissolveu, apagando-se centímetro por centímetro, como imagens nas páginas de um livro dando ilusão de movimento ao serem folheadas depressa com o polegar. Ela esperou para ver em que ou em quem havia se transformado. Sua pele clareou. As sardas desapareceram. A cor fugiu dos lábios; depois, dos cabelos. As maçãs do rosto e os cílios ficaram brancos, e depois, transparentes. Por fim deixaram de existir. O queixo foi o próximo a se desfazer, e em seguida a boca e o nariz. Os olhos se esfumaram como que apagados com borracha, e no instante seguinte se foram também. O espelho ficou vazio.

Pisquei.

Quando abri os olhos, ela desaparecera e eu estava de volta. Os olhos. O nariz sardento. Os cabelos absurdos. As mãos suadas e trêmulas que recolocavam os comprimidos na embalagem. Saí da casa correndo antes que me transformasse em alguém que eu não queria conhecer.

¤ 165 ¤

\* \* \*

Um cheiro forte de frango frito e pizza disfarçava o cheiro um pouco mais fraco de maconha quando entrei na sala.

Papai levantou os olhos da tevê.

— Oi, princesa — disse, com um sorriso. — Se divertiu?

Pendurei a jaqueta no armário.

— Os Giants estão jogando — continuou ele. — Lá na Filadélfia, primeiro tempo. Guardei um pedaço de pizza pra você. Queijo duplo. — Franziu a testa. — Por que está com essa cara?

— Você está brincando, não está?

— Você adora com queijo duplo.

— Não estou falando da pizza.

— Das asinhas? Você não deixou de ser vegetariana há dois anos?

— Estamos brincando de faz de conta?

— Os vegetarianos podem comer pizza com queijo duplo.

— Não é a comida — falei.

— Você ainda está chateada por causa da lápide?

— Como assim?

Papai pôs a tevê no mute.

— Andei pensando no que você disse. Vou ligar para o cemitério e descobrir quanto custam aqueles vasos especiais. Mamãe não gostava de flores cortadas, mas detestava ser desbancada pelos vizinhos, e a lápide está com uma aparência horrível. Gostou da ideia? — Deixou Spock lamber a gordura do queijo na sua mão. — Por que ainda está com essa cara amarrada?

— Por acaso você passou a noite de sexta pelo filtro-Andy da memória seletiva para poder se sentir como um herói e não um perfeito idiota?

Ele desligou a tevê.

— Filtro-Andy da memória seletiva?

— Não acha que eu tenho o direito de estar zangada?

— Não sei do que está falando. Na noite de sexta, eu rachei lenha e peguei no sono lendo sobre os espartanos.

— E quando eu voltei para casa?

—Você nem chegou a sair — disse ele.

—Você não lembra?

Ele franziu a testa.

— Lembro o quê?

Quando caímos na estrada pela primeira vez, eu era totalmente ingênua. Não passava de uma garota de doze anos, confusa e magoada pelo jeito como tínhamos saído de casa e por tudo que Trish havia feito. Minha estratégia era sobreviver um minuto de cada vez. Demorei no mínimo um ano para começar a ligar os pontos entre o fato de papai passar as noites no bar e o de acordar na manhã seguinte vomitando e gemendo. Ele foi demitido duas vezes por causa disso. O que sempre levava a meses de vida regrada e entregas pontuais, até ele tropeçar de novo e despencar no inferno. Mas ele nunca fora tão longe assim. Nunca se esquecera do que fizera na noite anterior.

— Isso é ridículo. — Ele pegou o controle remoto. — Não vou ser interrogado pela minha própria filha.

Tomei o controle da mão dele.

—Você estava totalmente fora do ar, pai.

Ele apertou os lábios.

— Quando cheguei em casa, você estava brandindo um machado feito um assassino louco num filme de terror. Você me humilhou na frente da pessoa que me trouxe.

Spock pulou do sofá, sacudiu-se e fugiu para a cozinha.

— O que foi que eu disse para a sua amiga? — perguntou papai.

— Que amiga?

— A que te deu uma carona.

— Não foi uma amiga, foi um amigo. Meu Deus, você não se lembra de nada. Foi só bebida, ou se dopou também?

Ele ficou pálido, mas franziu os olhos.

— Não existe nenhuma lei que proíba um homem adulto de tomar um porre na sua própria casa.

— Há uma diferença entre se embebedar, e se embebedar até ter uma amnésia alcoólica — rebati. — Isso é um mau sinal, pai. Um péssimo sinal.

— Pode engolir a insolência, mocinha. Eu bebo. Às vezes, não me lembro. É assim que funciona.

— Isso já aconteceu antes?

— Chega de conversa. Vai querer a pizza ou não?

— Dá pro Spock — respondi.

-*- 47 -*-

Eu só tinha passado um dia na casa da Gracie, mas foi o bastante para encontrar a pia cheia de pratos sujos, e a lata de lixo fedia a hambúrguer podre. As instruções para chegar ao acampamento de Roy ainda se encontravam pregadas na parede. Na sala, um touchdown dos Giants fez a torcida ir ao delírio.

Eu estava morta de fome e louca para comer a pizza e as asas de frango, mas não ia dar esse gostinho a ele. A manteiga de amendoim estava no armário ao lado do fogão, as bananas e o pão, em cima da bancada. Depois de preparar um sanduíche, abri a geladeira para beber alguma coisa e parei. Na prateleira de cima, perto de um vidro de picles embaçado e um pote de queijo cottage fora do prazo de validade, havia uma pilha de cartas.

Mais uma coisa que jamais acontecera. Papai nunca deixava a correspondência jogada em qualquer canto, muito menos na geladeira.

Os catálogos de artigos de jardinagem e ferramentas especiais para mãos artríticas ainda chegavam mensalmente, embora já fizesse mais de uma década que minha avó falecera. Papai recebera duas propagandas oferecendo novos cartões de crédito e uma revista de uma ONG de veteranos que eu sabia que jogaria fora sem ler. Os dois últimos envelopes também estavam endereçados a ele. Peguei um copo de leite.

É errado abrir a correspondência de outra pessoa, não é? Principalmente quando essa pessoa é seu próprio pai, já que os pais é que devem ser os responsáveis por todas as decisões, e pode haver coisas na correspondência que não são da sua conta, pois, afinal, mesmo estando no ensino médio, você ainda é uma criança. Ou, pelo menos, às vezes quer se sentir como se fosse.

Abri com cuidado o primeiro envelope, que era do banco. Papai entrara no cheque especial e devia 323,41 dólares, fora as taxas. Dei uma mordida no sanduíche, um gole no leite e abri o segundo envelope, que continha um bilhete do VA listando todas as horas marcadas a que ele faltara e "pedindo urgentemente" que ligasse para o escritório deles. Lavei os pratos e tirei o lixo. Depois de colocar um saco limpo na lata, joguei os catálogos fora. Foi então que o terceiro envelope, dirigido a mim, caiu de dentro do catálogo de artigos de jardinagem.

Fora mandado por Roy.

Ele contava que conversara por telefone com papai duas vezes, mas não achava que isso ajudaria. Pedia desculpas por não poder fazer mais nada, mas sua unidade iria embora antes do planejado.

*Sei que não é justo, mas é você quem tem que ser forte por ele,*

escreveu.

*Precisa ter paciência com o teu velho, mesmo quando não quiser ter. Não se esqueça de que ele ainda está ferido.*

*Ligo assim que puder.*

*Tenho que ir.*

*"Tio" Roy*

Fiz com que Spock sentasse entre nós no sofá, o cachorro desmilitarizado separando o pai e a filha como a zona que mantém a paz entre as Coreias do Norte e do Sul. Comi uma fatia de pizza e três asas de frango. Isso o deixou satisfeito. Fiquei olhando para a tela, tentando não me encolher quando ele gritava com os juízes. Os times trombavam, capacetes se chocando, pescoços se curvando para trás, corpos caindo. Papai se remexia e se contorcia a cada jogada. Com o canto do olho pude ver um espelho, e no espelho estávamos naquele mesmo sofá, eu aos vinte anos de idade, aos trinta, aos quarenta, aos cinquenta, e papai sempre exatamente o mesmo, atemporal, com a barba por fazer, sujo, os olhos vermelhos e vazios. O quarterback dos Eagles foi violentamente sacado no começo do terceiro quarto e levado para o chuveiro mais cedo. Daquele ponto em diante, os Giants fizeram a festa.

Depois do jogo, levei Spock para dar uma volta, os envelopes no bolso do agasalho, colados do melhor jeito que eu pudera. Caminhamos até o anoitecer e todas as casinhas seguras do nosso lado da cidade fecharem as cortinas. As nossas ainda estavam abertas. Papai dormia no sofá, garrafa de cerveja na mão. Coloquei a correspondência na caixa de correio e desejei que o dia seguinte fosse melhor para ele.

# -*- 48 -*-

Tomei o ônibus na manhã de segunda. Finn nunca mais me levaria a lugar algum.

Não o vi no refeitório no primeiro tempo. Porque nem cheguei a aparecer por lá. Fui para a biblioteca. A mesa da Consciência do Genocídio tinha desaparecido. Nada fora posto no lugar. Tentei dormir num canto onde ninguém pudesse me encontrar. Não consegui. Fiquei contando os buraquinhos nas placas de revestimento anti-ruído do teto e decidi que deviam ser feitas de algum produto químico que estava me causando câncer nos pulmões.

Cada placa tinha cento e três buraquinhos.

Passei o dia me arrastando. Sala de aula. Armário. Corredor. Sala de aula. Vi meu reflexo por um segundo nas janelas altas do corredor que levava à Ala B. Avançava em passos exaustos, os livros pesando nos braços. Derrotada, como um zumbi recém--mordido que tivesse sido arrastado do túmulo, mas ainda não sentisse fome. Por ainda não ter assimilado totalmente a mentalidade delirante do grupo.

A Srta. Benedetti me parou no corredor, reclamou que estava cansada de não encontrar papai no telefone e me encheu as mãos de impressos sobre o vestibular, falando pelos cotovelos que eu precisava "mudar de paradigma e contemplar um novo horizonte". Joguei a papelada no lixo assim que ela saiu da minha frente. Na aula de literatura, Brandon Sei-lá-o-quê ficou jogando microbolinhas de papel com cuspe em cima de mim toda vez que a Srta. Rogak dava as costas. Eu as tirava do cabelo antes que ela notasse. Não tinha energia para fazer mais do que isso. Na aula de educação física, descobri que Gracie passara mal e fora para casa. Inventei para a assistente que estava nauseada e passei os dois tempos seguintes encarando as placas de revestimento acima da cama na enfermaria. Eram menores que as da biblioteca. Talvez não causassem um câncer tão agressivo.

Eu baixara a guarda, esse era o problema. A loucura que corroía meu pai por dentro me infectara, me enfraquecera, por isso, quando Finn sorriu, eu estava muito vulnerável. Baixara a guarda e me permitira fingir que alguém como ele poderia muito bem querer namorar alguém como eu.

Que idiota que eu era.

Na aula de história, o Sr. Diaz deu tantas informações erradas sobre os problemas que levaram à Guerra Civil, que tive certeza de que estava me testando. Ele me chamou quando me dirigi à porta no fim da aula e perguntou se eu estava bem.

— Estou ótima — respondi.

Fui a primeira a entrar no ônibus quando ele chegou. Sentei na antepenúltima fila, no banco da esquerda. Fiquei olhando para os zumbis na calçada que recitavam suas falas teatrais, indo até a beira do palco, interpretando a vida real.

Olhando pela janela, imaginei quantos desses adolescentes teriam pais que estavam pirando, que haviam morrido ou partido sem deixar um endereço de contato, que haviam se auto-enterrado vivos, que eram capazes de vociferar e rachar lenha e ter ataques de ira sem ter plena consciência disso. Quantos acreditavam no que diziam quando se gabavam da faculdade onde estudariam, da carreira que seguiriam, do salário que ganhariam e do carro que comprariam? E ainda repetiam tudo uma vez atrás da outra, como um mantra que, se pronunciado corretamente, abriria as portas para a vida dos seus sonhos. Se observassem os pais, o mau-humor, a terapia, os receituários e as coleções de filhos sortidos como uma caixa de bombons, enteados, afilhados, agregados, filhos do segundo casamento do cônjuge, do terceiro, do quarto, e os vícios que haviam adquirido em segredo mas agora os dominavam por completo — de corpo e alma —, então talvez pudessem romper o feitiço.

Mas e depois?

Apesar das minhas melhores intenções, eu começava a entender como meu pai via o mundo. As sombras que perseguiam cada ser vivo. Os segredos dentro das mentiras, as mentiras dentro das fachadas hipócritas. Até mesmo a latinha de comprimidos de Gracie começava a fazer sentido.

— Com licença — pediu uma voz. — Posso sentar aqui?

Cheguei a me virar para dizer que não, mas ele já estava se sentando.

Finnegan Problemas Ramos.

Abri a boca, mas ele pôs o dedo sobre meus lábios.

— Shhh. Por favor. Me deixa falar antes que eu perca a coragem de novo. Tá? Desculpe por não ter ligado, nem mandado uma mensagem, nem ido te pegar hoje de manhã. — Engoliu em seco, o pomo de adão pulando na garganta feito uma bola de basquete. — Eu gosto demais de você, Hayley Kincain. Quero passar todo o tempo que puder com você. Entendo que as coisas andam complicadas na sua casa, talvez até tenebrosas, e que seu pai às vezes pega muito pesado. Você não precisa me contar sobre isso se não quiser, mas me dá a maior aflição, porque você é linda, é inteligente, é o máximo, e eu não quero que nada seja tenebroso na sua vida, só quero que...

Ele se calou para tomar fôlego.

Coloquei a mão na sua nuca, puxei-o para mim e o beijei até toda a dor no coração se derreter num lago de águas tão negras e abissais que era impossível alcançar o fundo. Mas, desde que minhas mãos o sentissem, eu não me afogaria.

## - * - 49 - * -

Pois é. *Aquilo.*

Dá para acreditar?

Aquele friozinho na barriga quando você escuta o cara assoviar desafinado no corredor. O jeito como o coração dá um pulo e depois dispara quando ele te vê e abre um sorriso como um garotinho no alto de um escorrega no verão. Podiam dizer que era hormonal, que era o estágio inicial de uma infecção causada por zumbicocos, que era um sonho agradabilíssimo que eu estava tendo; não me importava.

Eu adorei Aquilo.

## - * - 50 - * -

Dois dias se passaram quando, ao chegar em casa, descobri que o capô da picape do papai estava quente e estalando, como se ele tivesse acabado de chegar. Abri a porta para checar a quilometragem. Trinta e sete quilômetros desde que eu fora para a escola.

— Entra aí! — pediu papai da garagem.

Seu tom de voz animado me deixou desconfiada.

— Por quê?

Ele se levantou, segurando uma bomba de encher e uma bola de basquete. Bateu a bola no chão e abriu um sorriso.

— Tenho uma surpresa pra você.

Hesitei. Desde o domingo que ele andava calado, mas não sóbrio.

—Você está bem para dirigir?

Ele riu.

— Hoje estou à base de café e suor, mais nada. — Passou a bola para mim. — Só vou demorar uns minutinhos. Entra aí.

Não notei as manchas até já estarmos na rua: dois tons de amarelo e um de azul-escuro pontilhando antebraços e dedos. Também estava com tinta na camisa e no jeans. Acompanhando com sua voz desafinada uma música que tocava no rádio, o hálito cheirando a chiclete de menta, as mãos firmes no volante e no câmbio. Eu começava a perceber um padrão. Depois da discussão no dia da fogueira, ele decidira bancar o bonzinho e me levara ao cemitério. Depois de dar uma de serial killer na garagem e de brigarmos por causa disso, ele agora agia como se estivesse feliz de novo. Quer dizer, razoavelmente feliz.

Meu celular vibrou. Devia ser Finn, mas não o tirei do bolso. Não queria despertar o Pai Zangado.

A música acabou e entrou um comercial imbecil sobre uma revendedora de carros usados. Papai desligou o rádio.

— Esbarrei com o Tom Russell na mercearia. — Respirou fundo. — Ele estava comprando cenouras.

Eu não fazia a menor ideia de aonde ele queria chegar.

— Estavam na promoção?

Ele virou à esquerda e parou no meio-fio diante de um parquinho que eu nunca tinha visto. O balanço estava vazio. Um casal de idosos sentados num banco observava os cachorros correndo atrás das bolas de tênis que eles atiravam em direção a uma quadra de basquete vazia.

— Não reparei — respondeu papai. — A questão é que Tom é empreiteiro. Faz mil biscates: conserta telhados, limpa calhas, faz pinturas, esse tipo de coisa. Enfim, ele estava comprando cenouras, como eu disse, e me reconheceu dos nossos tempos de colégio. Começamos a conversar, sabe como é, uma

¤ 175 ¤

coisa leva à outra, e ele me contou que um dos empregados não tinha ido trabalhar hoje...

Apontou para uma casinha com venezianas verdes do outro lado da rua.

— *Voilà.*

— *Voilà?*

— Eu pintei a cozinha e a área de serviço. Só levei cinco horas. Tom me pagou em dinheiro vivo, mas por fora para eu não ter que declarar. Não é muito desonesto, é?

Um entusiasmo sincero se estampou no seu rosto, de um tipo muito diferente do que vem numa garrafa ou num baseado. Eu não me lembrava da última vez que tinha visto meu pai assim.

— Isso é fantástico, pai.

— Achei que você gostaria de saber.

— Conta mais — pedi. — Você vai trabalhar em meio expediente? Ou em tempo integral? Conheceu algum dos outros empregados?

— Eu trabalhei sozinho — respondeu ele. — Liguei o rádio e abri as janelas. Tive um ótimo dia, princesa.

— A que horas ele quer que você vá trabalhar amanhã? — perguntei.

— Quem?

— O seu amigo. O cara que te contratou.

— Tom? — Ele girou a chave na ignição para poder dar uma olhada na hora, e então a retirou. — Ele disse que ligaria se aparecesse mais alguma coisa. — Pegou a bola e abriu a porta.

— A gente não joga basquete há séculos. Topa?

Ele demorou bastante para calibrar a mão. Eu ficava só pegando as bolas que batiam no aro e quicavam na tabela. Por uns dez minutos, ele converteu um arremesso a cada cinco.

— Pintar exigiu mais dos meus braços do que eu esperava — admitiu.

— Já faz algum tempo — comentei.

Fiquei pensando em mil assuntos, tentando encontrar alguma coisa para conversar que não criasse problemas. Não podia falar em Finn, por motivos óbvios. Também não queria falar sobre a escola. Política estava totalmente fora de questão. Spock começara a roer um eczema na pata traseira, mas para falar nisso nós teríamos que pensar numa consulta com o veterinário, o que nos levaria a falar sobre dinheiro e o fato de estarmos duros... por todos os motivos que não podíamos falar.

Quando ele começou a suar em bicas, já estava arrastando um pouco a perna esquerda, mas as mãos ainda se lembravam do que fazer. Ele driblou uma, duas, três vezes, inclinou-se um pouco sobre a perna boa, levantou o braço do arremesso e atirou a bola num lindo arco que mergulhou direto na cesta, *chuááá*.

— Boa!

Ele abriu um largo sorriso e fez mais três arremessos seguidos.

— Que horas são? — perguntou, enquanto eu pegava o rebote.

Passei a bola para ele e dei uma olhada no celular. (Finn tinha me mandado cinco mensagens.)

— Cinco e quinze. Por quê?

— Curiosidade. — Ele driblou com a mão esquerda. — Finalmente consegui falar com sua orientadora hoje.

— A Srta. Benedetti? Ignora o que ela disse. É uma tremenda mentirosa.

— Não se preocupe. Ela gosta de você.

— O que ela queria? — perguntei, desconfiada.

Ele bateu a bola entre as pernas e passou para mim.

—Você ainda está tendo dificuldades em matemática, não está?

Segurei a bola no quadril.

— Estou tendo aulas de reforço com um colega.

Ele secou o rosto na camisa.

— Parece que você tem passado muito tempo de castigo.

Bati bola.

— *Punição cruel e bizarra*, lembra?

— Talvez você devesse aprimorar um pouco a sua diplomacia.

Fiz um arremesso; errei.

— Eles são uns doidos varridos.

— Dando aulas para adolescentes como você? — Ele riu baixinho, pegou o rebote, girou o corpo ao meu redor e tentou uma bandeja. —Você pode culpá-los?

Peguei a bola e fiquei batendo-a às costas.

— O que mais?

— Mais nada.

Passei a bola para ele e fiquei vendo-o tentar mais duas bandejas. Talvez Benedetti não tivesse falado sobre Trish, ou então tinha falado, mas ele não queria discutir o assunto comigo. Uma moto barulhenta se dirigiu à quadra. Dois caras haviam chegado e estavam jogando na cesta oposta. Papai os observou por um minuto, bateu bola em direção à linha de lance livre, converteu o arremesso e levantou o punho, vitorioso.

— Nada mal para um velho, hein?

Perguntar sobre Trish poderia estragar tudo. Não valia a pena arriscar.

— Espia só — pediu papai.

Ele driblou, indo para a esquerda, depois para a direita, como se fintasse um adversário invisível. Então, posicionou-se e tentou saltar, mas perdeu o equilíbrio, levou um tombo feio e se contorceu de dor. A bola passou por cima da tabela.

— Ah, meu Deus! — exclamei. —Você está bem?

— Estou. — Ele deu alguns passos, mancando. — Eu só preciso andar um pouco para a dor passar. Quer pegar a bola, por favor?

Fui encontrar a bola debaixo de uma caminhonete do outro lado da rua, enquanto o motor de uma motocicleta soltava altos roncos, para morrer em seguida. Fiquei lá parada, mas então me abaixei, para que papai não me visse. Ele olhou ao redor duas vezes, e então correu até a Harley Davidson, onde Michael esperava. A troca — um objeto na mão de papai, outro na de Michael — foi tão rápida, que ninguém teria notado.

Meu celular vibrou e eu o tirei do bolso.

*E aí?*

Finn escreveu.

*Foi abduzida por alienígenas?*
*Eles estão te torturando?*
*O helicóptero já está com o tanque cheio e de prontidão, posso te resgatar*

Respondi:

*bem que eu queria*

## -*- 51 -*-

Quando estávamos indo para a quadra no dia seguinte, Finn me pediu para ir ver uma instituição de ensino com ele.

— Nós já estamos numa, seu bobo — respondi.

— Não, sua tolinha. — Ele me deu uma cutucada com o quadril. — É uma faculdade. Minha mãe marcou uma entrevista para mim, amanhã. Não estou nem um pouco a fim de ir, mas, se você vier comigo, a gente pode transformar essa chatice numa viagem. Uma viagem irada!

— *Irado* é uma palavra idiota — sentenciei. — A pirralhada da nona série diz que a comida do refeitório é "irada". Aquela atriz, como é mesmo o nome dela, a que vive chapada, diz que o cachorro dela é "irado". Até do batom ela diz isso.

— Mas serve para tirar a gente daqui por um dia — argumentou ele. — E a minha mãe vai pagar a gasolina.

— Sério?

Ele confirmou com a cabeça.

Dei um beijo nele.

— Nesse caso, sou obrigada a reconhecer que essa viagem tem tudo para ser irada.

Falsificar a assinatura de papai no cartão de faltas foi moleza, e eu senti um prazer perverso ao ver o rosto da Srta. Benedetti se animar no momento em que aprovou oficialmente a minha ausência. Escrevi um lembrete na mão: trazer uma lembrancinha para ela na volta.

\* \* \*

Finn me pegou na esquina na manhã seguinte. Achei que ele estaria a mil por hora, a cabeça cheia de energético e euforia com a "iradez" da aventura, mas ele quase não disse uma palavra. Mal olhou para mim. Quando chegamos à via expressa, ele virou bruscamente à direita e entrou numa imensa área de estacionamento, em vez de seguir direto para a cabine de pedágio.

— O que está havendo? — perguntei. — A luz do óleo acendeu? O motor está superaquecendo?

Ele fez que não com a cabeça, mas, por via das dúvidas, estiquei o pescoço para dar uma espiada no painel. As luzes não indicavam nenhuma tragédia iminente. Finn soltou um longo suspiro, mas nem assim disse uma palavra.

— Quer que eu dirija? — perguntei.

—Você disse que ainda não tem carteira de motorista.

— Não tecnicamente.

Ele nem sorriu quando eu disse isso.

— Não é o carro, é? — perguntei.

Ele tornou a suspirar, observando a fila de carros que passava pelo pedágio.

— Eu tive uma briga com a minha mãe agora de manhã — contou. — Antes mesmo dela tomar café.

— Por quê?

— Porque ela me mandou dizer mil frases ridículas de puxa-saco durante a entrevista, e depois resolveu pegar no meu pé outra vez por eu ter saído da equipe. Quando eu menos esperava, ela começou a se queixar do novo aumento do aluguel e do fato de eu ser um péssimo filho. Pela primeira vez na vida, eu gritei com ela. — Bateu de leve com o punho no volante. — Fiz a minha mãe chorar. Nunca achei que isso aconteceria.

— Liga pra ela e pede desculpas — sugeri. — Manda uma mensagem, pelo menos.

— Já mandei. Não é esse o problema. — Ele se inclinou para frente e esfregou o embaçado no para-brisa com a manga. — Essa entrevista é uma perda de tempo. Eu não quero ir para a Oneonta.

— Para qual você quer ir?

— Eu te disse aquela noite. A Swevenbury.

— O que ela tem de tão especial?

— A Faculdade Swevenbury, o lar dos Errantes? Eleita a Mais Estranha das Pequenas Faculdades nos últimos três anos seguidos? Lá, você pode escolher o seu próprio currículo; são só umas duas matérias obrigatórias, e todos os alunos têm que estudar no exterior durante um ano. A Swevenbury é o que todas as faculdades querem ser quando crescerem. Dizem que o terreno tem uma aura sagrada. No momento em que você põe o pé no campus, sua vida muda para sempre. Aquele lugar é...

Ele se calou como se procurasse a palavra certa, uma coisa que eu nunca o vira fazer.

— ...é o *Nerdvana*! — exclamou finalmente.

Balancei a cabeça.

— Fica a que distância?

— Duzentos e noventa e três quilômetros, ao norte, indo pelo nordeste.

Dei de ombros.

—Vamos lá.

— Para eu ser torturado pela imensidão daquela maravilha? Não, obrigado. Eu teria que ganhar na loteria para estudar lá.

— Mas a gente não vai por esse motivo, seu pastel — respondi. —Viagens podem fazer as coisas parecerem diferentes. Confia em mim.

Ele suspirou.

— Não sei, não.

— Você não tem nada a perder — argumentei. — A expressão no seu rosto quando você disse *Selva* sei lá o quê...

— Swevenbury — corrigiu ele.

— Está vendo? Só dizer o nome já te faz sorrir. Você me prometeu uma aventura "irada", seu *Finn-gido*. Aponta esse carro para o Nerdvana, e pé na tábua! Ou pelo menos tenta dirigir no limite de velocidade.

Tentei diverti-lo com minhas aventuras — os anos passados à caça de contrabandistas de marfim no sul de Camarões, a ocasião em que ficara presa por uma nevasca em companhia do Dalai Lama no alto de uma montanha e jogáramos damas até o amanhecer —, mas Finn não queria saber de papo, dirigindo curvado sobre o volante, o rosto entre uma carranca e um beicinho (uma beiçanca? Um carrancinho?). Finalmente desisti, e comecei a ler um romance. Depois de três horas e meia e uma história interminável sobre dragões, passamos por um gigantesco arco de pedra com as palavras FACULDADE SWEVENBURY entalhadas. Alguns minutos depois, a floresta se abriu e o campus principal despontou: velhos edifícios de pedra, gramados de um verde impossível, alunos usando roupas caras. Parecia uma versão ampliada e americanizada de Hogwarts, só que sem os uniformes.

Estacionamos e saímos do carro.

— Aquela grama parece ter sido penteada — comentei.

— E daí? — desdenhou Finn. — É por aqui.

O escritório de admissão ficava num castelo de pedras vermelhas, que tinha até uma torre e uma escada em caracol. A recepcionista explicou que tínhamos perdido a primeira visita guiada, mas que poderíamos participar do próximo grupo, depois do almoço.

Finn soltou um resmungo.

Ela nos entregou uma pilha de folhetos lustrosos e dois crachás com a palavra CONVIDADO impressa em letras de forma vermelhas.

—Vocês vão precisar deles para entrar na biblioteca e no centro estudantil — informou. — Esses vales dão direito a um desconto de cinco dólares no almoço.

— Deixa pra lá. — Finn devolveu o crachá e os vales. — Não teremos tempo mesmo. — Saiu do escritório sem dar mais uma palavra.

— Desculpe. — Peguei de volta o crachá e os vales. — Ele só está precisando de um tódinho. Nós voltaremos para a visita, obrigada.

Ela deu uma piscadinha.

— Boa sorte.

Alcancei Finn no alto da escada que ficava na frente do edifício.

— Qual é o problema, Finn?

— Quer conhecer o lugar? Eu te mostro. — Apontou para trás de mim. — Ali fica a Escola que Ensina Garotos Ricos a Ficarem Ainda Mais Ricos. Atrás dela...

— Supera isso! — Desci a escada atrás dele. — Este lugar é incrível. Olha como essa pedra está gasta no meio. — Apontei para os degraus de mármore. — Gastos por pessoas carregando livros! Não é o máximo?

— Eu não devia ter te deixado me convencer a vir aqui. Viu só os carros no estacionamento dos alunos?

— Não prestei atenção — admiti. — Estava olhando para os castelos.

— Pois me diz o nome de uma faculdade que você tenha visitado que tivesse castelos no campus. A gente deveria ir embora.

— Não! — exclamei. — Eu nunca tinha visitado uma faculdade, seu otário, e quero ver o lugar. Para de se lamuriar. Você é mais inteligente do que a maioria das pessoas no planeta, tem bons dentes, e os seus pais ganham o bastante para comprar óculos novos para você. Sua vida não é tão sacal assim.

— Terminei de descer a escada. — Te encontro no estacionamento às três.

— Espera. — Ele ficou na minha frente. — A gente não pode voltar atrás? Você nunca tinha visitado uma faculdade?

— Não, e daí?

— Nem quando entrou no ensino médio, quando foi assistir a um concurso de bandas ou algo assim? — Finn inclinou um pouco a cabeça de lado, como se estivesse confuso e não conseguisse imaginar uma vida que não incluísse visitas a faculdades quando se vai assistir a concursos de bandas.

Eu tinha dado a ele uma ou outra informação sobre a minha vida incomum, mas fazendo com que parecesse mais inofensiva e engraçada do que fora. Tinha pintado meu pai como uma espécie de Dom Quixote numa picape, em busca de verdades filosóficas e a melhor xícara de café do país. Tinha explicado a crise de loucura com o machado como sendo fruto de uma rara noite de excesso etílico, e evitado o assunto desde então.

Ele passou os dedos pelos cabelos.

— Seu pai nunca te levou?

Eu não ia estragar o dia discutindo o tipo de educação que meu pai me dava.

— Vai para a biblioteca — sugeri. — Vai absorver a *enerdia* do lugar. Ou será a *nerdegia*? Eu te encontro quando terminar de dar uma volta por aí.

Finn mordeu a bochecha.

— Eu estou mesmo dando uma de otário?

— Está.

Ele ficou olhando para os alunos que subiam e desciam a escada por um momento, distraído, balançando a cabeça, como se tivesse uma conversa consigo mesmo. Por fim, respirou fundo e soltou o ar com força.

— Por favor, perdoai-me, ó Mestra do Azul. — Fez um rapapé com a mão diante da fivela do cinto, e então se curvou à minha frente. — Doravante, o dia será dedicado, mas não exclusivamente, à vossa educação das coisas relacionadas a esta divina instituição de ensino superior do patriciado.

— Levanta-te, cavaleiro — ordenei em tom régio. — Levanta-te e deixa que o folguedo tenha início.

Finn tinha razão; não precisamos de um guia. Ele tinha memorizado cada centímetro do campus, só de vê-lo no site. Mostrou o novo prédio de ciências comportamentais, o centro atlético, onde havia uma piscina olímpica e uma ampla sala com esteiras, cada uma com seu próprio monitor de tevê, o centro estudantil lotado de gente que irradiava uma aura impossível de bem-estar e felicidade. Quando me disse quantos livros havia na biblioteca, não acreditei, por isso perguntei no balcão, e o cara me mostrou uma tela com a listagem das coleções. Fiquei tão fraca que tive de sentar com a cabeça entre os joelhos por um tempo.

O melhor de tudo foi o simples ato de caminhar pelos corredores onde as aulas eram dadas. Paramos diante de algumas portas abertas, captando fragmentos aleatórios de argumentos sobre Kant, a história da Indonésia, ligações covalentes, escansão, *Rei Lear*. Ficamos espiando as salas de aula pelas janelas, vez por outra discutindo se os símbolos que enchiam um quadro seriam de física ou de astrologia.

Finn foi pouco a pouco se transformando de *Chatosaurus Maximus* no meu sarado e sexy quase namorado (eu ainda não decidira se iria usar essa palavra). Compramos o almoço com os vales, sentamos debaixo de um carvalho centenário no meio do pátio e nos entupimos de sanduíches, tódinho e um cookie de manteiga de amendoim do tamanho do meu rosto. No meio do biscoito, Finn se deitou na grama penteada e... suspirou.

— Nerdvana? — perguntei.

— Ainda não, mas estou um pouco menos desolado. Você tinha razão. Vir aqui foi uma boa ideia.

Os sinos na torre do relógio badalaram. Apontei para um cara que atravessou o pátio de skate, digitando no celular.

— Você quer mesmo ser como ele?

— Se ele estiver aqui com uma bolsa integral e cursando ciências políticas, eu daria o meu testículo esquerdo para ser ele. Mas sem o skate.

— Então vai lá — falei. — Passa uma conversa na recepcionista do departamento de matrículas e pergunta se pode descolar uma entrevista com alguém. Qualquer pessoa. Dá teu jeito.

— Mas e se eu descolar uma entrevista, me candidatar e entrar, o que que eu faço depois? Pior ainda, e se me candidatar e eles me rejeitarem?

— Se eles não puderem ver que você é perfeito para este lugar, então eles são uns merdas. E se você é inteligente o bastante para entrar aqui, então deveria ser bastante inteligente para encontrar uma maneira de pagar, não é? Agora, vai lá.

Fiquei olhando enquanto ele entrava no castelo de pedras vermelhas (só faltando dar pulinhos), e então me espreguicei na grama fresca. Que não era nenhum solo sagrado. Era terra comum, marrom, infestada de formigas.

Procurei o site da faculdade no celular e dei uma olhada na inscrição. A coisa mais idiota do mundo. Como é que preencher um monte de formulários e escrever uma redação besta sobre "o momento mais significativo" da minha vida poderia mostrar a eles se eu tinha competência para entrar ali? Os outros temas da redação eram a mesma porcaria:

- Narre um incidente ou uma ocasião em que conheceu o fracasso.
- Reflita sobre uma ocasião em que desafiou uma crença ou uma ideia.

- Descreva um evento que marcou sua transição da infância para a idade adulta dentro da sua cultura, comunidade ou família.

Quem tinha escrito essas coisas? O que tinham a ver com a inteligência da pessoa, e como podiam avaliar se o candidato estava pronto para ingressar na faculdade?

Tentei passar para o wi-fi da escola, pois não podíamos pagar pelo 4G. As senhas que arrisquei (*bem-vindo, convidado, errante, mimado, nerdvana*) estavam erradas, o que me deixou furiosa. Eu só queria um mapa para poder encontrar um atalho e voltar para casa.

-*- **52** -*-

No dia seguinte, presenteei a Srta. Benedetti com um lápis da Corujinha da Swevenbury no fim do quarto tempo.

— O que achou? — perguntou ela. — Quer ir para lá?

Soltei um muxoxo.

— Nem pensar.

— Há muitas bolsas de estudos disponíveis — disse ela, a testa exibindo as rugas sérias da sinceridade.

— Não para mim — respondi, já me dirigindo para a porta —, mas obrigada mesmo assim.

Na quinta, depois da aula, estacionamos num lugar afastado e ficamos nos beijando até o alarme do celular de Finn disparar. Ajeitamos as roupas e pusemos os cintos de segurança.

— Já sabe o que vai usar amanhã? — perguntou ele, dando a partida.

Uma pergunta simples, não é? Talvez devesse ter me intrigado, mas eu ainda estava toda mole, porque *caraaaaamba*, o cara beijava muito. Ele podia ter me perguntado qualquer coisa, tipo qual é a densidade relativa do mel ou que tipo de sutiã Maria Antonieta usava, e eu não teria estranhado.

— Hayley? — Ele agitou a mão diante dos meus olhos. — Eu perguntei se você já sabe o que vai usar amanhã.

Pisquei, ainda sem entender.

— Não, ainda não.

— Que surpresa — respondeu ele.

Se eu estivesse menos mole, talvez tivesse achado estranho que ele me fizesse uma pergunta sobre o meu guarda-roupa, mas, a um quarteirão da minha casa, paramos o carro de novo, nos enroscamos num beijo de despedida e eu me esqueci completamente disso.

E do dever de casa de chinês, que também tinha culpa no cartório.

Eu até já começara a fazê-lo, mas aí precisei procurar um negócio na internet, uma coisa leva à outra e, de repente, eu estava jogando com Finn numa galáxia distante. E dei uma surra nele. Seus brios masculinos se ofenderam e tivemos que jogar mais uma partida. E mais uma. Teríamos jogado até de manhã — eu vencendo, ele perdendo —, se eu não tivesse recebido uma mensagem da Sasha, que se tornara minha companheira de exercícios de chinês, perguntando se só iria cair o capítulo quatro na prova ou todas as matérias, desde o começo do ano.

Não sei o que me deu. Acho que a culpa foi do beijo. A saliva do Finn me infectara com uma cepa da Síndrome do Sucesso Convencional de Finnegan Ramos. Parei de jogar e fiquei acordada até as três e meia da manhã tentando memorizar uma quantidade de caracteres chineses que não entrariam na cabeça de ninguém em menos de dois meses.

Acordei com o rosto no teclado, o celular aos berros a centímetros do nariz.

— Estou esperando aqui fora há dez minutos — disse a voz de Finn. — Você está bem?

Eu nem chegara a pôr o pijama de madrugada, por isso não precisei perder tempo me vestindo. Peguei minhas coisas, saí aos tropeções, desci a escada até a rua e entrei no Acclaim, que estava com um cheiro mais forte de óleo queimado do que nunca.

Meu primeiro olhar para Finn fez com que eu me perguntasse se ainda estava dormindo.

— Gostou? — perguntou ele, dirigindo o carro para a rua.

Fiquei sem palavras.

Ele apontou para um antiquado cachimbo de papelão em cima do painel.

— Não consegue adivinhar quem eu sou?

— O que é isso na sua cabeça?

— Um chapéu de Sherlock Holmes — respondeu ele. — E isto — segurou a horrorosa peça cinzenta que lhe cobria os ombros — é uma capa. Eu deveria estar usando sapatos mais elegantes, mas não cabem mais em mim. Muito chique, não?

— Eu acabei de acordar, Finn. Você está me deixando confusa. O que está acontecendo?

— Elementar, minha cara Kincain — disse ele com um sotaque britânico horrível. — Hoje é Halloween!


Ele me deixou a par de todos os detalhes enquanto íamos para a escola (quase chegando ao limite de velocidade em vários momentos emocionantes), mas não acreditei numa só palavra. O que foi um erro.

Nossa diretora estava fantasiada de aranha. Todas as secretárias estavam de detentas. O pessoal da limpeza tinha se transformado em clones do Luigi, o irmão do Mario. Não havia um professor que não estivesse fantasiado. As atendentes do refeitório também: penteados bolo de noiva e saias godê com apliques, como as colegiais da década de cinquenta.

Gracie usava uma camiseta que dizia DISFUN na frente, e a de Topher dizia CIONAIS. Os dois estavam tão animados como crianças de seis anos numa festa de aniversário em meio a um mundo de guloseimas e cupcakes.

— Não estou entendendo — repeti. — Por que os funcionários capricharam mais no visual do que a molecada?

— Porque são eles que ditam as regras — disse Gracie.

— Porque todos os alunos queriam usar fantasias imorais — afirmou Topher.

— É um jogo — explicou Sherlock Finn Holmes. — *Um jogo que já se iniciou!* O desafio: escolher uma fantasia que fique na fronteira entre o que a diretoria classificou como...

Todos os três fizeram aspas no ar:

— "Entretenimento!"

— E aquelas que são nada mais, nada menos que... — Sherlock pigarreou, olhando para mim.

— Sem graça — terminou Gracie. — A sua ignorância é estarrecedora. A que horas nós devemos te buscar?

— Quem é "nós", e por que "nós" vai me buscar? — perguntei.

— Para podermos ir pedir doces nas casas das pessoas, dãããã!

O dia inteiro foi surreal. A Srta. Rogak deu aula de literatura vestida de Noiva de Frankenstein. Minha professora de chinês apareceu fantasiada de misto-quente, cancelou a prova e nos deixou assistir a um filme. Meu professor de criminologia estava vestido de cena do crime, coberto de pó de impressões digitais, spray de Luminol e cordões de isolamento. À medida que o dia passava, comecei a gostar, na verdade a adorar o clima. O Halloween — o dia em que a gente pode fingir ser o que quiser — parecia permitir que todos assumissem suas verdadeiras personalidades. A maquiagem e as máscaras davam licença aos professores e aos alunos para interromper a farsa zumbi por algumas horas. Até as crianças, que já apresentavam sinais de zumbificação no andar e no jeito como se lamuriavam, estavam me parecendo mais humanas.

Quando fui chamada para o escritório de orientação vocacional no fim do último tempo, demorei o máximo possível para chegar, pois assim podia admirar os enfeites que tinham deixado o salão de música parecido com o Palácio de Versalhes. (O professor de canto e o maestro da banda estavam vestidos de Mozart e Scarlatti.) Se todos os dias pudessem ser assim, aposto como as notas das provas disparariam.

Gerta, a secretária, estava coberta da cabeça aos pés por escamas de peixe em borracha laranja. Havia uma ostra enorme na sua cabeça, deixando entrever uma pérola no interior.

— Não vai se fantasiar? — perguntou ela, quando assinei presença.

—Vou usar uma coisa diferente hoje à noite — expliquei. — No momento, estou disfarçada de *aborrecente* rebelde.

— Muito convincente. Quase não te reconheci.

A Srta. Benedetti abriu a porta fantasiada de bruxa tradicional, clássica, do tipo que chateia os seguidores de Wicca: chapéu pontudo, verruga no queixo, teias e aranhas de vinil aninhadas na peruca.

— Eliz rélôím — murmurou, fazendo um gesto para que eu entrasse, e empurrou de lado as grossas teias que pendiam do teto. — Ênha.

Tive que me espremer por um caldeirão inflável e passar por cima de ratazanas de brinquedo em tamanho natural para chegar à cadeira.

— Egóciguinti... — começou Benedetti.

— Senhorita — interrompi, apontando para seus dentes postiços. — Será que dava para...?

— Ah. — Ela tirou a dentadura de bruxa e o chapéu. — É tão natural, que depois de um tempo a gente esquece que está usando.

Tive que recorrer a toda a minha força de vontade, mas resisti à tentação de tecer comentários.

Ela empurrou uma tigela de plástico laranja por cima da mesa.

— Pipoca doce?

Eu não queria aceitar nada de Benedetti, mas o estômago falou mais alto do que a cabeça e peguei um punhado.

Ela esperou até que minha boca estivesse cheia.

— Hayley, temos um pequeno problema.

Parei de mastigar, imaginando as mil tragédias que poderiam se seguir a uma declaração inicial dessas.

— Tive uma reunião com o Sr. Cleveland — continuou.

Voltei a mastigar.

— Ele disse que tinha providenciado aulas de reforço para você.

Confirmei, esperando que ela não notasse meu rosto vermelho, porque as aulas de reforço já não tinham mais nada a ver com matemática.

— E mesmo assim a sua nota não melhorou nada.

Dei de ombros, pegando outro punhado.

— Ele disse que você demonstrou interesse em ajudar a reviver o jornal da escola, mas que o projeto também foi jogado para escanteio. Além disso...

— Não contou ao meu pai sobre Trish, contou? — perguntei. — Ele disse que vocês conversaram.

— Nós não falamos sobre Trish — disse ela. — Só discutimos as preocupações que ela manifestou.

— E quais eram, exatamente?

— A maior parte tinha a ver com a maneira nada convencional como seu pai te educa. Ele confirmou que não havia sido totalmente honesto em relação às suas aulas.

— Ele ficou zangado?

— Nem um pouco. Apenas perguntou se eu achava que você estava tendo dificuldades em alguma matéria. Segundo seus professores, você não teve grandes problemas, com exceção da matemática, é claro.

— Essa foi "a maior parte" das preocupações de Trish. Qual era a menor?

— Quando se tenta entender o aluno como um todo, é interessante ter uma imagem completa da dinâmica familiar.

— Isso não passa de um clichê idiota — observei. — Perguntou ao meu pai sobre essa "dinâmica"?

— Tentei. — Ela pegou uma pipoca doce com as unhas. — E fiquei com a impressão de que você teria mais a dizer do que ele...

Sua resposta foi interrompida pela campainha do último tempo.

Levantei depressa.

— Podemos conversar sobre isso na segunda?

— Fazer o quê, não é? — A bruxa suspirou e enfiou a pipoca na boca. — Juízo hoje à noite, ouviu?

# - * - 53 - * -

Nossa lavadora-secadora ficava na base da escada que ia dar no porão. Conduzi Gracie pelos degraus e abri a porta que dava para o resto do porão.

— Nossa! — exclamou Gracie. — Não era assim naquele tempo.

Na época da mudança, papai passara uma tarde inteira tentando arrumar as velharias da vovó no porão. Eu o ajudara, até começarmos uma briga boba por causa de uns livros velhos dele. Estavam cheirando a mofo, eu disse que precisávamos jogá-los fora, ele gritou comigo e eu saí do porão, furiosa.

Era a primeira vez que eu me aventurava além da lavadora-secadora desde aquela tarde. Tive a clara impressão de que papai parou de arrumar assim que fui embora.

— Juro que não estava desse jeito na época — afirmou Gracie, apontando para a estante bamba de metal com tubos de plástico e caixas de papelão. — Tinha uma mesinha redonda com três cadeiras, um tapete e uma arca de brinquedos...

— Quer parar, por favor? Você está me assustando. Sua memória é sobrenatural. Aposto que você tem um tumor no cérebro, ou sei lá o quê.

Ela estendeu a língua para mim. Estava com um humor bem melhor desde que os pais tinham declarado uma trégua temporária, depois que o terapeuta da família ameaçara largar o caso.

— Isso é ridículo — falei. — Nunca vamos encontrar nada. E se eu só carregar um guarda-chuva aberto e disser que sou uma tempestade?

—Você é tão pessimista... — Gracie tirou uma lata da prateleira, colocou-a no chão e a abriu. — Eca! Perucas velhas e cocô de rato. — Depois de abrir mais duas latas, deu um grito de vitória: tinha encontrado nossas velhas fantasias e uma caixa com material de trabalhos manuais sem fezes de roedores. Observei que tínhamos crescido um pouco na última década, ela me chamou de ingrata, despejamos tudo no chão e começamos a revirar as coisas, tentando criar uma fantasia para mim.

— Que tal Princesa Sexy? — perguntou Gracie, colocando uma tiara amassada na cabeça.

— Nem em mil anos — respondi.

— Cowgirl Sexy? — Levantou um coldre com um revólver de brinquedo.

— Prefiro ficar bem agasalhada a ficar sexy — falei, levantando um xale antigo. —Vai fazer cinco graus hoje à noite.

Ela revirou outra lata.

— Plumas! — gritou, triunfante. — Você pode ir de Garibaldo Sexy!

— Que nojo — foi meu veredicto.

Antes que ela pudesse responder, passos fortes e apressados desceram a escada de madeira. Senti um aperto nas entranhas.

— Pai? — chamei.

Ele parou na porta.

— Que é que vocês duas estão fazendo aqui embaixo?

— Preciso de uma fantasia para o Halloween — expliquei depressa. — Gracie me chamou para ir com ela levar o irmão caçula para pedir doces nas casas das pessoas.

—Vai ser superseguro — acrescentou Gracie. — Nós só vamos às casas de gente conhecida e...

Ela se calou ao ver papai levantar a mão.

— Ótimo, parece divertido — disse ele —, mas cadê o aspirador de pó?

— Como assim? — perguntei.

— O aspirador de pó — repetiu ele. — Não estou encontrando. Nem aquele troço que você usa para limpar a privada.

— A escova da privada está lá no armário da garagem. O aspirador está no meu guarda-roupa.

— Obrigado. — Ele observou a bagunça que tínhamos feito no chão. — A que horas vocês vão sair?

—Vou fazer o jantar antes de ir — prometi.

— Não se preocupe com isso, eu mesmo faço.

— E não se esqueça de que vou dormir na casa da Gracie — relembrei.

— Não vou me esquecer! — disse ele. — Divirtam-se!

— Pode crer que sim! — cochichou Gracie, ensaiando uns passinhos de dança.

— Shhh! — cochichei. A mãe do Finn viajara para Boston de uma hora para outra, pois o pai dele estava supergripado. Ela não voltaria para casa antes da noite de domingo, talvez da manhã de segunda. Por isso, teríamos a casa vazia durante todo o fim de semana.

— Ei! — Os passos do papai soaram novamente na escada e seu rosto apareceu detrás da parede. — Nada de festas, e não cheguem perto da pedreira, entendido?

— Claro que sim, senhor — respondeu Gracie, com toda a sinceridade. — Meus pais têm exatamente as mesmas regras.

— Ótimo — disse papai. — Fico feliz em saber disso. Vocês vão sair logo?

Um alarme tocou na minha cabeça. *Michael.*

— Não sei, pai. Talvez seja melhor eu voltar. E se milhões de crianças aparecerem, ou um bando de idiotas jogar ovos na casa? Se eu voltar, você não vai ter que lidar com nada disso.

— Não volte — disse ele, categórico. — Vou receber uma pessoa para jantar. Nós cuidaremos disso.

*Só pode ser o Michael.* Senti um desânimo mortal. Será que era melhor passar a noite em casa para impedir que aquele nojento provocasse uma tragédia, ou ir para a casa do Finn e passar a noite inteira preocupada?

— Sr. Kincain, o senhor tem um encontro? — provocou Gracie.

Em vez de perder a cabeça ou ser grosseiro, papai abriu um sorriso e pigarreou.

— Talvez — respondeu. — Talvez não. Eu te conto amanhã, está bem?

*Por todos os deuses. Michael deve ter arranjado uma piranha de quinta categoria para o meu pai.*

## – * – 54 – * –

Foram necessárias horas a fio, uma visitinha ao armário da Sra. Rappaport e um cheesebúrguer (malpassado, com mostarda picante, num pão tostado), mas, quando Finn e Topher finalmente chegaram à casa da Gracie, eu já estava fantasiada.

— E aí? — Gracie perguntou, me fazendo dar uma voltinha no jardim. — O que acharam?

— Aaah — disse Topher, que só tinha olhos para a namorada. A Enfermeira Sexy da Gracie lhe roubara a faculdade da fala.

— Hum... — disse Sherlock Finn, os olhos arregalados. — Tenho direito a três palpites?

— Se disser Garibaldo Sexy, te dou um soco no gogó — avisei.

— Tenho amor à vida — brincou ele.

—Vamos lá?! — O Homem de Ferro, também conhecido como Garrett, segurou a mão da irmã e a puxou pelo jardim. Topher seguiu os dois, ainda de olho em Gracie.

—Vamos logo, gente — Gracie nos chamou.

— Daqui a um minutinho — prometi.

O vento começava a soprar com mais força, fazendo com que as últimas folhas caíssem na calçada e formassem pequenos tornados, os redemoinhos ganhando impulso e girando pela rua cada vez mais cheia de super-heróis, bruxas e monstros, que davam risadinhas enquanto corriam de casa em casa, as sacolas já abarrotadas de doces.

Finn esperou que nossos amigos se afastassem mais um pouco, e então me levou para as sombras.

— Gostei da máscara.

Dei um beijo nele.

— As asas também ficaram muito legais — disse ele, por fim.

Eu prendera todas as plumas encontradas numa sacola em um velho xale da minha avó. Gracie enfiara as mais coloridas no meu cabelo. Depois de vasculhar sua caixa de maquiagem, ela pintara umas linhas atrevidas em tons de violeta, cinza e turquesa ao redor dos meus olhos. Debaixo do xale, eu vestira uma meia-calça preta e uma camisa de futebol americano do pai dela, da mesma cor, que me vinha até os joelhos. Enquanto conseguisse manter as asas no lugar, ninguém poderia ver o nome e os números nas costas da camisa.

O vento agitou as plumas. Levei a mão ao pesado pingente de vidro cor de âmbar que me pendia do pescoço. No fundo da caixa de jóias da minha avó, ele mais parecia um refugo de bazar beneficente. À meia-luz, com o vento soprando, brilhava de um jeito incrível, me transformando.

— Isso é um amuleto mágico — sussurrei no ouvido do Finn. — Sou uma coruja, uma ave noturna. Eu vejo tudo. Eu sei tudo.

— Sabe o que estou pensando?

— Sei. Cuidado, garoto, ou eu te transformo num sapo e te devoro.

Seguimos Garrett durante horas: correndo por jardins, cortando caminho por quintais, pedindo a ele que compartilhasse suas prendas e rindo das mil e uma razões que o esperto inventava para não fazer isso. Sua fantasia do Homem de Ferro era uma das melhores das redondezas, mas não acho que ele estivesse se importando. Durante um tempo, caminhamos com alguns dos seus amiguinhos. Os pais também estavam fantasiados, personagens de videogame, jogadores de futebol americano e vampiros, a maioria de meia-idade, alguns bebendo em copos de café descartáveis que não deviam conter uma gota de café, a julgar pela frequência com que tropeçavam.

Topher passou um tempo no celular, alguns metros atrás do grupo, falando tão baixo que não pude ouvir o que dizia. Gracie o fuzilou com os olhos quando ele nos alcançou, esquivando-se da tentativa do namorado de abraçá-la pela cintura.

— O que está havendo? — perguntou Finn.

— A festa na pedreira está bombando — disse Topher em voz baixa para que os pais à nossa frente não o ouvissem.

— Nem pensar — decretou Gracie.

— O lugar não é assombrado — insistiu Topher. — Eu já me certifiquei. Tem música, drinques de vodca com gelatina e a possibilidade de um ou dois baseados.

— Nada de bom acontece por lá — afirmou Gracie. — Eu não vou.

— Todas essas histórias de fantasmas são muito exageradas — rebateu ele. — São só um truque para deixar as garotas nervosas e elas pedirem aos namorados que as abracem.

— Nesse caso, talvez você deva arranjar outra namorada — finalizou Gracie.

Toda aquela magia no ar, crianças gritando, música fantasmagórica, doces à vontade... e aqueles dois tinham que brigar. Eu já começava a ver sinais de zumbificação em ambos, mas o Halloween não era uma boa ocasião para tocar no assunto e, de mais a mais, eu tinha coisas melhores a fazer.

Finn e eu aproveitávamos cada sombra para trocar beijos. Quando dedos de nuvens finos como ossos encobriram a lua, eu me senti como se fosse capaz de voar.

A mãe da Gracie tinha dado permissão a Finn e a Topher para verem alguns filmes com a gente até a meia-noite, por isso, quando a sacola do Garrett ficou cheia, voltamos para a casa dos Rappaport.

— Acho que você precisa de um agasalho — disse Finn pela quinquagésima vez. — Não vai poder alegar ser uma coruja muito sábia se pegar uma pneumonia.

— Não sou só uma coruja, sou a própria Atena. — Agitei os braços, dramática, dando uma volta para que ele não visse meus dentes batendo. — Deusa da sabedoria, da tecelagem, das armas e dos cheesebúrgueres. Deusas não usam agasalhos.

— Usam, sim, quando estão na forma humana. Tenho certeza de que é uma Lei de Deusa.

Soltei um espirro.

— Lei de Deusa? Olha que eu começo a usar isso, hein...

— Não te beijo mais até vestir alguma coisa mais quentinha.

Como você pode ser tão chato e tão sexy ao mesmo tempo?

Alcançamos Gracie, Topher e o Homem de Ferro, avisamos que daríamos um pulo na minha casa e que nos encontraríamos com eles em alguns minutos. Finn insistiu em colocar o casaco sobre os meus ombros, e fez isso com toda a delicadeza, para que eu não perdesse nenhuma pluma. Achei o calor do casaco mais agradável do que quis admitir.

O carro alugado que estava no jardim fez com que eu despencasse na Terra.

— Droga. Meu pai tem um encontro. Fique aqui, para não se cegar diante de tanta beleza.

## – * – 55 – * –

Os dois ficaram paralisados quando os flagrei bem no meio de uma risada.

Uma toalha azul cobria a mesa da sala de jantar. Duas velas longas e brancas estavam no meio, as chamas bruxuleando. Ao lado de uma caneca de vidro cheia de flores de supermercado, um galheteiro, também de vidro, que eu nunca tinha visto. Um celular na cabeceira da mesa tocava um flashback romântico e brega do tipo que papai detestava.

Ele se levantou depressa. O guardanapo no seu colo caiu no chão.

— Pensei que você fosse dormir na casa da Gracie.

—Vim buscar um agasalho.

Ele fizera a barba. E, pelo visto, também encontrara o ferro de passar, pois a calça cáqui não tinha um vinco. Nem a camisa social branca com as mangas enroladas. Seu velho relógio estava preso no pulso esquerdo. E também usava uma gravata, toda certinha, o nó dado com precisão militar.

Apertei o interruptor à esquerda da porta, acendendo as luzes da sala.

— Não achei que você voltaria para casa antes de amanhã — disse papai, piscando. — Bem... hum... enfim.

Trish estendeu a mão e silenciou o celular.

*Ameaça*

— Por que ela está aqui? — Minha voz pareceu sair da boca de outra pessoa, uma pessoa calma, cujo coração batia devagar.

Debaixo da mesa, Spock ganiu.

— Eu convidei — respondeu ele.

— Você enlouqueceu? — perguntei, ainda calma, embora minhas mãos estivessem úmidas.

— Olá, Hayley. — Trish se levantou, colocando o guardanapo ao lado do prato. Deu alguns passos na minha direção e parou. — Nossa. Como você está crescida.

— Nossa... — repeti, *calma, calma, calma.* — Como você está envelhecida. Não, "envelhecida" não, essa não é a palavra certa. "Adoentada", talvez.

— Opa, princesa. — Papai levantou as mãos, como se estivesse sob a mira de um revólver. — Isso não é necessário.

— Não é necessário? — perguntei. — Quando é que esse convite foi feito? Antes ou depois de você me contar que ela vinha? Ah, espera aí. Você não chegou a me contar, não é?

A máscara educada caiu do rosto dele. Uma descarga de adrenalina acelerou meu coração.

— Você não me contou porque sabia que eu diria: "Trish? Aquela cachaceira que abandonou a gente?"

Nesse momento, alguém bateu à porta da sala.

A cobra abriu a boca:

— Hayley, você tem que me dar uma chance.

— Eu não tenho que te dar porra nenhuma!

— Chega! — A voz de papai fez as paredes trepidarem.

O barulho na minha cabeça era tão alto que mal ouvi o que ele disse. Eu havia atravessado a sala e estava cara a cara com ela.

— Sai daqui agora, ou eu chamo a polícia.

Tornaram a bater. Spock foi até a porta, que se abriu.

— Com licença — pediu Finn. — É que... você gritou. Está tudo bem?

— Está tudo certo — afirmou papai.

— Miss Blue? — perguntou Finn.

*Avaliação*

Trish nem estremecera. Continuava com os olhos fixos nos meus, tendo que levantar um pouco a cabeça, porque eu era mais alta. Estava usando lentes de contato em vez de óculos. E uma base que não escondia as olheiras, o cabelo pintado num tom banal de castanho, com reflexos desbotados. As duas pinceladas de blush se destacavam no rosto como sinais de trânsito, porque toda a cor lhe fugira da cara.

A porta da rua se fechou. Ouvi os passos do Finn, e em seguida sua voz:

— Olá, Sr. Kincain. Sou o Finn, está lembrado? Nós nos conhecemos há duas semanas.

— O que está fazendo aqui? — perguntou papai a ele.

Trish passou por mim, dirigindo-se a Finn, mão estendida.

— Meu nome é Trish Lazarev — apresentou-se. — Sou uma velha amiga da família.

Finn apertou a mão dela.

— Finnegan Ramos, senhora, um novo amigo da família.

—Você me disse que estaria com Gracie e o irmão dela — cobrou papai.

— E nós estávamos. Já íamos nos despedir — disse Finn. — Eu trouxe a Hayley para casa porque ela estava com frio.

— Claro que está com frio, onde já se viu não sair agasalhada — disse papai para mim.

— É uma fantasia de Halloween, Andy — observou Trish, tentando contemporizar. — E está superbonitinha.

— Devia ver só, com a máscara... — disse Finn, exibindo o rosto de pássaro.

— Parem com isso! — gritei, não querendo que eles transformassem esse momento num jogo de bonecos que não diziam nada, enquanto leões famintos andavam de um lado para o outro no meio da sala.

— Hayley, por favor — pediu Trish.

Apontei um dedo para papai.

— O problema não é ser Halloween ou eu não estar agasalhada. — Apontei para Trish. — O problema é você. Por acaso drogou o meu pai? Ele está tendo uma hemorragia cerebral? Quer dizer, pelo amor de...

— Já chega, mocinha — rosnou papai.

— Não, Andy, não chega, não! — gritou Trish.

E esse momento, sempre esse momento em que papai perdia a cabeça, só que ele devia ter agarrado Trish, não a mim, que era o que estava no roteiro: Trish o provocava e irritava, ou ele gritava com ela, e, não importando como tivesse começado, a cena sempre terminava com empurrões, gritos e ferimentos, e às vezes quem se feria era ela, outras vezes ele. Nunca eu, por ser pequena o bastante para me esconder no armário ou debaixo da cama.

Mas isso não daria mais certo. Eu estava muito crescida.

O hálito do papai cheirava a uísque com torta de maçã. De perto, seus olhos pareciam totalmente mortos, sem qualquer expressão, nem mesmo raiva. Ele me observava como se não me conhecesse. Talvez, se eu ainda prendesse o cabelo em marias-chiquinhas, se fosse meio metro mais baixa e não tivesse os dois dentes da frente, ele me visse.

Finn gritou alguma coisa e, de repente, apareceu ao meu lado. Papai o empurrou, Finn voltou, papai o segurou pelo casaco e lá estava Trish bem no meio de tudo, o rosto a centímetros do meu, do de papai. Esse era o momento em que ela me daria um tapa, ou em papai, ou até mesmo em Finn. Esse era o momento em que os gritos se tornariam mais histéricos e então alguma coisa voaria pelo ar, um cinzeiro, uma garrafa de cerveja, uma mesa, e os dois berrariam um com o outro, alguém sangraria e...

— Andy. — A voz da Trish saiu um pouco mais alta que um sussurro. — Olha pra mim.

Papai apertou ainda mais a frente do casaco do Finn.

— Por favor, Andy — pediu Trish. — Por favor, olha pra mim. — Pôs as mãos nos pulsos do papai. — Que foi que nós passamos a noite inteira conversando? — sussurrou.

Papai fechou os olhos e abriu as mãos.

Finn e eu nos afastamos, ficando fora do seu alcance. Pedi a ele por mímica labial que fosse embora, mas ele fez que não com a cabeça. Papai sentou-se pesadamente no sofá, o rosto sem expressão. Spock saltou ao lado, deitando a cabeça de pelos arrepiados no seu colo.

— Por que não deixamos a Hayley pegar um agasalho e ir passar a noite na casa da amiga, como tinha planejado? — sugeriu Trish.

O único som foi o *pam, pam, pam* do rabo de Spock batendo nas almofadas do sofá, enquanto papai fazia uma festinha nas suas orelhas.

*Pam, pam, pam, pam, pam.*

Papai continuou olhando para o cachorro, mas se dirigiu a mim:

—Você deveria ir, Hayley.

— Mas...

Ele balançou a cabeça.

— Preciso conversar com a Trish. Será que esse rapaz faria o favor de te acompanhar até a casa da Gracie?

— É claro, senhor — disse Finn.

— Se importa de esperar por ela lá fora? — perguntou Trish.

*Ação*

# - * - 56 - * -

Depois de esvaziar a mochila na cama, enfiei nela uma calça jeans, meias, calcinhas, sutiãs, dois livros e todo o dinheiro do meu cofrinho secreto... *coração martelando pernas correndo pulmões arquejando...* Vesti uma legging, depois uma calça de moletom por cima... *sai logo sai logo sai logo...* Pus um suéter de gola rulê e meu casaco mais pesado... *corre se esconde olha pra trás...* Tirei a faca de caça da gaveta de meias e a coloquei no bolso do casaco.

Resisti ao impulso de tocar fogo no meu quarto e gritar até que as vidraças e os espelhos se estilhaçassem. Resisti ao impulso de enfiar a mão no peito e arrancar o coração até que parasse de bater ou eu deixasse de me importar, o que viesse primeiro.

Saí do quarto. Atravessei o corredor.

Eles tinham voltado a se sentar à mesa. Ela levava a xícara de café aos lábios. Ele olhava para a chama da vela.

Peguei o xale de plumas no chão. Bati a porta ao sair, esperando que fizesse o teto desabar. Não me virei para ver se caíra ou não.

# — * — 57 — * —

— Espera!

Virei à direita ao sair do jardim e continuei caminhando.

— Espera, aonde você está indo? — perguntou Finn às minhas costas.

*Caminhar, caminhar...*

Ele me alcançou e passou a andar no mesmo ritmo que eu.

— A casa da Gracie fica pro outro lado.

*E se ela matar ele? E se o deixar fora de si, a ponto de dar um tiro nela e depois meter uma bala na própria cabeça?*

— Não estou indo para a casa da Gracie.

— Então, para onde?

*Caminhe. Apenas caminhe.*

— Para a rodoviária.

— Isso é ridículo. Ninguém foge de casa por não gostar da namorada do pai.

*E se papai tem piorado porque ela anda fazendo a cabeça dele? E se realmente enlouqueceu, a ponto de precisar ser amarrado numa cama e levar eletrochoques de novo? E se já tiver atravessado a fronteira e não puder mais voltar?*

— Ah, fala sério. — Ele me ultrapassou e então se virou, correndo de costas, alguns passos à minha frente. — A que horas o ônibus sai? Para onde vai? Você não faz a menor ideia, faz?

— Não importa. Vou entrar no primeiro ônibus intermunicipal que passar.

— E se ele estiver indo para Poughkeepsie? — perguntou.

— Ninguém em sã consciência iria para Poughkeepsie.

— Para de me seguir.

— É você quem está me seguindo. Eu estou na frente.

— Não estou brincando, Finn.

— Eu sei. É isso que está me assustando.

*Apenas caminhe.*

— Você está indo na direção errada, sabia? — insistiu ele.
— A menos que esteja pretendendo caminhar quarenta quilômetros até a rodoviária de Schenectady.

— Se você pegasse o carro, poderia me levar.

— Se eu voltar para pegar o carro, você vai desaparecer.

Continuei de boca fechada, cabeça baixa, pés avançando, porque ele tinha razão.

*Cinco minutos. Dez.*

Deixamos o último poste de luz para trás, mas a lua teimava em iluminar a rua. Passamos por um sítio abandonado e atravessamos o cheiro de alguma coisa morta apodrecendo no matagal.

Sem mais nem menos, Finn tropeçou e levou um tombo feio.

Minha vontade foi passar direto por ele, até mesmo por cima se necessário, mas o gemido que ele deu ao bater no chão, um "ai" baixinho, foi tão intenso que quase senti a dor.

Parei.

— Quebrou alguma coisa?

Ele se sentou.

— Não sei. — Estendeu o braço e apalpou o tornozelo, então flexionou lentamente o pé, estremecendo um pouco.

Estendi a mão e o ajudei a se levantar. Ele espanejou as costas do casaco e deu alguns passos.

— Meu tornozelo está bem, mas acho que lesei o cóccix. — Caminhou mais alguns metros e se virou para me olhar. — Vamos.

O vento do Halloween que nos impulsionara por toda a cidade horas antes penetrou minhas roupas, cortando a pele e baixando a febre que ardia em mim desde o momento em que abrira a porta e vira Trish sentada à mesa.

— Será que já atravessamos a fronteira? — perguntei.

— O Canadá é naquela direção. — Finn apontou para o norte. — Uma caminhada e tanto.

— Eu quis dizer a fronteira com a próxima cidade.

— Por quê?

A lua deu uma risadinha. Juro. Eu ouvi.

— Gostaria que pintassem linhas pretas no chão mostrando onde ficam as fronteiras, como num mapa. — Sequei as lágrimas do rosto. — Sabe como, que nem quando a gente é criança e anda de avião, daí olha pela janela esperando ver linhas grossas no chão separando os estados?

A empresa que fabricava os pincéis gigantes fechou — disse Finn em voz baixa, aproximando-se de mim. — Acho que foi vítima de sabotagem.

Estremeci.

— Por que você está fazendo isso?

Ele tirou uma pluma do meu cabelo e a segurou entre nós.

— Porque eu me amarro num Garibaldo Sexy.

Tentei manter a expressão séria, os punhos apertados, mas um sorriso se insinuou nos lábios. Trocamos um longo beijo, com ternura no começo, depois com mais força. Com mais calor. Ficamos nos beijando ao luar, naquele fim de mundo, os braços enrolados em volta um do outro como trepadeiras. Por um momento, não me senti perdida.

— Está com fome? — perguntou, por fim.

— Não.

— Tudo bem. — Deu um beijo nas costas da minha mão. — Vou preparar o seu café da manhã. E ligar para o Topher, dizendo para não vir. Nós comemos, e depois eu te levo para a rodoviária, qualquer uma. Pode escolher para qual você quer ir, palavra de escoteiro.

—Você nunca foi escoteiro.

— Panquecas ou waffles?

## – * – 58 – * –

*Os óculos de visão noturna tingem a escuridão com tons de verde, como na terra de Oz, mas não mostram tudo. Os óculos de infravermelho revelam a assinatura do calor do inimigo oculto. Se você o mata, vê o calor saindo do seu corpo, como um espírito em direção à Lua...*

*Sou um bom soldado, um bom oficial. Acredito no meu país e na minha missão. Ainda acredito na honra, mas tenho o coração soterrado pela areia que escorre das feridas da alma. Alguns dias, vejo o mundo em verde como nos óculos de visão noturna. Outros dias, vejo seu calor.*

*Pisco e esqueço a razão por que entrei no quarto. Esqueço por que estou dirigindo nesta estrada. A lembrança ocupa cada respiração, até não haver mais espaço pelo resto do dia. Sirvo uma bebida, dez bebidas, para esquecer que esqueci em que dia estamos. Fumo. Me dopo. Rezo. Como. Durmo. Cago. Xingo.*

*Nada expulsa a areia das memórias esculpidas, entalhadas no avesso das pálpebras. Elas perfazem um círculo contínuo, com cheiros, sons e dores.*

## - * - 59 - * -

O apartamento do Finn ficava num dos edifícios estreitos do condomínio, que se enfileiravam como fatias de pão de forma num saco plástico.

—Você não vai acreditar quanto eles cobram por esse lugar — disse ele, destrancando a porta da sala. — Mamãe vai se mudar daqui assim que eu me formar. — Acendeu a luz quando entramos.

—Tem certeza de que ela não vai aparecer? — perguntei.

— Ela detesta dirigir à noite, não se preocupe.

No banheiro, tentei consertar o estrago que as lágrimas haviam feito na maquiagem. Mas o passado atravessou correndo o espelho...

*... Trish me levando de ônibus para buscar meu cartão da biblioteca, andando de bicicleta debaixo de árvores altas e escuras, fazendo cupcakes de aniversário que saíam tortos...*

*... eu secando as lágrimas do seu rosto com a mão de uma garotinha, ela me enrolando num cobertor e me levando para o carro...*

*... fugindo da besta-fera pai que rugia e atirava relâm- pagos, ela me abraçando com força...*

Apaguei a luz.

Finn abriu a geladeira.

— Leite, tódinho, suco de laranja ou a coisa diet vermelha que a minha mãe curte? Também posso fazer um chocolate quente.

—Vodca.

— Leite, tódinho, suco de laranja, coisa vermelha, chocolate quente — repetiu ele. — Ou chá.

—Vou comprar vodca de um morador de rua na entrada da rodoviária.

Ele suspirou, tirando o suco de laranja da geladeira e uma garrafa de vodca do armário acima dela. Colocou os dois na minha frente, e também um copo plástico todo arranhado. Desatarraxei a tampa da garrafa e despejei alguns dedos.

— Não vai querer uma dose? — perguntei.

—Tódinho é a minha droga favorita.

Olhei nos seus olhos, franzi os meus e então os observei mais de perto, na forte luminosidade da cozinha.

—Você está usando delineador?

— Demorou pra notar — disse ele. — Gostou?

— Muito. — Dei uma risadinha. — É sexy. Mas não põe rímel, tá? Não posso ser vista na companhia de um cara com cílios mais longos do que os meus.

Ele olhou para o copo plástico, e então deu um beijo na ponta do meu nariz.

— Nós estamos mesmo conversando sobre isso?

— Não. — A intuição decidiu à minha revelia e, quando dei por mim, já devolvera a vodca à garrafa e enchera o copo de suco. — Decididamente, não.

Enquanto fritava o bacon e as panquecas, Finn tentou me distrair, falando de seus anos como aprendiz de cozinheiro no palácio de um emir em pleno deserto do Saara. Não funcionou. A angústia me estrangulava, uma corda de pânico em volta do pescoço.

*Qual era o plano da Trish?*

Ela sempre tinha um, sempre estava quatro ou cinco passos adiante de todos, principalmente do papai. Será que o objetivo era pôr as mãos na sua pensão por invalidez? Devia achar que ele ganhava uma fortuna. Será que pretendia fazer com que ele se apaixonasse de novo, que a deixasse voltar para nossa casa? Convencê-lo a incluí-la como beneficiária do seguro de vida, e depois induzi-lo ao suicídio?

— Ei! — Finn estalou os dedos diante do meu rosto. — Você precisa comer. — Colocou um prato fumegante de panquecas na minha frente, com um smiley de manteiga derretida por cima.

— Que fofo.

— E bacon. — Pôs ao lado um prato separado de tirinhas de bacon crocantes. — E o autêntico xarope de bordo. — Despejou o líquido grosso e escuro de um vidro em formato de folha

— É só desse que você tem? — perguntei.

— Minha família é de New Hampshire, nós só comemos do autêntico.

— Seu sobrenome é Ramos.

— Há muitos hispânicos na Nova Inglaterra, como você bem sabe.

— Desculpe. Não tive intenção de...

Ele abriu um sorriso e levantou a mão.

— Não tem problema. Isso me dá permissão para dizer coisas politicamente incorretas sobre garotas brancas.

— Muito bem! E a família da sua mãe, se não for indiscreto perguntar?

— WASPs de Conway.

— Onde a galera se amarra num xarope de bordo com uma embalagem esquisita.

— E que agora você vai experimentar. — Ele fincou o garfo num pedaço de panqueca e o lambuzou no xarope. — Abre a boca.

— Esquece. Eu só gosto dos baratos, feitos à base de xarope de milho.

—Você fica em pé na beira de um penhasco, mas é covarde demais para experimentar o melhor xarope de bordo do mundo?

Ele estava bancando o chato para me animar e começava a dar certo, mesmo sem a vodca.

— Talvez você esteja tentando me envenenar.

— Manézona.

— Agora você está provocando uma briga. — Enfiei o dedo mindinho no xarope e o encostei de leve na ponta da língua. — As pessoas pagam por isso? — (Depois de fazer uma cena daquelas, não tive coragem de admitir que era delicioso.)

— É seiva cozida, totalmente natural — explicou ele. — Sem aditivos ou conservantes.

— É sangue de árvore. Isso faz de você um vampiro *arborívoro*. Aposto que tem lascas de troncos nos lábios.

— Quer dar uma conferida? — perguntou ele, aproximando-se para me morder.

A campainha tocou.

—Vamos ignorar isso — murmurou ele.

— Nenhuma criança iria aparecer a essa hora para pedir doces — observei.

Mas continuaram tocando a campainha, e depois começaram a esmurrar a porta. Finn soltou um palavrão e se recostou na cadeira, os ombros caídos.

— Droga — resmungou. — Me esqueci de ligar para eles.

# -*- 60 -*-

Gracie entrou na sala, cambaleando. Topher a seguiu, um sorriso idiota no rosto. Os dois estavam com os olhos vermelhos e fora do ar.

—Você veio dirigindo? — perguntou Finn.

— Peguei uma carona — respondeu Topher. — Escapamos bem na hora.

— Mil carros da polícia — acrescentou Gracie, com uma risadinha.

— Polícia? — Finn tornou a abrir a porta para verificar.

— Estouraram a festa na pedreira. — Topher sorria como um garoto de dez anos. — Nós fugimos. Eles não viram a gente.

— Nós voamos — corrigiu Gracie, olhos arregalados. Apontou para Finn. — Temos que passar a noite aqui. Na verdade, vamos nos mudar para cá. Vamos virar hippies, fundar uma comunidade e criar galinhas. E cabras.

Topher passou o braço pelos ombros da Gracie.

— Desculpe, cara — pediu. — Ela tá estragadinha.

—Vocês dois... — Gracie agitou o dedo entre mim e Finn — ...são bons... amigos.

— Eu fiz panquecas — disse Finn.

— Boa! —Topher soltou Gracie e se dirigiu à cozinha.

— Não demora — pediu Gracie, às suas costas. — Quero falar com os mortos.

Finn olhou para mim.

— Que foi que ela disse?

\* \* \*

Quando terminamos de comer, Gracie já tinha convencido Finn a tirar o pesado espelho da parede do quarto da mãe e colocá-lo no chão da sala íntima, com uma vela quadrada vermelha no meio.

Gracie se enroscou sob uma manta de crochê, a cabeça no colo de Topher, os olhos sonolentos perdendo a luta para se manterem abertos. Topher reclinou a cabeça e também pegou no sono. Pensei em arrastá-los para fora e deixá-los dormir sob os arbustos, mas isso poderia desencadear uma avalanche cármica em cima de mim, e eu andava muito precisada de ajuda nesse terreno. Quando Finn voltou da cozinha com o resto do bacon e uma tigelinha de xarope de bordo, os dois já estavam roncando, o soprano fino da Gracie em contraponto ao baixo profundo do Topher.

— Apaga as luzes — pedi.

Finn resmungou algumas palavras que não entendi, mas apagou as luzes e voltou, tateando no escuro. Sentou-se à minha frente, o espelho entre nós.

— E agora? — perguntou.

—Você nunca fez isso? — Me enrolei no xale de plumas para me proteger dos pensamentos sobre Trish e papai. — O véu entre os mundos fica mais fino na noite de Halloween. Diz a lenda que é possível ver os mortos num espelho.

Finn mastigou um pedaço de bacon.

— Minha mãe jamais compraria um espelho que viesse com gente dentro.

— Às vezes você é um saco. — Me inclinei para frente e acendi a vela, mantendo o xale afastado da chama.

Ele apontou para a superfície do espelho.

— Está vendo? Você e eu, vivinhos da silva.

—Tira os óculos — ordenei. — Deixa os seus olhos saírem de foco.

— Quando eu tiro os óculos, meus olhos saem de foco automaticamente.

Dei um muxoxo.

— Faz o que eu pedi, tá?

Finn tirou os óculos.

— Tudo bem. Que venham os mortos. E acho bom não gostarem de bacon.

Respirei fundo, semicerrei os olhos e deixei que perdessem o foco, até só distinguir vultos. Espelho oval prateado. Vela quadrada vermelha. Círculos, e então crescentes de fogo coloridos em azul, amarelo, branco e finalmente cinza, até se esfumarem na esguia sombra de Finn, que se dissolveu na escuridão.

O tempo se espreguiçava como um gato ao acordar de um longo cochilo, com o máximo prazer e paciência. Respirei fundo, prendi o ar enquanto contava até sete e o soltei. A chama da vela se agitou. Tentei me perder na luz que oscilava sobre a face do espelho. Respirar fundo outra vez, *prender...*

Uma coruja soltou um pio longo e fantasmagórico. *Hu-hu hu-hu!*

— Nossa — disse Finn.

Levei o dedo aos lábios.

— Shhh.

A coruja piou uma segunda vez, bem mais perto, e então uma terceira, agora tão alto que parecia prestes a estilhaçar a vidraça e entrar voando. Uma sombra rastejou sobre o espelho, um vago vulto tentando tomar forma. Tive medo de enfrentá-lo, medo de que, se fizesse isso, ele desaparecesse. Não estava com frio, mas senti um arrepio, as plumas tremendo ao meu redor.

Finn rompeu o encanto.

— Isso é assustador.

Meus olhos se abriram depressa, recuperando o foco.

— Você estragou tudo. Alguém estava tentando entrar no espelho.

A coruja soltou outro pio, muito mais fraco, como se já estivesse indo embora.

— Desculpe — pediu ele depois de um momento.

Não respondi.

— Acha que era Rebecca? Sua mãe?

Olhei para ele em meio à luz bruxuleante das velas.

— Como você sabe o nome dela?

Ele apontou para Gracie.

— Ela te contou mais alguma coisa?

— Não. — Ele desdobrou as pernas e se deitou de lado, a cabeça apoiada na mão. — Só que ela morreu quando você era bem pequena.

Esperei, desejando que a coruja voltasse.

— Me conta alguma coisa sobre ela — pediu Finn.

— Tipo o quê?

— Sei lá. Alguma coisa divertida. Alguma coisa que você nunca tenha contado a ninguém.

Puxei uma longa pluma do xale, pensando no punhadinho de coisas que sabia a respeito da minha mãe.

— Uma história verdadeira sobre Rebecca. Ela pulou de um avião quando estava grávida de mim. Não sabia que estava grávida, é claro. Ela era instrutora de paraquedismo. Mas teve que abandonar o emprego quando descobriu que eu também estava a bordo.

Mergulhei a ponta da pluma numa poça de cera derretida e a arrastei por cima do espelho, formando um rastro brilhante.

— Juro que me lembro daquele salto. É impossível, não é? Mas eu me lembro: da queda, do ar passando, do puxão do paraquedas, e depois do som dos seus risos. Acho que ela me deu essa lembrança, como se fosse a primeira coisa que queria que eu soubesse.

Finn pôs o dedo na cera que esfriava e o levantou com cuidado, deixando uma impressão digital.

— E quem é Trish?

*Eles estavam vindo de longe, sobre asas, todos os retratos e vozes, cheiros, gostos, todas as coisas do passado voando na minha direção em alta velocidade.*

Passei a mão sobre a chama.

— Não faça isso. Você vai se queimar.

— E daí?

Finn soprou a vela.

— Eu te contei um segredo — falei no escuro. — É a sua vez.

— Só se você me falar sobre Trish.

— Só se o seu segredo for verdade.

—Verdade — repetiu ele, brincando com o isqueiro. Girou a pedra devagar, faíscas saltando como fogos de artifício em miniatura, sem chegar a acender a chama. —Você já sabe que eu tenho uma irmã, Chelsea. O segredo é que ela é viciada em drogas. Fuma ou cheira qualquer coisa em que ponha as mãos.

— Nossa, é mesmo...? Nem sei o que dizer. Onde ela está?

— Em Boston. — Ele colocou o isqueiro no espelho. — Foi por isso que meu pai aceitou o tal emprego e minha mãe foi para lá hoje de manhã. Chelsea está dizendo que fez um "grande progresso". U-hu!

— O que isso quer dizer?

— Que ela quer ferrar nossos pais de novo. Eles torraram toda a grana da aposentadoria com as duas primeiras internações dela em clínicas de reabilitação. Ela fugiu das duas. Da terceira vez, eles fizeram uma segunda hipoteca para pagar uma clínica no Havaí. Dessa ela não fugiu. Voltou para casa toda bronzeada e passou oito dias inteiros sem se drogar.

A voz dele soava mais velha no escuro.

— Agora ela diz que quer pedir perdão, para a gente poder começar o "processo de superação". Maior palhaçada. Ela vai explorar o sentimento de culpa da mamãe, extorquir todo o dinheiro que puder e dar o fora.

O isqueiro se acendeu, dividindo seu rosto em zonas de luz e sombra.

— Essa verdade basta? — perguntou ele.

— Basta — respondi em voz baixa. — Sinto muito.

Ele acendeu a vela.

— Sua vez, Miss Blue. O que é tão horrível assim na besta--fera Trish? Por que você entrou em parafuso?

*Era ela que me punha no ônibus, a merendeira com um sanduíche de manteiga de amendoim com banana, as cascas do pão de forma cortadas. Que treinava meu time de futebol. Que demitiu a babá que bateu em mim. Que me levou para o trabalho durante uma semana até encontrar outra. Que bebia vinho, não vodca. Que às vezes se esquecia de comer. Que só fumava quando eu estava dormindo. Foi ela que se esqueceu de atender o telefone quando eu liguei pedindo uma carona para casa. Que se esqueceu de trancar a porta quando foi embora.*

— Ela era como se fosse minha mãe. Mas um dia foi embora.

## - ∗ - 61 - ∗ -

Contei a ele... a maior parte.

Rebecca, minha mãe biológica, morreu quando um bêbado furou um cruzamento e pegou ela em cheio na lateral. Eu ainda era bebê. Papai estava lutando contra rebeldes nas montanhas, mas o exército lhe deu duas semanas para voltar e tomar todas as providências. Zonas de guerra não têm creches, por isso ele me levou para a casa da mãe. Minha avó me criou até morrer, pouco antes de eu fazer sete anos. Foi então que Trish entrou em cena. Ela era a namorada da base militar, a namorada americana, que dizia adorar tomar conta de crianças.

(Pulei os anos em que realmente a amei e chamei de mãe, porque pareceu uma coisa estúpida e ridícula.)

— E os parentes da sua mãe? — perguntou ele.

— Não me lembro de ter conhecido nenhum. Com o passar dos anos, eles foram morrendo. Minha avó era toda a família de que eu precisava.

Dei uma olhada no espelho. Não havia ninguém à minha espera na superfície.

— O que aconteceu com o seu pai?

Aquela bondade na voz de Finn me deixou à beira das lágrimas.

Pigarreei por um segundo, e então lhe apresentei uma versão resumida e honesta dos fatos: duas temporadas no Iraque, duas no Afeganistão. Contei que ele recebera o Coração Púrpura, a condecoração dada pelo presidente aos feridos em combate. Falei sobre o número de pontos que ele levara na perna, sobre as visitas que eu lhe fizera no hospital, as sessões de fisioterapia que eu acompanhara. A bebida, as brigas, como me sentira feliz quando eles o mandaram de volta para o exterior e como me sentira culpada por me sentir feliz. A bomba caseira que explodira seu caminhão, seu cérebro, sua carreira. Outros tantos meses no hospital, depois uma grande festa de boas--vindas, a placa metálica de identificação devolvida, a carreira militar encerrada. (Isso foi antes de ficarmos sabendo dos fios desencapados no seu crânio. Antes de sabermos que ele podia se transformar em lobisomem mesmo que não fosse lua cheia.)

Trish tomando vinho no café da manhã. Trish tirando o time.

— Ele arranjou outra namorada depois que ela foi embora?

Fiz que não com a cabeça.

— Foi nessa época que ele decidiu virar caminhoneiro. Ele não tinha a menor ideia do que fazer comigo, por isso passei a acompanhá-lo nas viagens.

— E a escola?

— Ele mesmo me educou. Deseducou. Foi legal durante um tempo: ele dirigindo, eu lendo em voz alta, nós dois conversando sobre tudo, frações e evolução, os ministros de Abraham Lincoln, qual era o melhor livro de Hemingway. De vez em quando, cismava que a gente deveria ir morar numa cidadezinha qualquer, mas depois de semanas ou meses, encasquetava outra coisa, e pronto, lá íamos nós para a estrada de novo.

Finn engatinhou ao redor do espelho e se sentou ao meu lado.

— Como vocês vieram parar aqui?

Respirei fundo.

— Ele foi preso no Arkansas, no ano passado. Por embriaguez ao volante.

Finn se encostou ao meu corpo, quente e sólido.

— Ele só passou uma noite no xadrez, mas saiu firmemente decidido a voltar para Belmont. Disse que eu precisava frequentar uma escola normal e me preparar para a faculdade.

— Faz sentido.

— Eu achei que a mudança seria boa para ele, que voltaria a se dar com os velhos amigos e arranjaria um emprego decente. Em vez disso, é como se uma bomba tivesse começado a tiquetaquear dentro daquela cabeça.

— E a Trish? — perguntou ele em voz baixa.

— Ela vai detonar essa bomba logo, logo.

Senti um mal-estar horrível por ter ido longe demais, por ter contado segredos demais. Eu devia ter mantido nossa história guardada a sete chaves, para que não pudesse prejudicar o modo como eu tentava sobreviver um dia de cada vez. Esse problema era do meu pai, não era? Os piores dias do passado descreviam um círculo constante na sua cabeça, e ele não podia (ou não queria) parar de prestar atenção neles. Pelo menos na estrada tinha havido ocasiões em que conseguíramos ultrapassar as lembranças. Agora, elas haviam nos encurralado e fechavam o cerco ao nosso redor.

— Eu não quero mais falar sobre isso. — Me inclinei para frente e soprei a vela. — A gente pode ir dormir?

Subimos a escada, Finn um passo à frente, braço estendido para trás, segurando minha mão. Ele acendeu o abajur na escrivaninha do quarto. As paredes eram cobertas de pôsteres de bandas independentes de que eu nunca tinha ouvido falar, pôsteres de viagem russos e principalmente mulheres seminuas posando em motocicletas reluzentes. Uma estante que ia do chão até o teto transbordava de livros de bolso, um monte de joysticks ao redor do monitor do PC e do teclado na escrivaninha. O quarto cheirava a desodorante e batata frita.

— Eu não tinha certeza — disse ele. — Se você ia subir aqui, entende? Então arrumei o quarto, por via das dúvidas.

— Por via das dúvidas?

— É. — Ele fechou a porta e bateu na barra de espaço do computador. A tela se acendeu, mostrando a imagem de uma lareira acesa, e um jazz jorrou dos alto-falantes. Ele apagou o abajur da escrivaninha, me abraçou e me deu um beijo com gosto de xarope de bordo, manteiga, panqueca e bacon.

*Agora. Vou ficar no presente, neste minuto. Construir uma fortaleza com Finn e impedir que o passado entre.*

E... de repente, estávamos na cama dele. E nossas roupas começaram a cair, porque tudo era bom, tudo era certo. O mundo do outro lado da porta não existia mais. Sua boca, suas mãos, os músculos dos ombros, a curva das costas eram tudo que importava. Amanhã...

*Merda.*

Sentei.

— Que foi? — Ele sentou também, respirando com força. — Fiz alguma coisa errada?

— Pensei numa palavra horrível.

— Um palavrão? Conheço todos. Você tem um favorito?

— Amanhã.

— Amanhã não é palavrão. — Ele afastou o cabelo dos olhos. — Ou é?

— Eu disse que a palavra era horrível, não indecente. — Senti um arrepio e puxei as cobertas até o queixo. — Amanhã em termos de realidade, da gente não poder ir tão longe quanto quer. A realidade é uma merda.

— Não pense no amanhã. — Ele passou os dedos pelo meu braço, fazendo com que eu me arrepiasse de novo. — Não é sexy.

— Sabe o que não é sexy? — Empurrei sua mão. — Bebês. Bebês não têm nada de sexy.

— Mas eu comprei camisinhas — argumentou ele. — Até coloquei uma para praticar!

Sua cara de cachorrinho desamparado me fez sorrir.

— Estou orgulhosa de você, Fodão, mas isso não basta. Sou a mulher mais azarada do mundo. Se alguém no planeta fosse engravidar hoje, seria eu. E a última coisa de que preciso na vida é um bebê.

Ele gemeu e se deitou de costas.

— Para de dizer essa palavra!

— Bebê, bebê, bebê. — Peguei a blusa no chão e a vesti. — Não posso. Simplesmente não posso.

— Por que você está se vestindo?

—Você tem que me levar para casa.

Ele tateou as cobertas, procurando a camisa, e a vestiu.

— Quer ir para casa?

— Não. Mas, se eu ficar, a tentação vai ser grande demais, nós vamos fazer uma besteira e a minha vida vai acabar.

— Eu não vou estragar a sua vida e nós não vamos fazer uma besteira. — Ele abriu a porta do armário e pegou um objeto volumoso na última prateleira. — Se importa de dormir num saco de camping?

— Por quê?

Jogou um saco de dormir enrolado na minha direção.

— Alojamento pós-moderno. Você fica no seu, eu fico no meu.

— Sacos de dormir têm zíperes — observei.

— Eu não quebro promessas — disse, tirando um segundo saco do armário —, e tenho certeza de que você também não.

Demoramos um pouco para arrumar os travesseiros e encontrar um jeito de impedir que os sacos escorregassem da cama, mas por fim conseguimos entrar e ativamos o despertador dos celulares para nos acordar pouco antes do amanhecer. Pegamos no sono imediatamente, sem nem dar um beijo de boa-noite, como se tivéssemos sido hipnotizados.

Quando os despertadores tocaram, descemos para a sala, ainda cambaleando, e acordamos Topher e Gracie. Finn me deixou diante de casa e ficou olhando enquanto eu arranhava o carro de Trish com a chave, a caminho da porta. Entrei de fininho, sem acordar Spock, deitei na cama, me cobri sem trocar de roupa e voltei a pegar no sono quando já estava quase começando a chorar.

## – * – 62 – * –

Quando finalmente acordei à tarde, eles estavam assistindo a um jogo de futebol americano na sala. Trish se aconchegara na cadeira de balanço, a que dava impulso de leve, com um grosso livro no colo e uns óculos de leitura horríveis empoleirados na ponta do nariz. Papai bebericava uma cerveja no sofá. Havia um sanduíche meio comido na mesa à sua frente, e Spock se esparramava aos seus pés. Um cuco de madeira feioso aparecera na parede acima dele, tiquetaqueando alto.

— Olha quem acordou — disse papai.

Apontei para o relógio acima do sofá.

— De onde é que isso saiu?

— Trish encontrou no porão — explicou ele.

Ela me olhou por sobre os óculos de leitura.

— Você parece cansada, Lili. Não dormiu bem?

Sem qualquer aviso e sem me pedir permissão, meus olhos se encheram de lágrimas. Eu deveria ter ignorado Finn. Deveria ter ido para a rodoviária e entrado no primeiro ônibus sem olhar para trás. Spock deitou de costas e ganiu, pedindo festinha na barriga. Quando Trish olhou para ele, sequei o rosto na manga. Não que fosse dar o braço a torcer, mas ela tinha razão. Precisava de mais sono para enfrentar tudo isso, para enfrentar o corte da lâmina, o som da fenda se abrindo, a enchente...

*... ela me entregou a caneta, assinei meu primeiro cartão na biblioteca e me deixaram levar oito livros que poderia ler quantas vezes quisesse...*

*... o som da tesoura e o cheiro da cola, prendendo um elo de papel ao outro, vermelho, verde, vermelho, verde, para pendurar na árvore...*

*...fileiras de M&M's dispostos na mesa arranhada da cozinha, ela tentando me ensinar que a multiplicação e a divisão podiam ser divertidas...*

Trish olhou para mim. A luz da janela jorrava às suas costas, e era impossível decifrar sua expressão. Seria mais fácil se eu me concentrasse nas sombras...

*... ela atirando um cinzeiro em papai, que se abaixou, o cinzeiro explodiu numa tempestade de vidro...*

*... eu o encontrando chapado no sofá com uma desconhecida, os dois sem roupa...*

*...o som da porta batendo a última vez que ela foi embora...*

para trancar as lembranças que tentavam fugir.

Trish levantou o livro para que eu pudesse ver a capa.

— É o último da Elizabeth George. Você gosta de suspense?

Spock ganiu de novo e bateu com o rabo no chão. Também pressentia a farsa. Trish já estava agindo como se morasse ali. Se eu fugisse, ela faria com que ele tornasse a se apaixonar por ela, e só Deus sabia como as coisas acabariam dessa vez. Mas se eu ficasse e ela também, eu teria que matá-la, e assassinar alguém ainda era ilegal.

Papai e Trish trocaram um daqueles olhares de adulto que significavam que, o que quer que acontecesse, eu não iria gostar.

Ele desligou a tevê e pigarreou.

— Precisamos conversar.

— Não acho — rebati, indo para a porta. — Vou cortar grama.

— Ainda não — pediu papai.

— Por favor — acrescentou Trish.

Parei. Cruzei os braços.

— Não olhe para mim desse jeito. — Papai coçou a cabeça. — Eu deveria ter dito a você que ela viria, eu sei. Eu pretendia fazer isso no dia em que fomos jogar basquete, mas acabei me distraindo.

Trish se balançou mais depressa. A cadeira começou a ranger.

— E peço desculpas por ter perdido a cabeça ontem à noite — continuou ele.

— Bom — respondi —, se você pede desculpas, acho que isso resolve tudo, não é?

— Tá, eu agi mal, OK? — Ele estalou os dedos. — Você também não se comportou nada bem. Enfim, Trish precisa ficar aqui.

A dita-cuja resolveu se intrometer:

— É só por uma semana.

— Não faz sentido ela gastar dinheiro com um quarto de hotel — argumentou papai.

— E que tal o chiqueiro lá do fim da rua? — sugeri.

A cadeira soltou um rangido alto como o guincho de um camundongo preso numa ratoeira. Eles trocaram outro olhar irritante, e meu último nervo arrebentou.

— Não olha pra ela assim! — gritei.

— Hayley, por favor — pediu Trish.

Eu me virei para ela.

— E você cala a boca!

— Hayley! — exclamou papai.

Trish balançou a cabeça.

— Dá um tempo pra ela, Andy.

— Me dar um tempo? — repeti. — Você leu isso em alguma revista barata de psicologia?

— Uma coisa ou outra — sentenciou ela.

— O que isso quer dizer?

—Você me manda calar a boca e depois me faz uma pergunta. Não dá para fazer as duas coisas. Você tem que escolher. — Ela empurrou os óculos de leitura para cima da cabeça. — Agora sou enfermeira, Hayley. Eu me formei. Estou aqui para fazer umas entrevistas. Andy me ofereceu um lugar para ficar, como velho amigo, nada mais.

— Só como amigo — repetiu papai. — Ela vai ficar no quarto da sua avó.

Torci para que o fantasma de vovó ouvisse isso e reunisse as amigas mortas para aterrorizar Trish com mil e uma assombrações. Talvez ela pudesse convencer Rebecca a ajudar, além da família Stockwell e do pessoal do cemitério, centenas de mortos lotando o quarto, vovó batendo no ombro de Trish e sugerindo educadamente que fosse embora e nos deixasse em paz.

Spock se pôs de pé e se sacudiu, levantando uma nuvem de pelos e lanugem que ficou pairando suspensa no sol.

— Então está bem. — Papai bateu nos joelhos e se levantou, como se tudo estivesse decidido e eu não fosse correr para a garagem e pegar o machado.

— Aonde você vai? — perguntou Trish.

— O cabo de partida do cortador de grama está travando — explicou papai. —Vou ajudar Hayley a dar a partida nele.

— Não precisa — respondi. —Vou pra Gracie.

# - * - 63 - * -

— Me diz que isso é um pesadelo. — Sentei pesadamente no balanço, fazendo as correntes chacoalharem. — Talvez aquele bacon que a gente comeu ontem à noite estivesse estragado. Talvez a intoxicação alimentar esteja afetando meu cérebro.

Gracie gemeu.

— Por favor, não me fale de comida.

— Sei lá, é como se o Halloween não tivesse passado. Eu acordei e tem uma bruxa na sala e o meu pai está usando uma máscara que quase se parece com ele, mas não totalmente. Tudo é estranho.

— Não sei por que você está tão surpresa. — Gracie se sentou com cuidado bem no fundo do balanço. O irmão caçula brincava com os amigos no trepa-trepa novo. Tínhamos vindo para o velho balanço justamente para ficar longe da barulheira que estavam fazendo. — Trish e seu pai passaram muito tempo juntos, não foi?

Girei o balanço num círculo, trançando as correntes.

— Não é esse o problema.

O irmão da Gracie, ainda usando a fantasia do Homem de Ferro, correu até nós.

— A mãe do Kegan trouxe umas laranjas. Ela disse que eu posso comer uma se você deixar.

— Pode. Mas come lá, tá bem?

— Posso comer um sanduíche de mortadela também? — perguntou ele em voz alta.

— Shhh! — sussurrou Gracie. — Estou com dor de cabeça, lembra?

¤ 231 ¤

Garrett se inclinou para o rosto dela e cochichou alto:

— Eu posso comer um sanduíche de mortadela também? A mãe do Kegan bota maionese e ketchup.

Gracie soltou um longo suspiro.

— Come o que você quiser, irmão, mas não me conta.

Esperei até ele já estar longe.

—Você deveria vomitar logo de uma vez.

— Detesto vomitar. — Ela umedeceu os lábios. — Então, qual é o problema com a Trish?

Girei em mais um círculo.

— O problema é que ela é uma péssima pessoa.

— Apresenta pro meu pai — disse Gracie, recostando-se no balanço. — Isso resolveria os problemas da sua família e da minha. — Gemeu. Será que a ressaca pode matar uma pessoa?

— Se pudesse, a essa altura Trish já estaria morta. — Destranquei as correntes depressa, o chão rodando sob meus pés. — E acho que meu pai também.

— Não acredito que fiz isso comigo mesma — murmurou Gracie.

— O pior é ela estar na nossa casa. — Finquei os dedões dos pés na terra e girei na direção contrária. — Como pode ele não enxergar o que ela está tentando fazer?

— Para de se estressar. Você não pode mudar nada. — Gracie estremeceu quando duas garotinhas brincando de pique em volta da caixa de areia começaram a gritar. — Os pais têm o direito de fazer o que quiserem. Agora, quer parar de falar e me deixa morrer em paz?

— Você reclama demais. Parece um bebê chorão. Sorte a sua não ter sido presa.

— Eu não ia beber. — Ela tapou os olhos. — Onde eu tava com a cabeça?

— Você *tava* sem cabeça, tolinha. Você tomou um porre. Quem tem cabeça não toma porre. Agora se concentra: como é que eu me livro dela?

— Não se livra. — Gracie se endireitou, fazendo uma careta. — O mundo é doido. Você precisa de uma licença para dirigir e para pescar, mas não para formar uma família. Duas pessoas transam e *bum*! Nasce um bebê totalmente inocente, cuja vida vai ser estragada pelos pais para sempre. — Ela se levantou com cuidado. — E você não pode fazer porra nenhuma.

— Está enganada.

— Então a tolinha é você. — Ela se sentou no balanço ao meu lado. — Talvez isso seja um sinal.

— De quê?

— De que você precisa olhar para frente. Para a faculdade, essas coisas. Você vai se candidatar à Swevenbury?

— Engraçadinha.

— Perto demais? E que tal a Califórnia? Tem um monte de faculdades por lá. Vai para o mais longe que puder.

— Mas e a nossa comunidade? — Girei noutro círculo, as correntes se trançando até tão baixo que tive de me inclinar para frente, para que o cabelo não ficasse preso.

— Como assim? — perguntou ela.

— Ontem à noite você disse que nós quatro, eu, você, Topher e Finn, deveríamos fundar uma comunidade e criar cabras.

— Mentirosa. Eu nem gosto de cabras.

— Maninha! — Garrett correu até o balanço e empurrou metade do sanduíche de mortadela com maionese e ketchup na cara da Gracie. — Quer um pedaço?

Ai, meu Deus — gemeu Gracie, cambaleando até a lata de lixo.

— Me dá aqui, amiguinho — falei. — Sua maninha não está se sentindo bem.

# – * – 64 – * –

Finn andava menos *Finnesco* nesses dias pós-Halloween, distraído e na dele. A irmã toxicômana estava tentando manipular os pais com joguinhos mentais, mas ele não queria conversar sobre o assunto. Deixava o celular quase sempre desligado (ou talvez estivesse filtrando minhas chamadas), mas aparecia religiosamente para me levar à escola pela manhã e me trazer para casa à tarde. Não trocávamos mais tantas piadas na biblioteca ou nos corredores. Às vezes mal nos falávamos, mas o braço dele estava sempre em volta dos meus ombros, e minha mão gostava de se enfiar no bolso traseiro da sua calça jeans.

(Honestamente? Eu estava aliviada. Os segredos que tínhamos compartilhado na casa dele pertenciam à escuridão. Ver Finn à luz do dia ou do refeitório me fazia sentir como se minha pele tivesse ficado transparente e a escola inteira pudesse ver dentro de mim.)

Na manhã de quarta, ele veio me buscar bem tarde, bocejando, os olhos de quem acabara de acordar. Disse que não tinha conseguido dormir, mas, quando perguntei por quê, ele deu de ombros e ligou o rádio. Eu me recostei na tira do cinto de segurança e tentei cochilar.

A presença de Trish estava fazendo com que papai piorasse. Ele tinha acordado gritando por volta das duas e meia da manhã. Era a terceira vez em quatro noites que acordava assim, berrando que o caminhão estava pegando fogo ou tentando chamar reforços aéreos para atacar uma célula de rebeldes. Depois que ele se acalmou, passou o resto da noite conversando com Trish na sala. Tentei ouvir o que diziam, mas a porcaria do tique-taque do relógio não deixou.

Devo ter pegado no sono, porque, quando dei por mim, já estávamos na escola.

Topher deu uma espiada em nós dois, olhos sonolentos e bocejando, e trouxe dois copos grandes de café para acompanhar os burritos deliciosamente gordurosos do café da manhã. Ele mexeu as sobrancelhas.

— O que ficaram fazendo de madrugada?

— Nada de bom — respondi.

— Tive uma reunião de família pelo Skype. — Finn soprou no café. — Chelsea e papai em Boston, eu e mamãe aqui.

— É mesmo? — Eu só estava sabendo agora. — Parece legal.

Finn negou com a cabeça.

— Parece, mas não foi. Chelsea quer ir para uma clínica, mas nós não temos dinheiro. Mamãe está pensando em vender as joias e o carro.

— Puxa, cara — disse Topher.

Gracie raspou um pedaço de chiclete que endurecera em cima da mesa. Também passara a noite em claro ouvindo a briga dos pais pela guarda dos filhos. O pai não abria mão de que ficassem com ele de domingo a quarta, enquanto a mãe batalhava para que ele não tivesse o direito de apresentar a namorada a Gracie e Garrett.

— O que vai acontecer agora? — Dei um gole no café e queimei a boca. — Ela vai te tirar o carro?

— Diz ela que vai trabalhar de ônibus.

— Mas e as compras de mercado e as outras coisas?

— Tem meu carro — admitiu Finn.

Gracie levantou os olhos.

— Você tentou dizer não para ela?

— E aquele lance do seguro? — perguntou Topher. — Que foi que ela decidiu?

— Tem alguma coisa errada com o seu seguro? — perguntei, sem entender por que Topher estava sabendo mais do que eu.

— Na semana passada, ela disse que eu vou ter que pagar por ele. Gasolina também. Ontem, o técnico me contratou para ser o salva-vidas durante os treinos de natação. Começo hoje à tarde.

— Quando é que você pretendia me contar?

— Desculpe. — Ele olhou para o copo de café. — Eu esqueci.

— Parece um absurdo, se quer saber a minha opinião. — Gracie filou um gole do meu café. — A sua mãe está passando a mão na cabeça da sua irmã e ferrando você.

Finn deu de ombros, dando uma mordida no burrito.

— Para não falar nas falhas óbvias do plano dela — continuou Gracie. — E se ela perder o emprego? E se o patrão dela não quiser funcionários que peguem ônibus porque vivem se atrasando?

— Não quero mais falar sobre isso — decretou Finn.

— Mas deveria — disse Gracie. — Você tá passando a mão na cabeça da sua mãe do mesmo jeito como ela faz com a sua irmã.

— A sua família chama isso de "passar a mão na cabeça", mas a minha chama de "cuidar um do outro". — Finn olhou para Topher. — Mudando de assunto, você soube do tiroteio naquela escola em Nebraska?

— Superdeprimente — respondeu Topher. — Acho que você está precisando ver mais desenhos animados.

— Por que a gente precisa mudar de assunto? — perguntou Gracie. — Todos nós temos pais doidos, menos o Topher.

— Os meus andam ridiculamente na linha. — Topher balançou a cabeça. — É tão constrangedor.

— Cala a boca, seu bocó. — Gracie deu um soquinho no ombro dele. — Não acham que a gente deveria conversar mais sobre essas coisas e ajudar uns aos outros?

— Ela tem razão, *Finnissimo* — falei.

— Não, não tem. — Finn se virou para mim. — Ela está sendo intrometida e prepotente. E você também. Eu não quero mais falar sobre isso e ponto final.

— Intrometida? — perguntei.

— Muito bem! — exclamou Topher. — Esportes! Quem quer conversar sobre esportes?

Eu tinha que ter parado por aí, mas não resisti. Estava cansada, frustrada, talvez um pouquinho apaixonada e horrorizada com a consciência desse fato. Além disso, estava cansada. (Já mencionei esse item?) Minha irritação aumentava depressa, do jeito como uma bola de neve vai ficando cada vez maior ao rolar pela montanha num desenho animado.

— A primeira coisa que você fez quando nos sentamos foi contar pra gente sobre a reunião familiar via Skype, a Chelsea querendo ir para a clínica e a sua mãe querendo vender as joias e o carro — relembrei. — Você contou isso sem ninguém se meter na sua vida.

Ele não disse nada.

— E aí você comenta com a maior naturalidade que descolou um emprego que começa hoje, não que isso tenha qualquer impacto sobre a minha vida.

— Eu já pedi desculpas por isso.

A bola de neve já estava do tamanho de um caminhão de lixo.

— Desculpas não significam nada quando são da boca pra fora.

— Então o que você quer que eu faça? — perguntou ele.

— Não gritar com ela seria um bom começo — opinou Gracie.

Finn apontou um dedo para ela.

—Viu só? Intrometida e prepotente.

— Não grita com ela quando é comigo que você está zangado — falei.

— Não estou zangado com você, é você que está a fim de começar uma briga.

As conversas nas mesas ao nosso redor começaram a morrer. As cabeças dos zumbis se viraram, farejando sangue. A bola de neve da minha irritação tinha ficado grande o bastante para esmagar uma cidade inteira.

— Não estou a fim de começar uma briga, não senhor! — Meu punho deu um soco na mesa.

— Para de gritar — disse Finn.

— OK, crianças — interveio Topher. — Tempo.

— Para de mentir, que eu paro de gritar!

— Eu não menti.

— Você não me contou sobre o seguro, nem sobre o emprego, nem sobre a última cagada da Chelsea.

—Você não me dá exatamente um boletim informativo de minuto a minuto sobre o seu pai, mas eu não faço uma cena por causa disso.

— Não fala sobre ele! Aqui não!

Finn agiu como se não tivesse me ouvido.

— Imagino que quando você estiver pronta, vai me contar o que está acontecendo. Por que não pode fazer o mesmo por mim? A loucura da minha família não chega aos pés da loucura da sua.Você não precisa ter medo de que a minha mãe saia por aí com um machado na mão ou encha a cara e faça uma besteira, precisa?

— Para agora! — Levantei e virei a mesa, fazendo com que os copos de café voassem, todo mundo catando os burritos e os livros no chão.

— Já chega! — gritou o atendente do refeitório, abrindo caminho por entre a multidão até nós. — Vocês precisam desocupar a mesa.

— Dane-se — murmurou Finn, afastando-se.

O atendente me entregou um rolo de papel-toalha marrom, daquelas que não absorvem nada.

— Foi você quem fez essa sujeira — disse ele. — Agora limpa.

— Caramba — murmurou Gracie, depois que os zumbis no refeitório pararam de nos encarar. — Vocês tiveram uma briga feia.

Arranquei um punhado de toalhas inúteis do rolo.

— Cala a boca, Gra.

— * — 65 — * —

Quando o anúncio foi feito, a Srta. Rogak estava lendo a cena em que Atena manda Aurora aparecer bem tarde para que Odisseu possa curtir uma longa noite de amor com Penélope.

— É um atentado terrorista — disse a voz do diretor. — Qualquer um que esteja no corredor deve se dirigir a uma sala imediatamente. Funcionários, por favor, sigam todos os procedimentos de praxe das simulações.

A Srta. Rogak revirou os olhos, fechou o livro, trancou a porta e abaixou a persiana. Quando finalmente voltou para sua mesa, já estávamos com os celulares na mão, tentando nos conectar com o mundo exterior, por via das dúvidas. Mandei uma mensagem para Finn, depois para Gracie.

Havia 99,99% de chance de se tratar de mais uma simulação, mas todos nós já havíamos assistido a vídeos mostrando loucos armados e corpos ensanguentados de crianças em macas sendo empurrados por pátios de escola. Memoriais de ursos de pelúcia encharcados e flores mortas. Amigos chorando. Pais catatônicos. Túmulos. Mesmo com 99,99% de chance, eu me sentia como se tivesse enfiado um garfo numa tomada.

— Deve ser um trote — disse Brandon Sei-lá-o-quê. — Alguém deve ter ligado e feito uma ameaça, para não ter que fazer prova.

*Ameaça*

— Preferia que tivessem feito isso mais cedo    disse um cara do outro lado da sala. — A escola teria suspendido as aulas e eu ainda estaria na cama.

— Quietos — ordenou a Srta. Rogak.

Gracie mandou uma mensagem: não estava sabendo de nada. Finn não respondeu.

Pensei ouvir uma sirene. Meu coração batia com força. Será que estava se aproximando da escola? Não dava para saber.

*Avaliação*

A porta era a única entrada. Em tese, poderíamos fugir pelas janelas, só que precisaríamos de um pé de cabra para quebrar as vidraças grossas, e ainda teríamos que sobreviver a uma queda de três andares. Mandei outra mensagem para Finn.

*o q tá acontecendo?*
*???*

Nenhuma resposta. A sirene se calou.

— E se for pra valer? — perguntou uma menina.

— Não fique nervosa, é só uma simulação — afirmou a Srta. Rogak.

Jonas Delaney, sentado à minha frente, roía a unha do polegar como se não comesse há dias.

*BUM!*

O estrondo violento no corredor fez com que todos se jogassem no chão. Eu me enrosquei em posição fetal ao lado de Jonas.

— Está tudo bem — disse a Srta. Rogak. — Está tudo bem, hum, mas vamos continuar no chão por mais um minuto. Certo? Fiquem quietos.

Minha adrenalina gritava, me deixando num estado de hiperconsciência, os sentidos aguçados ao máximo. O tempo inchou e ficou tão lento que cada segundo durava uma hora. Eu podia sentir o cheiro do Jonas, o mofo crescendo nos velhos livros nas prateleiras, os pilôs no quadro branco. Podia sentir o zumbido do prédio embaixo de mim, o ar passando pelos ductos da calefação, a corrente elétrica que unia todas as salas, o sinal do wi-fi pulsando no ar.

Jonas se balançava para frente e para trás, os lábios apertados, os olhos bem fechados. Eu não parava de me lembrar do estrondo e, quanto mais pensava nele, menos se parecia com um tiro.

*BUM!*

O segundo estrondo fez com que Jonas tremesse, mas eu estava convencida.

— Não se preocupe — sussurrei para ele. — Não é uma arma. É só algum idiota dando um chute no armário, tentando assustar a gente.

— Shhh — fez ele.

Uma chiadeira de estática irrompeu do alto-falante.

— Já acabou — anunciou a voz do diretor. — Essa foi muito melhor do que a do mês passado. Obrigado a todos.

A Srta. Rogak se dirigiu a passos duros para a porta, resmungando que iria suspender o imbecil no corredor. A sala continuou em silêncio durante um segundo depois que ela saiu, e então explodiu em gargalhadas nervosas e conversas em voz alta. Uma garota mostrou as mãos trêmulas para os amigos. Brandon Sei-lá-o-quê começou a zoar de quem tinha ficado com medo e de quem tinha ficado calmo. Voltei engatinhando para a carteira, puxei o capuz do agasalho e me controlei ao máximo para não vomitar.

Jonas continuou no chão.

— Ei, cara! — gritou Brandon para ele. — Levanta daí! — Foi até Jonas e o cutucou com o pé.

Jonas se virou e se apoiou na mesa da Srta. Rogak, os joelhos imprensados contra o queixo e a cabeça baixa. Foi então que senti o cheiro. Infelizmente, Brandon também sentiu.

— Ele se mijou! — Uma expressão de horror e euforia se estampou no rosto de Brandon. — O cara literalmente se mijou!

Jonas cobriu a cabeça com os braços, sob as gargalhadas de Brandon e seus trolls. Duas garotas disseram "Eca!", mas o resto da turma desviou os olhos. Jonas era um esquisito manso, não um zumbi. A horda não o protegeria: ficaria por perto assistindo ao massacre do mais fraco.

— Levanta. — Brandon puxou o braço de Jonas.

Antes que eu me desse conta do que fazia, já me levantara da carteira.

— Deixa ele em paz.

— Cala a boca. — Ele segurou Jonas pela camisa e o puxou de pé, para que todos pudessem ver o gancho ensopado da calça jeans. — Senhoras e senhores, o Urinador!

Jonas se debateu, tentando se soltar.

— Estou falando sério — insisti. — Larga ele.

Brandon deu um risinho debochado. Quando me empurrou para trás, segurei seu pulso, fazendo com que perdesse o equilíbrio. Isso permitiu que Jonas se soltasse. Ele correu para a porta aberta e desapareceu no corredor.

Então, Brandon partiu para cima de mim.

*Ação*

Horas mais tarde, depois de eu deixar que a enfermeira me examinasse, de me reunir com a Srta. Benedetti e o vice-diretor, de falar com papai e recusar a oferta de ir para casa mais cedo, Finn me encontrou diante do armário.

— Acabei de ouvir o que aconteceu — disse ele, ofegante. —Você está bem? Ah, meu Deus, ele fez isso? — As pontas de seus dedos pairaram sobre o hematoma no meu rosto.

Eu me afastei dele.

— Não foi nada.

— Nada? O babaca tentou te agredir.

— Ele me deu um empurrão, eu dei um empurrão nele e caímos. Rogak separou a gente antes que a coisa ficasse séria.

— Ouvi dizer que vocês saíram na porrada.

— Durou dois segundos.

— E também que ele foi suspenso.

— Acho que sim. — Fechei o armário. — Fiquei com pena do Jonas.

— Pois é — disse Finn. — Ele é um cara legal.

Ficamos lá, minha mochila no chão entre nós, olhando por cima do ombro um do outro. O alto-falante anunciou que a aula de futebol dos garotos fora cancelada e pediu que o dono de um Toyota Camry branco tirasse o carro do espaço reservado para os bombeiros, ou seria rebocado.

— Você não recebeu nenhuma punição? — perguntou ele.

— Não fui eu que comecei.

— O que não significa que eles deem atenção a isso.

— É verdade, mas dessa vez deram.

Ele pegou minha mochila, mas eu a tirei das suas mãos.

— Eu levo — declarei.

—Você está zangada comigo.

Dei de ombros, cansada demais para pensar em qualquer coisa.

— Eu desliguei o celular — explicou ele. — Não vi a sua mensagem.

— Não quero perder o ônibus.

—Você poderia ficar — sugeriu ele. — Perto da piscina, ou na biblioteca, e depois eu te levaria para casa quando o treino de natação acabasse.

Metros adiante no corredor, alguém bateu a porta de um armário. O estrondo me fez estremecer.

—Você não está bem. — Finn segurou a barra do meu agasalho. — Será que dá pra gente esquecer aquela briga boba de horas atrás?

— É como se tivesse sido há anos.

— A percepção distorcida do tempo é uma característica fundamental do trauma — disse ele. — Fui terapeuta de muitos super-heróis. Todos eles têm problemas nessa área.

— Ah, é mesmo? — Abaixei a mão até a dele.

— Os super-heróis podem ser um pé no saco — continuou Finn. — Sempre bancando os durões, fingindo que nada dói.

— O que você faz com eles?

— A maioria eu mando para uma fazenda de lhamas no Novo México, para meditar e tosar a lã. Mas não me atreveria a mandar você para lá. — Ele me puxou para si com delicadeza. —Você assustaria as lhamas.

— O senhor me difama — respondi. — Sou uma amiga gentil e bondosa das lhamas.

— Ainda está zangada comigo?

— Um pouco. — Encostei o rosto no dele. — Principalmente confusa.

## - * - 66 - * -

Enquanto Trish lavava os pratos depois do almoço, sentei no sofá e fiquei matando hordas de agressores zumbis com uma escopeta de cano duplo. Papai cochilava ao meu lado. Eu mal conseguia ouvir o barulhinho gostoso, molhadinho das cabeças explodindo no meio da sinfonia de roncos, do tique-taque irritante do cuco e da Trish assobiando na cozinha feito um passarinho desmiolado. Ela tinha arranjado um emprego temporário no setor de pediatria do hospital, mas não dava o menor sinal de estar procurando um apartamento. Até onde eu podia perceber, estava mesmo dormindo no quarto da minha avó. (Graças a todos os deuses.)

Aumentei o volume da tevê, recarreguei a escopeta e puxei o gatilho, abatendo três zumbis com um tiro só.

Além das roupas ordinárias e da maquiagem barata, Trish trouxera cacos do meu passado na mala: o jeito como as fitas no meu cabelo caíam sobre os ombros, o nome da garota que morava na casa ao lado em Fort Hood, o gosto dos sanduíches de cheddar com maionese e pimenta, o som das bolas de tênis sendo sacadas na rede e Trish me dizendo para jogar mais uma. Eu ouvia sua voz quando estava acordando e abria os olhos esperando estar na terceira série. Ouvia o murmúrio dos dois conversando quando eu estava no chuveiro e era verão, entre a quarta e a quinta séries, só que nessa época eu tomava banho de banheira, não de chuveiro. Mas de repente eu precisava encontrar o caderno de ciências ou lembrar como se diz "maiô" em chinês e estava com dezessete anos — e muito confusa.

Toda vez que eu saía de casa, olhava para cima, esperando ver uma bomba ou um meteoro cruzando o céu na nossa direção. Era apenas questão de tempo.

Mais zumbis saíram de dentro da terra, enquanto eu esperava que o status de saúde ficasse verde. Dei uma pausa no jogo e fiquei olhando para a tela, tentando encontrar uma saída. Minha única escolha era abrir caminho lutando, embora não achasse que conseguiria.

Trish entrou na sala, puxando o zíper da jaqueta.

—Vou ao mercadinho. Precisa de alguma coisa?

Pus o joystick na mesa.

—Vou com você.

Trish fez algumas perguntas no carro, fingindo que se importava com a minha vida: se meu rosto estava doendo, se Brandon Sei-lá-o-quê bancava o bully com todo mundo ou só comigo, se eu tinha amigos. Perguntou sobre Gracie, disse que a convidaria para jantar uma noite dessas. Perguntou se eu fizera a inscrição para o vestibular, se queria que ela intercedesse por mim com papai sobre qualquer coisa.

Blá-blá-blá-isso-não-é-da-sua-conta-sua-enxerida-blá!

Não mostrei a ela o atalho que nos teria poupado dez minutos. Mandei uma mensagem para Finn e, como ele não respondeu, fingi que tinha respondido.

No mercado, fiquei alguns passos atrás dela, esperando que pegasse um carrinho, para então pegar um só para mim. Na seção de frutas e legumes, ela ficou mexendo nas alfaces até escolher uma que satisfazia seus altíssimos padrões de alfacitude. Depois fez o mesmo ao escolher bananas, maçãs, brócolis e pepinos. Fiquei olhando os preços para ver o que custava mais caro, e então enfiei no carrinho caixas de framboesas, molhos de salada gourmet e dois troços orgânicos superbizarros cultivados na América Central.

Na seção de carnes, ela pegou hambúrgueres e costelinhas de porco. Enchi meu carrinho de filé mignon e dois pacotes de salsichas de búfalo. Pulei a padaria e fui direto para a seção dos importados, onde escolhi brotos de capim-limão em conserva, amêndoas ao curry e filhotes de caranguejo desidratados, entre outras coisas.

Um anúncio sobre receitas saborosas para transformar o atum numa iguaria requintada interrompeu a música natalina. Trish passou por mim sem dizer uma palavra, a caminho da seção de cereais e biscoitos.

Tirei a sorte grande na seção de peixes: lagostas, camarões e dois potinhos de caviar. Devia estar com uns quinhentos dólares de comida no carrinho, e ainda faltavam três corredores.

Virei na seção de cafés e chás e dei uma leve trombada no carrinho de Trish.

— Não vou pagar por nada disso — avisou ela, olhando para o meu tesouro.

— Eu sei — respondi, com vontade de bater com a cabeça na parede por ter sido tão óbvia.

Ela passou por mim. Fui seguindo tão rente às suas costas que, quando ela diminuiu a velocidade para pegar uma caixa de chá de camomila na prateleira, meu carrinho bateu nas suas pernas.

Fui logo me preparando para uma explosão, mas não veio. Ela jogou o chá no carrinho, manobrou depressa ao redor de duas senhoras e o funcionário que reabastecia as prateleiras de leite condensado e dobrou à direita no fim do corredor. As senhoras me obrigaram a ir mais devagar, mas acabei por encontrá-la na seção de congelados, comparando as etiquetas de duas marcas de burritos.

Trish colocou as duas no carrinho e fechou a porta do freezer.

— Por quanto tempo você pretende agir como se tivesse cinco anos?

*Lá vamos nós.*

— Até você ir embora — respondi. — Ele está duro, entende? A casa está caindo aos pedaços e ele não consegue se manter em nenhum emprego. E agora também deu para fumar maconha. Não temos dinheiro para você roubar.

— Foi o Roy quem me pediu para vir. Essa é a única razão por que estou aqui. Ele está preocupado com vocês dois.

— Como você mente mal. Você falou com a minha orientadora muito antes do Roy aparecer. Ele não te pediu nada.

— E por que você acha que o Roy veio visitar vocês?

Um homem dirigindo um carrinho elétrico passou entre nós.

— Como assim? — perguntei.

— Andy começou a me mandar mensagens há seis meses, assim que vocês se mudaram para cá. No começo, ele me tratou como uma amiga, o que era mais do que eu merecia. Por volta de agosto, ele começou a parecer desesperado. Escreveu umas coisas estranhas. Encaminhei o e-mail para o Roy e ele também ficou preocupado. Já estava planejando fazer uma caçada, por isso reservou um dia para dar um pulo na sua casa. Quando me contou o que tinha visto, pedi demissão do emprego.

— Pediu demissão, tá bom.

Ela soltou um suspiro exasperado.

— Eu não bebo há dois anos e três meses, Lili. Dois anos, três meses, três semanas e dois dias.

— Não me chame de Lili.

— Não te culpo por estar zangada comigo — continuou ela. — O que eu fiz foi imperdoável. Lamento de coração ter deixado você. Foi a pior coisa que já fiz com alguém, pior até do que fiz com o Andy, pois você era só uma criança. Não dá para voltar no tempo e reparar isso. Eu vim aqui para ver se poderia ajudar porque ainda amo vocês dois.

—Você é uma hipócrita.

— Não acho que você se dê conta de como falei sério...

— Você aparece durante uns dias e de repente sabe de tudo?

— Será que dá para você parar de ser infantil por um minuto?

Segurei o carrinho.

— Ele está me assustando — continuou Trish. — Não como fazia antes. Não estou com medo de que ele me machuque. Estou com medo de que ele machuque a si mesmo, e acho que você também está.

— Ele estava indo muito bem até você voltar — declarei.

— Nós duas sabemos que isso é mentira — respondeu ela.

— Quando estiver pronta para começar a enfrentar a verdade, me avise.

Minha vontade de meter o carrinho na sua barriga e empurrá-la pela porta de vidro do freezer foi tão forte, que minha mão chegou a ficar toda suada. Mas, se eu fizesse isso, ela seria capaz de ver o gesto como um "grito de socorro", e aí é que nunca mais nos deixaria em paz.

— A verdade é que eu te odeio — declarei.

# - * - 67 - * -

A primeira nevasca do ano (vinte centímetros), que caiu na madrugada de quinta, devia ter feito com que suspendessem as aulas, mas tudo que ganhamos foi um atraso de uma hora, porque o superintendente não estava nem aí se morrêssemos numa explosão quando nossos carros batessem na traseira um do outro. Os pneus de Finn estavam em péssimo estado, mas, como sua mãe ficara em casa doente, ele me levou para a escola no Nissan dela, um calhambeque de dez anos. Se o vendesse, teria sorte de conseguir o bastante para pagar metade da diária numa clínica de reabilitação. O cheiro de laquê fez com que eu me perguntasse se algum dia iria conhecê-la. Mas empurrei a pergunta para o inconsciente, enterrando-a debaixo das montanhas de lixo que o atulhavam.

Topher e Gracie estacionaram ao nosso lado. Entramos no padrão do movimento migratório dos alunos que convergiam de todos os cantos do estacionamento numa fila relutante em direção ao interior do prédio.

— Por que eles estão usando shorts? — perguntei, apontando para um grupo de caras à nossa frente. — Não deve estar fazendo nem cinco graus.

— Beisebol — respondeu Topher, enigmático.

— O time usa shorts o inverno inteiro — explicou Gracie. — É um ponto de honra para eles, prova que são machos.

— Dá só uma olhada naquelas pernas peludas! — falei. — É tudo parente de urso?

Alguém começou uma batalha de bolas de neve perto do mastro. Nos abaixamos e corremos para a porta.

— Se eles fossem machos mesmo — continuei —, raspariam as pernas todos os dias, e *aí sim*, vestiriam shorts.

— Exatamente! — concordou Gracie.

— Se fizessem isso, talvez garotas como essa aí... — apontei para a menina à nossa frente, que usava botinhas Ugg genéricas, uma minissaia cor-de-rosa e um suéter preto justo — ... deixassem os pelos crescerem para ficarem quentinhas, e aí mais uma desigualdade entre os sexos seria corrigida, né não?

— Hummm — respondeu Finn, hipnotizado pela minissaia rebolante.

A Garota das Pernas Nuas e Ugg Falsas diminuiu o passo e virou a cabeça para Finn, como se tivesse um radar de testosterona.

—Você me ouviu? — perguntei a ele.

— No momento, é a outra cabeça dele que está pensando — respondeu Topher.

— Ai, que nojo — disse Gracie.

A Garota das Pernas Nuas e Ugg Falsas piscou para Finn. Antes que eu pudesse rosnar e arrancar pedaços da cara dela, a infeliz entrou no prédio.

—Vai ter gangrena — falei para ele enquanto passávamos pela porta. — Uma gangrena tão grave que vão ter que amputar as pernas e pedaços enormes da bunda. Aí ela vai morrer de desespero, e tudo porque se esqueceu de vestir uma calça num dia em que estava fazendo menos de cinco graus de temperatura.

— Acho que isso significa que você está com ciúmes — disse ele, parando no meio da galera. — O Cleveland me pediu para dar um pulo na sala dele antes da primeira aula.

Antes que eu pudesse responder, a Srta. Benedetti surgiu do nada e pousou os dedos gelados no meu braço.

— Preciso que vá ao meu escritório imediatamente — anunciou.

Finn bateu uma continência rápida para mim e desapareceu na multidão.

— E se eu disser que não? — perguntei a Benedetti.

— Eu vou te seguir — disse ela com um sorriso sinistro. — Tenho o dia inteiro.

Tivemos que nos espremer contra a parede quando um grupo de garotas absurdamente bonitas passou a passos largos, pernas de fora, agindo como se estivesse fazendo trinta graus.

Benedetti bateu no meu ombro.

— No meu escritório.

— Eu sofro de claustrofobia — argumentei. — Lá é muito pequeno.

A campainha tocou.

—Vem comigo — ordenou ela.


O auditório estava úmido e frio feito uma caverna. E escuro também, com apenas algumas das luminárias acesas nas paredes. Segui Benedetti pelo corredor e depois por uma fila de poltronas até exatamente o centro do lugar.

— Finn está ferrado porque o jornal ainda não ficou pronto? — perguntei.

— Precisamos conversar sobre você — disse ela, sentando-se. — Será que aqui serve? Imagino que deva ser difícil ter uma crise de claustrofobia neste lugar.

— Muito engraçado. — Deixei uma poltrona vazia entre nós. — Afinal, estou suspensa? É isso que quer me dizer?

Ela negou com a cabeça.

— Não, mas aquela pequena altercação me deu mais uma chance de falar com seu pai. Ele disse a você? Eu insisti com ele de novo para que viesse à nossa reunião do Dia dos Veteranos.

Tentei pensar numa resposta sarcástica, mas ainda era muito cedo e eu estava morrendo de frio.

— Nem uma palavra.

— E também contei a ele que você não se inscreveu no vestibular.

Dei de ombros.

— E o que ele disse?

— Que conversaria com você sobre o assunto.

— A agenda dele está um pouco apertada no momento.

— Por que não pediu cartas de recomendação a nenhum dos seus professores?

— Não quero ver todos eles rindo de mim.

— Alguns dos seus colegas se candidataram antes do fim de outubro, e já foram aceitos.

— Mas o prazo não era até o Natal?

— O que não quer dizer que você não possa se candidatar já. Quanto antes fizer isso e for aceita, maiores as suas chances de conseguir uma bolsa. Agora, preste atenção. — Ela se inclinou sobre a poltrona vazia, invadindo meu espaço aéreo. —Vir para cá foi uma transição muito difícil para você, mas está na hora de segurar a onda.

— Sua voz sai aos gritos com todos os alunos novos, ou só comigo?

— Você não entrega os deveres de casa há quase duas semanas. Antes disso, seus esforços eram esporádicos, na melhor das hipóteses.

— Eu faço os deveres que são interessantes. Não tenho culpa se a maioria deles é um saco.

— As faculdades vão avaliar suas médias deste ano, principalmente porque você não é uma aluna tradicional. Você tem que entrar no jogo e suar a camisa.

— Metáforas esportivas não colam comigo.

— Ah, que droga, Hayley! — Ela deu um soco no braço da poltrona. — Para de ficar enrolando. É o seu futuro que está em jogo.

— O presente não pode ser o futuro, Srta. Benedetti. Só pode ser o presente.

— Do que você tem tanto medo? — perguntou ela.

— A escola lhe paga uma gratificação para cada inscrição que fazemos, é isso? Tá precisando bater a meta?

Benedetti fez uma pausa, umedecendo os lábios, e continuou como se eu não tivesse dito uma palavra.

— Eu gostaria de ver uma lista das faculdades em que está interessada, até segunda-feira.

— E se eu não quiser ir para a faculdade? E se eu não souber o que quero fazer? Pois se nem sei como pensar no assunto...

As portas se abriram e uma enxurrada de alunos entrou, conduzida por um professor de inglês.

— Espero que não se importem — disse ele para nós. — Quero mostrar à turma como Shakespeare é muito melhor no palco.

— Boa ideia — aprovou Benedetti.

— Já acabamos? — perguntei, me levantando.

— Mais uma coisa. — Ela deu uma olhada na turma que se dirigia lentamente ao palco. — A diretoria da escola teve uma reunião de emergência ontem à noite. Várias atividades extracurriculares foram cortadas.

— E daí?

— Estão cancelados a ONU Modelo, o Clube de Latim, o Conjunto de Sopros e o jornal. A verba deste ano ficou muito aquém do esperado. Foi por isso que Bill Cleveland quis falar com Finn, para dar a notícia a ele.

Coloquei a mochila nos ombros.

— Se eles querem mesmo economizar grana deveriam fechar a escola logo de uma vez.

## – ✳ – 68 – ✳ –

De repente, eram 10 de novembro.

Tradicionalmente, a véspera do Dia dos Veteranos era o dia em que o louco preso dentro do meu pai conseguia roer a tranca da jaula e fugir. Nesse dia, havia um ano, estávamos numa cidadezinha nos arredores de Billings, em Montana. Passar com a picape por baixo de pontes começara a se tornar um problema, por isso ficamos um tempo por lá. Papai arranjou um emprego como ajudante de cozinha num restaurante perto do hotel vagabundo onde morávamos. Eu lia por horas a fio na biblioteca, e às vezes pescava no riachinho que corria por trás dela.

Naquele domingo, que era o dia de folga dele, peguei três trutas minúsculas. Entrei correndo no quarto para mostrá-las. Ele já enxugara boa parte de uma garrafa de uísque, vendo o San Francisco 49ers jogar com o Seattle Seahawks. Debochou do tamanho dos peixes, a voz arrastada. Dei as costas para ir embora, mas ele me proibiu de sair.

Eu não queria aborrecê-lo. Fiquei.

Não vi a arma até o quarto período do jogo. (Era uma pistola novinha em folha.)

No último segundo do jogo, o juiz deixou de marcar uma falta que daria a vitória ao Seattle. Papai explodiu, atirando o copo do outro lado do quarto, ficando de pé e gritando com a tela. Os comentaristas passaram uma eternidade analisando o lance, e ele agindo como se estivessem fazendo isso de propósito, só para irritá-lo. Soltou mil palavrões, o rosto vermelho e suado. Bateu com as botas no chão. Eu queria dizer que era só um jogo e que a gente nem mesmo gostava daqueles times, mas não abri a boca, porque não queria que ele gritasse comigo. Quando entraram os comerciais, ele começou a andar pelo quarto de um lado para o outro, de um lado para o outro, resmungando coisas sem sentido, quase como se não soubesse onde estava ou o que fazia.

Os comerciais acabaram. A câmera deu um close no rosto do juiz. Papai se sentou na beira da cama.

"Após rever a jogada, a decisão da arbitragem está mantida", anunciou o juiz.

Ele nem chegou a ter tempo de declarar a partida encerrada, porque papai pegou a pistola e deu um tiro nas entranhas da tevê. Em seguida, levantou-a, atirou-a na parede e depois ainda jogou um abajur. Fiquei sentada onde estava, paralisada, enquanto ele continuava com a cena, até finalmente deslizar pela parede, chorando, a mão direita toda ensanguentada.

Enrolei uma toalha na sua mão e pus nossas malas na picape. Quando finalmente terminei, ele já tinha se recomposto o bastante para dirigir, o que foi bom, porque precisávamos sair dali depressa. Depois de um tempo, ele me fez dirigir, dizendo quando pisar na embreagem e fazendo ele mesmo as mudanças com a mão esquerda.

Encontramos uma cidade com um pronto-socorro que aceitava o plano de saúde dele. O médico que suturou o corte era torcedor do Seattle, e seu irmão fora morto no Vale de Korengal. Ele entendeu tudo. Receitou uma nova medicação (a sétima? a oitava?), prometendo que mumificaria as lembranças do papai e manteria o louco na jaula, mesmo quando o Dia dos Veteranos se aproximasse ou a lua estivesse cheia.

Papai nunca chegou a comprar o remédio.

Naquela manhã, eu estava cansada, irritada e atrasada. O único cereal que sobrara no armário fora comprado por Trish e era "saudável", que, no caso, é sinônimo exato de "insípido".

Minhas roupas pareciam ter sido compradas num bazar de caridade e meu cabelo estava achatado na cabeça feito uma medusa morta secando ao sol na beira da praia. Papai bateu à porta do meu quarto e disse que não iria trabalhar, mas não prestei muita atenção. Ainda estava com a cabeça no armário, tentando encontrar alguma coisa para vestir que não me deixasse parecida com uma refugiada.

Não estava pensando no encontro.

Alguns minutos depois, papai bateu de novo, perguntando se poderia entrar. Dei um resmungo e ele abriu a porta. Disse "Café da manhã", colocou um prato com uma torrada na minha mesinha de cabeceira e saiu.

As cascas haviam sido cortadas. Ele tinha passado um pouco de manteiga e uma quantidade generosa de mel.

— Obrigada. O que vai fazer hoje?

Mas ele já tinha ido embora.

Trish parou diante da porta, como se fosse uma manhã igual às outras, como se fosse relembrar minha hora marcada no dentista ou avisar que havia roupas limpas na secadora. Sua figura parada à porta, como se esse fosse o seu lugar, como se estivesse tudo bem, como se nós três estivéssemos bem nessa manhã — fez com que eu saísse de casa sem casaco, sem livros, sem chegar a provar a torrada.

O carro do Finn estava sem água para esguichar no vidro, e nós nos encontrávamos cercados por caminhões sem para-lama que respingavam toda a imundície da estrada no para-brisa. Tivemos uma briga idiota e eu o mandei parar no posto de gasolina para encher o reservatório. Quando percebi que Finn não sabia onde ficava, gritei com ele e despejei eu mesma. Aí ele gritou comigo, dizendo que eu precisava me acalmar, mas eu sabia que estava chateado por causa daquele jornal idiota, por isso não deixei que isso me aborrecesse demais.

Chegamos tão atrasados que perdemos o almoço do primeiro tempo. Fui para a biblioteca, peguei um livro na mesa de lançamentos e fiquei lendo durante as aulas pelo resto do dia. Se alguém falou comigo, nem ouvi.

A última campainha tocou, e a injustiça final foi ser obrigada a voltar para casa de ônibus porque Finn ia trabalhar como salva-vidas. Para mim, qualquer um que precisasse de um salva-vidas para não se afogar não devia ter o direito de entrar numa equipe de natação, mas, quando fui dizer isso a Finn, ele me olhou com ar indiferente e saiu andando a passos duros.

O jardim estava vazio e a casa em silêncio quando cheguei. Nem me lembrava da última vez que dormira mais de duas horas seguidas. O sol tinha aquecido a sala e, quando dei por mim, tinha dormido horas a fio, a casa estava escura e eu morta de fome. Fui até a cozinha, abri uma lata de sopa de macarrão com frango e a coloquei no forno. Alguém levara para a mesa da cozinha o fóssil da torrada que eu deixara no quarto, bem debaixo do calendário pendurado na parede, ainda aberto no mês de setembro. Joguei a torrada no lixo e o folheei até novembro.

Foi quando finalmente me ocorreu que o dia de merda que eu tinha aguentado era a véspera do Dia dos Veteranos. Olhei ao redor e me dei conta de que não sabia onde papai estava. Desliguei o forno.

*Não vou me preocupar. Seria uma besteira. De repente, ele só deu um pulo no mercado para comprar leite.* Não havia razão para me preocupar. Talvez a picape precisasse trocar o filtro de óleo. Talvez ele tivesse decidido se jogar com a picape no rio Hudson. Ou se oferecido para levar Trish ao trabalho e se jogado com ela no rio Hudson. Talvez tivesse ido dar uma volta, mas tivera um flashback e se perdera em algum lugar, comandando uma patrulha por um vale repleto de rebeldes.

Sacudi a cabeça, afastando esse pensamento.

*Não, não, não. Ele foi comprar leite.*

Mesmo assim, dei uma pesquisada. As armas estavam guardadas no cofre, a munição na caixa.

Sentei com Spock no sofá. Respirei fundo. E de novo. As sombras tentavam se transformar em monstros. Mais uma respirada. *Nós estamos bem. Ele está bem.* A calefação deu sinal de vida, soprando o cheiro de fumaça de cigarro por trás da cortina e por toda a sala. Eu esperaria uma hora; um minuto a mais e chamaria a polícia, embora não soubesse o que dizer a eles.

Cinquenta e cinco minutos depois, a porta da sala se abriu. Trish entrou primeiro, o semblante pálido, os olhos vermelhos. Segundos depois, foi a vez de papai. Ele me deu uma olhada e então desviou o rosto, mas não rápido o bastante. Atravessou o corredor em direção ao quarto sem dizer uma palavra.

— O que aconteceu com o seu olho? — perguntei.

Ele bateu a porta.

— O que você fez com ele? — perguntei a Trish.

— Foi ele quem fez isso consigo mesmo. — Sentou-se na cadeira de balanço e apertou os joelhos contra o peito. — Era para ser um encontro.

Resisti ao impulso de atirá-la pela porta afora.

—Você deu um soco nele?

— Não, o barman.

—Você resolveu levar papai a um bar logo hoje?

— Posso contar o que aconteceu antes de você começar com as acusações?

Fiz que sim com a cabeça.

— Nós marcamos de nos encontrar no Chiarelli's às cinco — disse ela. — Eu só me atrasei meia hora, só que ele tinha chegado três horas antes. Quando cheguei, já tinha ficado amigo de dois manés, num papo sobre a defesa dos Giants regado a uísque. Não queria mais jantar no restaurante, por isso pedi uma pizza, mas ele disse que não estava com fome.

Meu estômago começou a se embrulhar.

Trish suspirou.

— O bar ficou lotado. Os novos amigos do Andy foram embora e ele ficou quieto, sem querer conversar, mas decidido a continuar lá. Era a primeira vez que eu ia a um bar desde que tinha entrado para o AA. Devo ter tomado litros de refrigerante. — Ela recostou a cabeça e fechou os olhos. — Enfim, eu dei um pulo no banheiro. Estava tudo bem quando saí do bar.

— E quando voltou? — perguntei, já morta de medo da resposta.

— O barman estava dando uma gravata no seu pai, que estava caído no chão. Tudo por causa de uma cisma do Andy, que achou que um sujeito estava encarando ele. Os dois saíram no braço e o barman tentou separá-los. Andy se voltou contra o barman, que tinha a metade da idade e o dobro do tamanho. Quando a polícia finalmente chegou...

— Eles chamaram a polícia? — interrompi.

— Não era nenhum bar de motoqueiros às duas da manhã, Hayley. Era um restaurante decente, cheio de famílias que queriam jantar, não assistir a um show. Sim, eles chamaram a polícia.

— Papai foi preso?

Ela fez que não com a cabeça.

— Eu pus panos quentes, contei sobre o histórico dele. Meu Deus, quantas vezes já não fiz isso?

Eu estava pensando a mesma coisa.

— Paguei a conta dele e o nosso jantar. Eles não vão dar queixa, desde que ele não apareça mais por lá.

Ficamos sentadas sem dizer nada por um bom tempo, o relógio tiquetaqueando na parede.

— Ele alguma vez te machucou? — perguntou Trish finalmente. — Sei que nunca faria isso de propósito, mas...

— É claro que não — menti, relembrando a cena diante da fogueira e o confronto no Halloween. — Ele não estava tão mal assim até você chegar. Acho que você deveria ir embora, voltar para o Texas.

Ela se levantou.

— Talvez você tenha razão.

Depois de um longo banho, fui para a cama e mandei uma mensagem para o Finn:

*n vou p escola amanhã*

Ele não respondeu.

## -*- 69 -*-

Uma batida forte à porta me acordou.

— O Fulano vai chegar daqui a pouco — disse papai por trás da porta fechada.

— Eu não vou à escola — respondi, com um gemido. — E o nome dele é Finn. Por que acordou tão cedo?

—Você está doente? — perguntou ele.

Esse era o dia em que normalmente ele ficaria na cama até o começo da tarde, descansando, para depois poder encher a cara até a meia-noite.

—Você ficou acordado a noite inteira? — perguntei.

—Você está doente? — insistiu ele. — Seja honesta.

— Não, mas o ônibus já passou. Eu disse ao Finn para não vir me buscar.

— Trish pode te levar.

— Prefiro rastejar por cima de cacos de vidro.

Silêncio.

— Posso dirigir a picape? — perguntei.

Ele soltou um suspiro sonoro.

— Eu volto para casa assim que a aula acabar, prometo.

— Não — disse ele, categórico. — Eu te levo. Esteja pronta em dez minutos.

Cinco minutos depois, eu estava pronta. Papai ainda não tinha saído do chuveiro, por isso fui até a cozinha. Trish estava despejando água na cafeteira, de robe e chinelos.

— O café vai ficar pronto em um minuto — avisou ela.

Peguei uma maçã na geladeira.

— Pensei que você fosse embora.

— Você nunca gostou muito da parte da manhã, não é?

Tirei as chaves do prego atrás da porta e saí pela garagem. A picape pegou na primeira tentativa, e já estava bem quentinha quando terminei de comer a maçã. Os dez minutos passaram. Liguei o rádio e fiquei olhando para a porta, temendo as chances cada vez maiores de Trish passar por ela e dizer que papai tinha mudado de ideia. Pus o pé no freio e engrenei a marcha à ré. No instante em que ela aparecesse, eu daria o fora.

A porta se abriu.

Um oficial apareceu na fria manhã de sol, um capitão do exército trajando uniforme completo: botas pretas engraxadas, calça com os vincos regulamentares, camisa branca de doer e uma gravata sob uma jaqueta de lã azul decorada com as divisas de capitão, o distintivo de Ranger no ombro esquerdo, o Coração Púrpura, a Estrela de Bronze, folhas de carvalho e a salada de fitas e medalhas que indicavam que comandara tropas e fizera o possível para trazê-las de volta sãs e salvas.

Desliguei o rádio.

Ele caminhou em passos lentos até a picape, olhos fixos em mim o tempo todo, a boina preta inclinada no ângulo correto. O inchaço no olho havia descido. O hematoma cor de ameixa parecia doloroso.

Pus a picape em ponto morto, abri a porta e desci.

— E aí? — perguntou ele.

Um lado do meu coração batia *tum-tum-tum* como se eu fosse pequena, nas ocasiões em que ele chegava à América e eu corria pelo hangar assim que a ordem de liberar as tropas era dada, ele me pegava no colo, eu passava os braços pelo seu pescoço, nariz com nariz, e me perdia naqueles olhos da cor do céu, dizendo que estava morrendo de saudades. Mas o outro lado do coração ficou paralisado de pânico, porque agora eu tinha bastante idade para entender por que ele mancava e gritava durante o sono e tinha algo quebrado na alma. Algo que eu não sabia consertar, ou mesmo se tinha conserto.

Ele deu uma puxadinha na barra da jaqueta.

—Vai haver uma reunião idiota na sua escola. Não cheguei a prometer à sua orientadora que iria. Posso mudar de ideia em cinco minutos, só estou avisando.

Balancei a cabeça, sem palavras.

—Você está bem? — perguntou ele.

— Será que é uma boa ideia?

—Achei que valeria a pena tentar.

Balancei a cabeça de novo.

Ele secou as lágrimas que escorriam pelo meu rosto.

— Por que isso?

Pigarreei.

— É o sol nos meus olhos, pai.

— Mentira, princesa.

— Alergia.

Ele deu um beijo na minha testa.

—Você dirige.

## - * - 70 - * -

Depois de assinar presença na secretaria, levei papai à sala da Srta. Benedetti. Ela ficou meio derretida, como acontecia com muitas mulheres quando ele estava mais ou menos sóbrio, limpo e de uniforme. Eles ficaram conversando sobre o irmão dela e algumas loucuras do papai dos tempos do colégio que ele nunca tinha me contado. Benedetti não fez perguntas sobre o olho roxo. Explicou como seria a reunião: discursos chatos, um vídeo curto, mais discursos chatos e depois cada veterano no palco seria presenteado com um buquê de flores e uma flâmula dos Mecânicos do Belmont.

Um músculo se contraiu sob a orelha de papai. Ele trincou os dentes.

— Os veteranos vão passar a cerimônia inteira no palco? — perguntei.

—Com certeza! Queremos que os nossos veteranos saibam o quanto apreciamos o seu sacrifício.

— Quantas pessoas vai haver na plateia? — perguntou papai.

— Umas oitocentas.

Ele piscou como se tivesse levado um tapa.

— Quantos veteranos? — perguntei.

—Trinta e dois — respondeu Benedetti, orgulhosa.

— É muita gente, o palco vai ficar lotado — comentou papai.

— Quatro são mulheres — informou Benedetti.

Ela não observou que trinta e duas pessoas não iriam lotar o palco. Não iriam nem encher um cantinho dele. Quando eu já começava a pensar que ela estava bancando a burra de propósito, Benedetti acrescentou:

— Você deve estar farto dessas cerimônias, não? Imagino que pareçam um pouco repetitivas depois de um tempo.

— Não posso discordar — respondeu ele. — Além disso, não sou muito amigo de multidões.

— Ah — disse ela.

— Você poderia ficar comigo lá no refeitório — sugeri. — Se quiser.

— Ótima ideia! — O entusiasmo de Benedetti voltou. — Espere só até ver as mudanças que fizemos por lá. — Escreveu um passe para mim. — Hayley pode levar você para dar uma volta pelo prédio durante o segundo tempo, depois que os corredores tiverem se esvaziado. — Tornou a apertar a mão do papai. — Obrigada, Andy. É muito bom ver você aqui de novo.

Papai parou diante da porta do refeitório e observou o salão quase vazio. A maioria dos alunos que costumavam bater ponto por lá estava na reunião. Duas dúzias de garotos se espalhavam em pequenos grupos, o chão atipicamente limpo e os assistentes comendo pãezinhos gordurosos e fazendo piadas com as colegas. Eu sabia que ele estava avaliando o local: nenhuma ameaça visível, linha de visão clara, rápido acesso a todas as saídas. Ele parecia ter aprovado o lugar, mas não se mexeu.

— Você está bem? — perguntei em voz baixa.

— Estou — respondeu ele.

— Geralmente eu sento ali. — Apontei para o canto onde estava Finn, que nos observava com os olhos arregalados.

Papai não estava prestando atenção.

— Pai?

Ele fizera contato visual com um dos atendentes do refeitório, o velho com um barrigão caído por cima da fivela do cinto. Olhou para a patente do papai e o distintivo de Ranger, endireitou-se e meneou a cabeça para ele, um aceno curto. Um veterano cumprimentando outro.

Papai retribuiu o aceno e disse:

—Vamos lá chatear o Fulano.


O Fulano disse "Olá, senhor" e deu a papai um tódinho, sem fazer comentários sobre o olho roxo. Um cara que eu nunca tinha visto, do time de beisebol, a julgar pelas pernas cabeludas que saíam do short, aproximou-se e pediu para apertar a mão do papai.

— Obrigado pelo seu serviço, senhor.

Prendi a respiração, torcendo para que, se isso provocasse papai, ele fosse embora sem fazer ou dizer nada de que eu me arrependesse depois.

— A honra foi minha — respondeu papai, estendendo a mão. — Gostaria de se sentar?

O cara sorriu e disse:

— Será que meus amigos podem vir também? — Apontou o polegar para três caras de pernas cabeludas, sentados duas mesas adiante.

Papai enfiou o canudo no tódinho e deu um longo gole.

— Se eles me trouxerem mais um desses...

Ficou fazendo sala durante o resto do tempo, ouvindo as perguntas dos caras sem dar respostas diretas. Eles quiseram saber sobre as armas, os helicópteros e o inimigo, e ele fez piadas sobre coquetéis Molotov, aranhas-camelo e a necessidade de queimar os sacos de fezes.

O velho assistente do refeitório veio até nossa mesa e se apresentou.

— Eu sou o Bud.

Papai pediu a ele que se juntasse a nós e ele se sentou, limpando a gordura dos dedos com um guardanapo.

Um dos jogadores de beisebol finalmente fez as perguntas que eu sabia terem sido a razão de eles se aproximarem.

— O senhor matou alguém? Foi difícil?

Papai olhou para as mãos, sem responder. Quando todos já começavam a se remexer em meio ao silêncio constrangedor, Bud veio em seu socorro, contando sobre a ocasião em que se perdera numa montanha no Vietnã. Os caras ficaram ouvindo, mas olhando de esguelha para papai, ainda esperando respostas.

Quando o velho soldado terminou seu relato, papai perguntou:

— Vocês sabem como o Dia dos Veteranos começou?

— O armistício no fim da Primeira Guerra Mundial — respondeu Finn, assertivo. — Às onze horas da manhã do dia 11 de novembro de 1918, as tropas de ambos os lados pararam de lutar. Esse é o dia em que homenageamos os veteranos.

— Pois agora eu vou contar o que você não sabe — disse papai. — Por volta das cinco horas daquela manhã, todos os oficiais receberam a mensagem de que a guerra terminaria no mesmo dia, porém muitos ordenaram aos soldados que continuassem lutando.

Bud soltou um muxoxo, balançando a cabeça.

Papai continuou:

— O fim da guerra significava que os oficiais de carreira teriam menos chances de subir de patente. A porcaria da guerra estaria oficialmente encerrada em horas, mas mesmo assim eles mandaram seus garotos para serem sacrificados. Quase onze mil soldados morreram em 11 de novembro de 1918, mais homens do que morreram nas praias da Normandia no Dia D da Segunda Guerra Mundial, vinte e seis anos depois. — Ele estalou as juntas dos dedos. — A política massacra a liberdade, a honra e o serviço em todas as circunstâncias. Nunca se esqueçam disso.

Os monitores espalhados pela sala se acenderam, passando os anúncios do dia e rompendo o encanto em que papai mantinha sua plateia.

Bud deu uma olhada no relógio.

— A campainha vai tocar daqui a pouco. Quando isso acontece, é como se uma boiada estourasse dentro do refeitório.

— Bom saber. — Papai se levantou. — Estão chateados, não estão? Acham que eu não tenho coragem de responder à sua pergunta.

Os caras não disseram nada.

— Matar gente é mais fácil do que deveria ser. — Papai colocou a boina. — Sobreviver é mais difícil.

Chegamos ao mastro quando a campainha tocou.

— Posso encontrar a picape sozinho. — Papai secou o suor da testa. — Você deveria ir para a aula.

— Tenho o segundo tempo livre, lembra? Ela me deu um passe.

— Muito engraçadinha.

Fui com ele até o fim da calçada.

— Te vejo hoje à noite?

— Sim, senhora. — Ele desceu do meio-fio sem olhar para trás.

— Obrigada, pai.

Ele levantou o braço para que eu soubesse que tinha me ouvido, e então deu uma corridinha até o fim do estacionamento dos alunos, onde estacionara a picape, isolada dos outros veículos. Abriu a porta do carona, tirou a jaqueta de lã azul e a colocou no banco. Em seguida, fez o mesmo com a boina e a gravata, abriu os dois primeiros botões da camisa e enrolou as mangas. Fechou a porta, deu a volta e entrou do lado do motorista, onde ficou sentado como uma estátua de mármore, as mãos apertando o volante, os olhos fixos em coisas que não estavam lá.

## — * — 71 — * —

*O bom soldado jura matar. Dispara o canhão, monta a barricada, põe o cartucho e fecha o ferrolho. Sente na camisa o cheiro do sangue do irmão, limpa do rosto o cérebro da irmã. Morre, se tiver que morrer, para que outros vivam. Mata para manter seu povo vivo, vive para matar ainda mais.*

*Odisseu teve vinte e quatro anos para sair da sua pele de guerreiro. Meu avô deixou o campo de batalha na França e voltou para casa a bordo de um navio que rastejou lentamente pelo oceano, para que ele pudesse recuperar o fôlego. Entro em um avião no inferno e desço na América horas depois. Tento ignorar a Morte, mas ela mantém o braço na minha cintura, esperando para lançar seu veneno sobre tudo que eu tocar.*

*Não paro de me lavar, tentando me livrar da areia. Cada grão é uma lembrança. Esfrego a pele até sangrar, mas não basta. Os ventos do deserto com seus mil e um nomes sopram sob minha pele. Fecho os olhos e os escuto.*

*Esses ventos sopram areia através do oceano, transformando-se em furacões, tornados, vendavais. As tempestades me atingem quando durmo. Acordo gritando de novo. E de novo. E de novo.*

*O pior disso é ver a areia invadindo o profundo azul-marinho dos olhos da minha filha.*

### – * – 72 – * –

Em uma notável demonstração de maturidade, procurei o Sr. Cleveland depois da aula para saber o que eu tinha perdido enquanto relaxava na biblioteca com o passe livre, depois de papai ir embora. Ele me ajudou a resolver um problema sobre um garoto girando numa roda-gigante com uma fórmula bizarra que exigia o cálculo das revoluções por minuto vezes os graus por segundo, além de cossenos. Sugeri que bastava o funcionário encarregado do brinquedo puxar a alavanca de MATAR e depois tirar as medidas do cadáver com uma fita métrica. Cleveland não achou graça.

Sentei no saguão e abri o livro de matemática, esperando que Finn terminasse de proteger a vida da equipe de natação. Não consegui entender nada naquela página. A imagem do meu pai de uniforme não me saía da cabeça, seu olhar oscilando entre a confiança e o pânico. Ele tentara fazer uma coisa difícil e conseguira. Já era um começo.

— Seu pai se meteu numa briga de bar? — Finn checou o espelho, e então se virou antes de dar marcha à ré.

— Foi num restaurante — expliquei —, às seis da tarde. Eu não chamaria isso de "briga de bar".

— Ninguém leva um soco no olho num restaurante às seis da tarde. — Ele engatou a marcha. — O que aconteceu realmente?

— Trish me contou a versão dela da história.

— E qual foi a versão do seu pai?

— Nós ainda não tivemos uma oportunidade de conversar sobre o assunto.

Finn soltou um resmungo.

— O que isso quer dizer? — perguntei.

Ele deu de ombros.

— Não, falando sério — insisti. — Você está com cara de quem está me julgando. Por quê?

— Não estou julgando. Só estou observando acriticamente. Há uma grande diferença.

Tirei a mão do seu joelho.

— E o que está observando?

— Que você está culpando Trish de novo.

— Porque ela merece. Ele estava muito bem até ela aparecer.

Finn não fez comentários até o próximo sinal de *Pare*.

— Sem querer te julgar, Miss Blue — disse, segurando minha mão —, mas você está errada.

Não toquei mais nele depois disso.

Até me esqueci de lhe dar um beijo de despedida quando me deixou em casa.

Abri a porta da sala e entrei num campo de batalha.

Trish atravessou a sala em passos furiosos, ficou na frente da tevê e apontou o dedo para papai.

—Você está de sacanagem comigo? — gritou.

— Não. —Vestindo um jeans velho e uma camisa de flanela, papai inclinou o controle remoto, para que o sinal pudesse passar por Trish, e mudou de canal.

— Fala com ele, Hayley — pediu ela.

— Não dê ouvidos a ela — disse papai, o rosto apático.

— Então por que que eu estou aqui, se você não quer que ela me dê ouvidos? — perguntou Trish. —Você não fez nada do que prometeu. Nem conversar você quer, pô.

— Você não está conversando, e sim berrando. — Papai gesticulou com o controle remoto. — Sai da frente.

*Bam!* Foi como um soco na boca do estômago. A culpa era toda minha por ter baixado a guarda e acreditado que alguma coisa tinha mesmo mudado só porque ele havia decidido se vestir de militar por duas horas. Não deveria me enganar, os sinais estavam todos lá: uma garrafa de Jack Daniels pela metade na mesa de centro, outra aos seus pés, a gola da camiseta encharcada de suor embora não estivesse quente dentro de casa, o fato de Spock estar escondido. O olhar duro e impessoal.

Trish respirou fundo e falou num tom mais calmo, mais baixo:

— Seu pai e eu estávamos discutindo o fato de ele precisar de ajuda.

— Que tipo de ajuda? — perguntei, cautelosa.

— Qualquer um — respondeu ela. — Terapia, medicação, a companhia de amigos que compreendam a situação, o que for necessário para que ele possa parar de fugir.

— Não estou fugindo de nada — murmurou papai.

O tempo ficou mais lento, escorrendo num filete de mel frio, e minha boca se encheu de uma saliva amarga. Sentia o cheiro do uísque, da carne cozinhando no fogão, do chá que ela entornara no uniforme. O olhar furioso de um se chocava com as ondas irradiadas pela raiva do outro. A qualquer momento um raio poderia cair. Eu ainda estava de casaco, a mochila pendurada no ombro. Pus a mão na maçaneta.

Papai disse:

— Seria só por alguns dias de cada vez. Talvez uma semana, e de vez em quando.

Dei meia-volta.

— Do que está falando?

—Você não contou a ela? — perguntou Trish.

— Me contou o quê?

Papai tornou a encher o copo de uísque, deu um gole e pôs na boca um punhado de pretzels. Inclinou a cabeça de lado, desviando-a de Trish, para ver o que passava na tevê.

— Você prometeu que pelo menos falaria com ela sobre isso — disse Trish. —Você jurou!

— Me contou o quê? — repeti mais alto.

De repente, Trish se abaixou e arrancou o fio da televisão. A tomada voou, soltando uma fagulha.

Papai girou o copo de uísque.

— Resolvi seguir o seu conselho, princesa. Vou voltar para a estrada. Viagens de curta distância, principalmente. — Deu um gole, me observando por sobre a borda do copo. —Você não vai, tem que concluir os estudos.

— Nem pensar. — Pus a mochila no chão. —Você mal se aguenta até o fim do dia numa cidade pacata como esta. De mais a mais, tá pretendendo o quê? Me deixar viver sozinha?

Ele deu uma olhada em Trish e outro gole no uísque.

— Seu filho da puta mentiroso — murmurou ela.

Balançando a cabeça, saiu a passos duros pelo corredor em direção ao quarto da vovó. Papai apertou o botão no controle remoto duas vezes, até lembrar que o fio da tevê não estava na tomada. E eu me dei conta de uma coisa.

— Você chamou Trish para ela tomar conta de mim? — perguntei. — Para você poder ir embora?

Ele não respondeu.

Trish voltou, ainda pisando duro, carregando a bolsa e uma sacola aberta, as roupas quase caindo de dentro. Pôs a sacola ao lado da porta e revirou a bolsa.

— Vai não — pediu papai. — Nós conversamos amanhã, está bem? Eu juro, dou minha palavra de honra. Mas hoje não.

Ela tirou as chaves da bolsa.

— Pega seu celular, Hayley.

Hesitei, mas por fim o tirei do bolso.

— Salva aí o meu contato — pediu Trish, ditando os números.

Digitei-os e salvei o contato como "Vaca".

— O que você vai fazer, voltar de carro pro Texas? — perguntou papai. — Depois de todo aquele papo sobre eu enfrentar meus demônios em vez de fugir?

— Vou procurar uma reunião do AA, Andy. — Ela abriu a porta. — E depois outra, e mais outra, até ter certeza de que vou aguentar passar a noite inteira sem beber. — Ela pegou a sacola e olhou para mim. — Me liga se precisar de alguma coisa.

E saiu sem se despedir. A vitória foi tão inesperada que eu nem soube o que pensar. O ar frio entrou na sala, enquanto o carro dava marcha à ré e se afastava pela rua, cantando pneu. Ela não tinha fechado a porta.

— Quer fechar, por favor? — pediu papai. — E liga a tevê na tomada.

## - * - 73 - * -

Fiquei cantarolando a musiquinha do Mágico de Oz que comemora a morte da bruxa e alinhando planos na cabeça como se fossem alvos. Papai precisava de tempo para se recuperar do tsunami Trish. Eu o deixaria quieto no seu canto durante dois, três dias. Depois disso, teria que tirá-lo de casa, talvez convencê-lo a ir comigo levar Spock para dar uma volta, ou dizer que estava pensando em participar de competições de corrida na primavera e pedir que me ajudasse a entrar em forma. O próximo passo seria ligar para aquele amigo, Tom, e pedir que descolasse mais serviços de pintura que papai pudesse fazer sozinho. Esse plano de trabalho ainda estava meio vago, mas logo eu o definiria melhor. Por ora, ele precisava relaxar e se recuperar.

Dois dias depois da Trish ir embora, cheguei em casa e encontrei um envelope colado na porta. Dentro havia um bilhete curto com o endereço da espelunca onde ela se hospedara e seis notas de vinte dólares. Usei o dinheiro para comprar batata, cebola, creme de milho (estava na promoção, dez latas por oito dólares), bacon, pão, manteiga de amendoim, canja com macarrão e leite. Preparei uma panela de purê de batata com bacon, mas papai disse que estava se sentindo péssimo, que achava que devia estar com alguma coisa no estômago.

À noite, queimei o bilhete da Trish e depois acendi uma vela que eu tinha colocado em cima de um espelho na mesa da cozinha. Não achava que veria espíritos, mas valia a pena tentar. O espelho mostrou uma erupção de espinhas por causa do estresse, que me fez seriamente considerar a hipótese de ir à rua com um gorro de tricô puxado até o queixo.

Papai não colaborou. Não quis levar Spock para passear nem comigo nem sem mim, mesmo depois de eu lhe dar alguns dias para se recuperar. Achou que era uma boa ideia eu entrar em forma para competir em provas de atletismo, mas inventou mil desculpas em vez de me levar para treinar. O tal do Tom não respondeu a nenhuma das minhas mensagens, e eu comecei a me perguntar o quanto daquela história que papai tinha me contado sobre a cozinha pintada não seria exagero.

Brigávamos por tudo: o meu comportamento, o clima, o jeito certo de cozinhar um ovo, a conta de telefone, o cheiro do lixo. Ele discordou dos meus planos e propôs outros, todos idiotas. Uma noite, decidiu que deveríamos nos mudar para a Costa Rica. Quando toquei no assunto na manhã seguinte, me chamou de mentirosa, disse que eu estava tentando deixá-lo paranoico e que deveria prestar vestibular o quanto antes para poder me mandar para a faculdade em janeiro. Vinte e quatro horas depois, me proibiu de fazer o vestibular e disse que eu começasse a pensar em ser babá no exterior. Não conseguia dormir mais de uma ou duas horas seguidas sem acordar gritando, mas sempre se desculpava depois, quando se acalmava.

O segundo semestre começou bem no meio dessa tempestade, quase igual ao primeiro, só que sem os pesados casacos de inverno. A escola nos obrigou a memorizar e vomitar mais fatos, a escrever mais monografias inúteis de acordo com uma fórmula fascista e, acima de tudo, a fazer mais provas, para nos prepararmos para fazer ainda mais provas. Minha conscienciosa objeção à maior parte dos deveres de casa fez com que minhas notas despencassem, mas a única matéria em que levei pau foi pré-cálculo. Benedetti finalmente teve pena de mim e me transferiu, ou melhor, me rebaixou para trigonometria.

Então, veio a noite do telefonema.

## - * - 74 - * -

Eu estava no meio de um pesadelo em que me sentava para fazer uma prova final de história e não conseguia me lembrar de nada além do meu nome. No começo, pensei que o som estridente fosse da campainha avisando o fim do tempo. Quando alcancei a superfície da consciência, achei que devia ser Finn, mas ele detestava falar no telefone e nunca ligava.

Apertei o botão de atender.

— É a Emily? — perguntou uma voz de mulher. Mal dava para ouvir o que dizia, por causa da música alta e da gritaria ao fundo. — Como foi mesmo que ele falou que ela se chama? Sally?

Era engano. Desliguei e afofei o travesseiro. Mal fechei os olhos, o celular tocou de novo.

— Hayley — disse a mulher. — Seu pai mandou chamar a Hayley. É você?

— Meu pai? — Fui logo me sentando. — Quem é? O que está acontecendo?

— Toma aqui, fala com ela. — Houve uma movimentação do outro lado da linha, e o som do celular batendo no chão. Quando o aparelho foi pego, era a voz do papai, mas não entendi uma palavra do que dizia.

— Pai, o que você disse? — Fui para o corredor. As luzes estavam todas acesas. — O que aconteceu? Onde você está?

O telefone trocou de mãos novamente, e então a barulheira ao fundo diminuiu. A mulher falou:

— Seu pai tá tão bêbado que não consegue nem lembrar onde estacionou a picape, e isso é bom, porque ele não está em condições de dirigir. Ele se meteu numa briga e o meu patrão expulsou ele do bar. Dei uma olhada nos bolsos, mas ele não tem nem mais um centavo.

— Ele está machucado?

— Você precisa buscar ele, querida. A zona aqui é barra pesada depois que escurece. Tem uma caneta?

— Espera aí. — Corri para a cozinha e encontrei o que precisava na gaveta de miudezas. — Tá, pode falar.

Ela me deu o endereço e todas as explicações sobre como chegar lá.

— Quanto tempo você deve demorar?

— Não sei. Tenho que arranjar um carro. Será que você poderia ficar de olho nele até eu chegar?

Ela berrou "Só um minuto!" para alguém e então respondeu:

— Vem logo.

Não havia tempo para constrangimento, raiva ou vergonha: liguei para Gracie enquanto caminhava até sua casa.

— Mas o q... — murmurou ela.

— Preciso do carro da sua mãe. — Expliquei a situação, e então a repeti até ela estar acordada o bastante para entender o que eu dizia.

— Não posso fazer isso — respondeu.

— Você não precisa vir comigo. Basta pôr as chaves no banco da frente. Eu sei qual é o código da porta da garagem.

— Não, não abre a porta da garagem! — implorou ela. — Mamãe sempre ouve, em qualquer circunstância. Se você tentar sair com o carro, ela vai chamar a polícia, isso eu te garanto.

— Faço o quê, então?

— Liga pro Finn.

Parei no meio da rua deserta.

— Não quero que ele veja papai nesse estado.

—Você tem escolha? — perguntou ela.

Finn não disse nada quando veio me buscar. Não conversamos durante o trajeto até o bar. A briga por telefone — ele dizendo que eu devia deixar meu pai acordar no dia seguinte todo vomitado num beco qualquer, eu dizendo que ele era um filho da mãe sem coração — nos deixara exaustos.

(E ele só pegou o carro quando sacou que eu pretendia ir a pé até o bar.)

Não disse nada até estacionar na frente do Sideways Inn.

— Não posso te deixar entrar aí sozinha.

—Você tem que deixar.

— É perigoso. — Ele apontou para um grupo de caras parados diante de uma porta alguns metros adiante. — Dá uma olhada neles. Estão só esperando para atacar.

— Que nada — respondi. — Estão esperando é que a gente faça a burrice de deixar o carro vazio para poderem roubar o rádio. Só que essa banheira é tão velha que eles poderiam fazer uma ligação direta com a maior facilidade, e aí é que nós ficaríamos mesmo presos aqui.

— Mas... — tentou ele.

Abri a porta.

— Deixa o motor ligado.

— Cai fora! — berrou o barman quando entrei. — Não pode *de menor!*

A música estava tão alta que dava para sentir a trepidação nas entranhas. O salão escuro estava cheio de sombras encostadas à parede, inclinadas sobre a mesa de sinuca, esparramadas em cadeiras ao redor de mesas detonadas, todas olhando para mim. Meu primeiro impulso foi dar meia-volta e correr, mas endireitei os ombros e fui direto para o balcão.

— Estou procurando meu pai.

O barman fechou a cara.

— Trouxe a carteira de identidade?

— Meu pai — repeti mais alto. — Uma mulher me ligou dizendo para eu vir buscar ele.

Um velho sentado dois banquinhos adiante me lançou um olhar triste.

— Ela veio buscar o capitão Andy.

A expressão do barman mudou.

— Você veio sozinha?

— Meu namorado está esperando no carro.

Ele meneou a cabeça para o velho.

— Vai buscar o capitão, Vince. Ele tá no banheiro.

Fixei os olhos nas torneiras de chopp: MILLER, BUD, LADATT'S. A música alta golpeava meu corpo, arrancando pedaços que caíam no chão imundo. Quase toda a luz no salão vinha dos aparelhos de tevê, cada um sintonizado num canal diferente. O casal sentado na ponta do balcão assistia boquiaberto a um jogo de hóquei, como se não entendesse o que via.

— Aqui está ele. — A voz grossa do barman me assustou.

Papai tinha levado dois socos na boca — os lábios estavam inchados e ensanguentados. Também havia sangue na camisa, além de vômito e cerveja. Os olhos estavam abertos, mas não havia ninguém em casa. Ele não fazia a menor ideia de onde se encontrava.

— Obrigada. Pode deixar que eu cuido dele.

Eles ficaram olhando para mim, para nós. Todos os frequentadores. Não porque eu fosse jovem e mulher, como na hora em que tinha entrado, mas porque meu pai estava tão bêbado que a filhinha tivera que vir buscá-lo. Totais estranhos — alcoólatras, viciados, prostitutas, ex-presidiários — com pena de nós. Eu podia sentir o cheiro vindo deles.

A perna manca do papai mal se movia, e a normal não estava em melhores condições. Passei o braço dele pelo meu ombro e o arrastei do bar até o carro. Finn desceu depressa e me ajudou a colocá-lo no banco traseiro. Papai se sentou e desabou, a cabeça tocando no assoalho.

— Não vai pôr o cinto de segurança? — perguntou Finn.

— Não se preocupe. — Fechei a porta de trás. — Só dirige.

Entramos e abrimos as janelas para não sufocarmos com o mau cheiro.

Eu nunca tinha visto Finn dirigir tão depressa.

— Por quanto tempo mais você vai aguentar ficar correndo atrás dele?

— Isso nunca tinha acontecido.

— Não estou me referindo só a hoje, mas a tudo. Você cuida muito mais do seu pai do que ele de você. Até quando?

Eu não tinha uma resposta.

Michael ficou dando voltas de carro com papai no dia seguinte até ele encontrar a picape. A janela tinha sido quebrada e o rádio, roubado, mas o resto estava intacto. Passamos alguns dias em casa, nos sentindo como se estivéssemos para ficar gripados.

## -*- 75 -*-

Pedalei até ficar encharcada de suor. Gracie e eu tínhamos conseguido descolar duas bicicletas ergométricas no ginásio porque muitos zumbis haviam decidido matar aula na véspera do Dia de Ação de Graças. (Fiquei pensando se estariam barbarizando no Centro da cidade em Albany, ou se tinham ido de trem se encontrar com a horda maior, provavelmente em Poughkeepsie.)

A assistente substituta estava trabalhando em um notebook no canto. Meia dúzia de garotas se deitava em esteiras, conversando sobre qualquer coisa e rindo alto demais. Outras duas estavam sentadas na arquibancada, pintando as unhas dos pés.

Pedalei com mais força até o suor escorrer do rosto e pingar no chão.

— Não faz diferença a velocidade em que você pedala — disse Gracie, me entregando uma garrafa de água. — Essa bicicleta não vai a parte alguma.

Dei um longo gole.

— E é só agora que você vem me dizer?

—Você está com uma cara horrível.

— Só preciso dormir um pouco.

—Você precisa de mais do que isso.

Fiz que não com a cabeça.

Ela ficou pedalando devagar, como uma criança fazendo círculos preguiçosos num triciclo.

— Qual é o problema com o Finn?

— Como assim?

— Ele não disse uma palavra desde o primeiro tempo.

Dei de ombros.

— Está ralando com a física.

— E também não tocou em você. Eu bem vi quando você enfiou o dedo na passadeira do cinto dele e, depois de um segundo, ele empurrou a sua mão.

— Que tipo de pervertida é você, que fica contando quantas vezes a gente toca um no outro?

— Se quer que eu cale a boca, é só dizer.

Dei outro gole.

— Não cale a boca.

— Nem eu pretendia fazer isso, mas obrigada mesmo assim — disse ela. — Estou preocupada. Vocês são tão esquisitos e incompatíveis com todo mundo, que são perfeitos um para o outro. Quando ele para de tocar em você e você para de implicar com ele, isso desequilibra o universo, entende o que eu quero dizer?

Encostei a garrafa de água na testa.

— Ele está com mil problemas na cabeça.

— A irmã?

Coloquei a garrafa no chão.

— Ele vai com a mãe para Boston amanhã, passar o Dia de Ação de Graças com a Chelsea e o pai.

— Pelo visto, vai ser um inferno.

— Pode crer. Ele estava superchateado quando me contou, e eu fiquei com tanta pena que prometi ir ao shopping com ele depois da aula. A mãe quer que ele compre uma camisa nova para a ocasião.

— Você detesta shopping.

— Ele disse que estava desesperado.

Gracie recebeu uma mensagem. Eu aumentei a carga da bicicleta e comecei a pedalar em pé. Desde a noite em que Finn me ajudara a levar papai para casa, algo havia mudado. Gracie tinha razão; ele não estava mais tocando em mim. E eu também não estava mais tocando nele, um dedo enfiado no cinto não conta. Tínhamos parado de implicar um com o outro. Ele não terminara comigo, mas eu sentia que isso estava prestes a acontecer. Ele queria uma garota normal, com pais perfeitos, sem problemas. Alguém com um "futuro brilhante".

— Preciso roubar um apito de juiz. — Gracie enfiou o celular no sutiã. — A terapeuta disse que temos que jantar juntos no Dia de Ação de Graças.

— E o que há de errado com isso?

— Com o Dia de Ação de Graças? — Os olhos da Gracie se arregalaram. — Imagina só: facas afiadas! Molho fervendo!

¤ 283 ¤

Vai ser um desastre. — Pedalou mais depressa. — Papai só pode estar dormindo com ela.

— Com a sua mãe?

— Com a terapeuta, sua tolinha. Por que outro motivo ela recomendaria uma loucura dessas?

— Sei lá, Gra. Talvez ela ache que os seus pais deveriam parar de ser idiotas e encontrar um jeito de se comportar como uma família, mesmo que estejam para se separar.

— Nem pensar. — Ela parou. — O que você e seu pai vão fazer? Vão comer peru em casa ou num restaurante?

Dois anos antes, nós tínhamos passado a data na estrada, a caminho de Cheyenne, e recebendo pagamento extra por trabalharmos no feriado. Seguimos caminho até a meia-noite e comemos sanduíches de peito de peru para comemorar. No ano anterior, tínhamos ficado presos num hotelzinho barato nos arredores de Seattle. O quarto dispunha de frigobar e micro-ondas, por isso cozinhei uma caixa de recheio de peru assado e servi pêssegos em calda na sobremesa.

— Como ele vai indo? — perguntou Gracie.

— Está melhor — menti. — A cada dia que passa longe da Trish, ele fica mais forte.

— Vai lá pra casa — convidou Gracie.

— O quê?

— Leva o seu pai pra passar o feriado lá em casa.

— Você não deveria pedir aos seus pais primeiro?

— Eles vão ficar eufóricos com a distração, confia em mim.

— Não acho que seja uma boa ideia.

— Você tem que ir. — Gracie apertou o botão no meu console para aumentar ainda mais a carga. — Você me deve.

— Pelo quê?

— Eu te ajudei na noite em que você precisou ir buscar o seu pai no bar.

— Não ajudou, não.

— Eu falei com você, não falei? E teria te emprestado o carro sem pensar duas vezes, se pudesse. Além do mais, deu tudo certo no fim, não deu? Por favor, vem jantar com a gente.

— Ah, sei lá, Gra.

— Leva uma torta, se quiser. Torta deixa todo mundo feliz. Leva uma torta e o seu pai. Talvez isso obrigue todos eles a se comportarem bem. Vale a pena tentar, não vale?

## — ∗ — 76 — ∗ —

— Por que a sua mãe não chamou a polícia? — perguntei, tentando andar na mesma velocidade que Finn.

— Não temos como provar que foi a Chelsea — respondeu ele, com a cara fechada.

— Na verdade, têm, sim. — Comecei a correr ao seu lado, meio desajeitada. — A polícia agora conta com uma novidade chamada "impressões digitais". Como ela já esteve presa antes, devem estar arquivadas em algum lugar.

— Por favor, sem sarcasmo — pediu ele. — Agora não.

Abriu a porta de vidro da entrada vermelha do shopping e entrou sem esperar para ver se eu ainda o acompanhava. Enquanto estávamos na escola, alguém arrombara o apartamento da mãe dele e afanara o cartão de crédito que fica escondido para o caso de alguma emergência (direto do esconderijo, um bloco de gelo no fundo do freezer) e meio quilo de presunto fatiado. Obviamente, só podia ter sido a Chelsea, o que deveria ter posto um fim na viagem para Boston e nos planos desastrosos do casal Ramos para o feriado, mas a mãe do Finn ainda estava agindo como se nada tivesse acontecido.

Finn foi furando a multidão da primeira leva de pré-pré-consumidores da Black Friday. (A mãe tinha dito que ele precisava comprar uma camisa social, pois as velhas já estavam muito pequenas. Todo mundo na família dele se produzia para o jantar de Ação de Graças. Uma insanidade total.) Ele nem se deu conta de que eu já não estava mais ao seu lado até ter passado umas dez lojas. Deu meia-volta, procurando por mim.

Respirei fundo e abri a porta. Aproximadamente dois bilhões de pessoas estavam no interior daquele shopping, todas gritando para poderem ser ouvidas em meio aos irritantes jingles das lojas. Fui abrindo caminho pela multidão até chegar a ele, que estava ao lado de um desses miniquiosques que vendem tudo quanto é quinquilharia para celular.

— Está cheio demais — comentei.    Que tal a gente voltar amanhã?

— Nós vamos viajar às seis da manhã — observou ele. — Não vou demorar.

Fui com ele até uma lojinha lotada, tão escura que ninguém conseguia ler as etiquetas dos preços. Finn pegou meia dúzia de camisas e fomos nos espremendo até os provadores. Ele entrou em um e fechou a porta. Liguei para papai, só para ver como estava, dizer que tinha me atrasado e que voltaria logo para casa. E também porque precisava ouvir o tom da sua voz.

Ele não atendeu.

Contei até sessenta e liguei de novo. Ninguém atendeu.

— Coube? — perguntei a Finn.

— A primeira, não.

Depois de cinco minutos de silêncio, bati de novo.

— E aí, serviu alguma?

— Não exatamente.

— Por que está demorando tanto?

— Qual é o problema?

*Por onde devo começar?*

— Não demora.

Alguém aumentou tanto a música da loja que o chão chegou a trepidar. Uma nova multidão tentava avançar em direção à área do provador, embora não houvesse espaço. De repente, tive a sensação de estar na frente do palco em um megafestival onde sessenta mil pessoas houvessem decidido transformar o local numa área de *moshing*. Engoli em seco e levantei os olhos, acima das mil cabeças, procurando um pouco de ar e tentando não entrar em pânico. Liguei para papai de novo. O telefone tocou, tocou...

Esmurrei a porta do provador.

— Por favor, Finn, é só uma camisa. Preciso ir para casa.

Ele pendurou um bolo de camisas brancas em cima da porta da cabine.

— Será que dava para guardar essas daqui?

Fiquei tensa quando dois caras de uns vinte e poucos anos passaram espremidos por mim e se posicionaram estrategicamente para pôr as mãos em partes do meu corpo que não tinham o direito de tocar. Mas acabaram deixando as mãos quietinhas, e foi melhor assim, porque eu já estava começando a sentir a neblina se fechar ao meu redor como uma nuvem de fumaça tóxica, enchendo meus pulmões de veneno.

— Miss Blue? — chamou Finn. —Você ainda está aí?

— Nenhuma delas coube?

— Pinicam.

— São de algodão. — O telefone lá em casa continuava tocando. — Para de bancar o bebê.

— Qual é o problema com você?

*Não atende. Não atende. Não atende.*

A música ficou ainda mais alta. Eu estava suando em bicas. E sem fôlego, também, porque faltava ar e sobrava gente.

*Não atende.*

Fui abrindo caminho aos empurrões até a frente da loja, ignorando as queixas e os palavrões que me dirigiam, até finalmente sair no corredor do shopping.

Finn me encontrou alguns minutos depois, apoiando as mãos na balaustrada.

— Cadê sua sacola? — perguntei.

— Tem outra loja perto da praça de alimentação.

Apertei os lábios. Hordas passavam por nós, gritando nos celulares feito corvos, carregando pequenas fortunas em imensas sacolas de compras, os rostos distorcidos nos reflexos dos enfeites prateados e dourados que pendiam do teto.

— Me leva pra casa — pedi.

— Eu preciso comprar uma camisa — disse ele devagar e bem alto, como se eu fosse surda.

— Volta e compra depois que me deixar em casa.

— Está tentando se livrar de mim? — Ele se inclinou para me beijar.

— Não quero... — Me afastei. — Não estou brincando. Detesto esse lugar, quero ir para casa.

— Aconteceu alguma coisa? É o seu pai?

— Ele não atende o telefone.

— Ele nunca atende o telefone. Me dá só quinze minutos.

*Não atende. Não atende.*

— Não. Temos que sair já, agora.

— Quanto drama...

Minhas pernas avançaram.

Saí andando aos esbarrões e empurrões, me enfiando em espaços minúsculos que a multidão abria, precisando *Sair! Sair! Sair!* dali o mais depressa possível. Não conseguia bloquear as imagens que voavam pela minha cabeça, granadas explodindo atrás dos meus olhos: um massacre na rua, corpos no chão de uma pizzaria, de um cinema, de uma feira agropecuária... Eu caminhava tão depressa quanto a multidão me permitia, os olhos procurando saídas, os cabelos na nuca arrepiados como se alguém, em algum lugar, fosse apertar o botão que detonaria a explosão, como se fosse me enquadrar em sua mira e puxar o gatilho.

*Recite o alfabeto. Conte em espanhol. Imagine uma montanha, o pico de uma montanha, o pico de uma montanha no verão. Continue respirando.*

Nenhum dos velhos macetes de papai funcionava mais.

Finn me alcançou pouco antes de eu passar pela porta. Segurou meu braço e me virou.

— O que está acontecendo?

O eu verdadeiro que se enroscava num canto escuro do inconsciente e uma versão escrota de mim que eu não conhecia vieram à tona, aos berros:

— Me deixa em paz!

— Por quê? Me diz, por favor.

— Me esquece — disparou a escrota, usando minha boca e fechando minhas mãos em punhos de granito. — Esquece tudo. Eu não te conheço, você não me conhece, e tudo isso é uma perda de tempo.

— Mas... — começou Finn.

A escrota queria brigar, queria gritar. Queria que alguém se metesse e lhe desse uma desculpa para chutar, socar, ferir. Viu os consumidores zumbis que tinham parado para assistir ao espetáculo e os encarou, desafiando-os a dizerem alguma coisa.

— Eu te levo pra casa — cedeu ele. — A gente conversa amanhã. Ou na segunda, quando você quiser.

Seu olhar foi direto ao eu verdadeiro, varando meu coração, mas a escrota tinha assumido o controle.

— Acabou — disse ela com a minha voz, parecendo mais forte do que eu me sentia, blefando até o fim do jogo. — Não quero ficar com você. Vou de ônibus pra casa.

¤ 289 ¤

—Você está terminando comigo?

— Olha, como ele é inteligente — zombou a escrota. —
Me deixa em paz.

## — * — 77 — * —

A escrota já tinha se acalmado quase totalmente quando acordei
na manhã do dia de Ação de Graças. Ainda podia senti-la esprei-
tando no fundo do inconsciente, me lembrando como o véu
que nos separava era fino. Liguei a tevê para assistir à Parada
e aumentei o volume. Os três primeiros balões gigantes mostravam personagens de desenho animado que eu nunca tinha
visto.

Eu não tinha ligado nem mandado mensagens para Finn.
E é claro que ele também não tinha me ligado nem mandado
mensagens. Eu não sabia se ele estava em casa, em Boston, na
estrada ou, de repente, na cama, dormindo.

*Voz da Escrota: Você está melhor sem esse cara, ele não te entende,
você não pode confiar nele.*

Bati à porta de papai.

— É Dia de Ação de Graças. Nós vamos jantar na casa da
Gracie, lembra?

— Às quatro da tarde — respondeu.

— Não beba — lembrei a ele. —Você prometeu.

Procurei a caixa de receitas da vovó, tirei um cartão onde
estava escrito *Torta de Maçã da Ethel Mason* e assisti a um monte
de vídeos para aprender a fazer uma torta. Tirei a manteiga da
geladeira para que amolecesse. Separei a farinha, o sal e a água
gelada, a tigela e os garfos. Descasquei as maçãs. Sentei no sofá e
fiquei vendo os Chapeleiros Marchantes da Hatboro-Horsham

se apresentarem na frente da arquibancada. Fiquei imaginando o que levaria uma escola a adotar o nome de Chapeleiros. Pesquisei na internet por que as fatias de maçã estavam ficando marrons. Comi a metade.

A Parada acabou. O jogo de futebol americano começou.

Comi o resto das fatias de maçã e tirei mais alguns cartões da caixa de receitas da vovó: *Torta de Lima da Pérsia da Anna Chatfield. Torta de Abóbora com Nozes da Esther. Torta Perfeita de Abóbora da Peg Holcomb. Torta Crocante de Maçã da Edith Janack. Torta de Carne Moída da Ethel Mason.* E uma surpresinha: *Torta de Limão da Rebecca.*

Mantive os dedos suspensos sobre as teclas do celular, doida para falar com Finn. Será que a camisa estava pinicando? Será que a família inteira estava sentada ao redor da mesa, todo mundo podre de chique? Será que havia algum jeito de explicar a ele por que eu fora tão agressiva?

Não. Eu mesma não me entendia. Só sabia que a vontade de afastá-lo de mim tinha sido mais forte que a de mantê-lo comigo.

Papai passou o dia inteiro no quarto, sem dar as caras nem para assistir ao jogo. Minha torta saiu queimada nas bordas e meio aguada no meio, mas achei que, para uma primeira tentativa, até que não tinha ficado tão má assim.

Gracie me mandou uma mensagem um pouco antes das quatro:

*mudança d planos, pode vir 6?*

Respondi:

*claro*

Uma hora e meia depois, ela escreveu:

*jantar de AG cancelado*
*+ tarde a gnt se fala*

Fui à sua casa levar a torta. As janelas do primeiro andar estavam cheias de perus de cartolina e chapéus pretos dos Peregrinos colados com durex. (Será que eles usavam mesmo chapéus assim? Se você estivesse à beira da inanição, será que se importaria mesmo com seu chapéu?) Janelas altas e estreitas ladeavam a porta da casa, cobertas por cortinas de renda que não permitiam ver o interior.

Toquei a campainha, mas ninguém atendeu.

Gracie ligou às dez da noite e me deu uma descrição quadro a quadro da briga entre os pais que provocara o cancelamento do jantar. Em vez de ficar histérica, ela passou a noite terminando de preencher os formulários de admissão para quatro universidades na Califórnia.

Pouco antes da meia-noite, escrevi a Finn para desejar um feliz Dia de Ação de Graças. Ele não respondeu.

## - * - 78 - * -

Eu me desprendi um pouco do tempo depois disso, flutuando à deriva como uma folha morta presa na correnteza de um rio semicongelado, batendo em pedras, girando em redemoinhos lentos, sem me preocupar com as cachoeiras adiante.

Voltou a nevar no primeiro dia de dezembro. O frio ativou o modo hibernação do meu cérebro, embotando a capacidade de pensar para manter os órgãos funcionando. O ruim disso era que também causava pequenos lapsos de memória. Eu já havia atravessado metade do estacionamento naquela tarde quando me lembrei de que fazia uma semana que Finn e eu não nos falávamos e eu não podia pegar uma carona para casa com ele. Não entraria no carro nem que me implorasse. Pelo menos, eu tinha certeza absoluta de que não entraria.

No ônibus, enfiei meus fones no ouvido, sintonizei uma banda dinamarquesa de death metal e aumentei o volume quase a ponto de explodir os tímpanos. Quando caminhei até a porta de casa, minha cabeça doía e eu estava quase surda. Foi bom, de uma maneira doentia.

Desliguei a música, girei a maçaneta, empurrei a porta e quase desloquei o ombro. A porta estava trancada. Fazia semanas que papai não a trancava, mas não pensei muito nisso, porque senti alguma coisa escorrendo dos ouvidos e fiquei com medo de que a música tivesse perfurado meus tímpanos e estivesse vazando líquido cefalorraquidiano do cérebro.

*Cai na real e para de fazer drama.*

Puxei o zíper do bolso frontal da mochila e peguei as chaves, mas não estavam lá. Esvaziei a mochila na varanda, quando então lembrei o último lugar em que as tinha visto: ao lado do computador. Eu saíra de casa com tanta pressa que me esquecera de pegá-las.

*Merda.*

Toquei a campainha e bati na porta. Nada. Se ele estava dormindo no quarto, eu teria que ir para a casa da Gracie ou dar uma volta no parque até ele sentir fome e acordar.

*Merda. Merda. Merda.*

Dei uma corrida até a rua. O cavalo mecânico ainda estava no jardim, o capô abaixado e as portas trancadas. Dei uma olhada na garagem pela janela suja. A picape estava estacionada lá dentro. Nenhuma ferramenta precisando ser guardada. Nenhum sinal de papai. A porta dos fundos da cozinha também estava fechada e trancada. Cheguei todas as janelas que pude alcançar. Não dava para saber quais estavam emperradas por causa da tinta e quais estavam trancadas, mas nenhuma abriu.

Foi quando senti cheiro de queimado. Vi uma fumaça saindo da churrasqueira, que não usávamos havia mais de um mês. Fui até lá, pensando que talvez ele tivesse acendido o fogo para fazer cachorros-quentes, ou algo assim.

Ele estava queimando o uniforme. Trapos do casaco e da calça jaziam à beira da churrasqueira. As botas meio derretidas fumegavam no meio.

Corri de volta até a janela da sala, fiz sombra aos olhos para protegê-los do brilho e tentei ver por entre as cortinas. A sala tinha sido toda revirada. O sofá, de cabeça para baixo, bloqueava o caminho para a sala de jantar. O enchimento das almofadas tinha voado para todos os cantos e parecia algodão-doce sujo. A poltrona tinha sido destruída. O cabo do machado se projetava do buraco enorme que tinha sido aberto no drywall. O cuco estava caído sobre uma pilha de lascas de madeira.

Meu pai se enroscava em posição fetal no chão. Sangue no rosto. Sangue manchando o carpete debaixo da cabeça. Spock deitado ao lado.

Uma garota gritou.

*NÃONÃONÃOPAPAINÃOPAPAINÃONÃONÃO-NÃONÃONÃÃÃÃÃO!!!*

Spock uivou.

A garota aos gritos bateu na vidraça com as palmas, deu socos na janela com os punhos, se abaixou para pegar a mochila. Spock correu até a janela e pôs as patas no parapeito, latindo. A garota atirou a mochila contra a vidraça, mas ela bateu e caiu. Ficou pensando. *Por que não consigo quebrá-la, como posso quebrá-la, pega um tronco, quebra a janela, estilhaça a vidraça, uma*

¤  294  ¤

*pedra, uma pedra grande, quebra a vidraça em um milhão de pedaços e vai até ele, engatinha sobre o vidro quebrado e vai...*

Seu corpo se moveu. Se desdobrou. Sentou, secou o rosto na gola da camiseta e se virou para olhar a garota aos uivos que esmurrava a vidraça do outro lado.

## – * – 79 – * –

— Ele está morto — disse papai.

Levei-o até uma cadeira da sala de jantar e fiz com que se sentasse. O sangue escorria do nariz e de um longo corte no queixo.

— Quem está morto? — perguntei. — Quem fez isso com você?

Ele não respondeu.

*Um assalto à nossa casa?* Olhei para trás. A tevê ainda estava na sala. Não era o que os ladrões sempre levavam? *Michael.* Seria capaz de apostar que ele devia dinheiro a algum traficante ou amigo trambiqueiro e por isso o cara tinha vindo à nossa casa atrás dele. Papai tinha estado no lugar errado na hora errada.

Mas ele havia queimado o uniforme e dito "morto". Será que tinha matado o cara? Será que havia um corpo em algum lugar?

— Paizinho, olha pra mim. O que está acontecendo?

Ele fechou os olhos, gemendo. Passei as mãos pelas cicatrizes na sua cabeça.

— Quer que eu chame a polícia?

— Não, não — disse ele, cansado. — Foi no exterior. — Pôs as mãos na cabeça e se balançou para frente e para trás, respirando com força, como se estivesse no meio de uma corrida.

A guerra. Mais um amigo morto.

—Você tem que me contar — falei com doçura. — Quem foi?

Papai engoliu um soluço.

— Roy.

Será que existe alguma coisa pior do que ver o seu pai chorar? Ele é que é o adulto, o homem feito, o todo-poderoso, principalmente se for um militar. Quando eu era criança, via papai malhar, escalar muros, levantar caras maiores do que ele, correr quilômetros no verão usando o uniforme completo e carregando munição extra. Meu pai era um super-herói que fazia do mundo um lugar seguro. Ele ia para o exterior com suas tropas e expulsava os caras maus das montanhas para que as crianças de lá pudessem ir à escola, à biblioteca e ao playground como eu fazia na América. A primeira vez que eu tinha visto meu pai chorar não fora tão ruim assim, porque ele ainda estava com pinos na perna e sentindo dor. Isso eu podia entender. Depois que tiraram os pinos, depois que Trish foi embora, eu acordava de madrugada ouvindo papai aos prantos, fungando feito uma criança, como eu, as lágrimas escorrendo e se misturando à coriza. Ele tentava não fazer barulho, mas às vezes a tristeza tomava conta da sua alma, tão violenta como uma tempestade. E eu ficava morta de medo, como se andasse de montanha-russa e sentisse o cinto arrebentar no momento em que o looping ia me deixar de cabeça para baixo.

Fiquei dando tapinhas nas suas costas, esperando que a tempestade passasse.

Mais uma hora e várias doses de uísque se passaram antes que ele dissesse mais alguma coisa. O destacamento de Roy fora pego numa emboscada. RPG, granada disparada por foguete, contou papai. Todos que não morreram ficaram feridos.

— Eles nunca vão poder reclamar — disse ele. — Como você tem coragem de reclamar, se está vivo? Você pode perder os braços, os olhos, uma perna ou um pé; nada disso importa quando você pensa nos irmãos que estão debaixo da terra.

Estava bebendo de um copo plástico.

— Apodrecendo debaixo da terra — murmurou.

Suas lágrimas formavam pequenos filetes que escorriam sobre o sangue seco nas faces. A barba por fazer estava cheia de pelos grisalhos e brancos. A pele do contorno do rosto estava um pouco flácida, fazendo com que ele parecesse ter envelhecido dez anos desde o café da manhã. As mãos estavam feridas, os nós dos dedos sangrando, provavelmente dos murros com que esburacara o drywall.

As cortinas da sala de jantar tinham sido arrancadas, e o sol inundava o aposento, refletindo-se nos cacos de vidro faiscantes no carpete. Ele quebrara todos os nossos copos, e também todos os pratos e tigelas, atirados contra as paredes. A gaveta dos talheres estava em pedaços e uma das portas da despensa fora arrancada das dobradiças.

Um monstro tinha vandalizado nossa casa.

Peguei Spock no colo e fui cambaleando até a porta. Era um milagre que ele não tivesse cortado as patas. No instante em que foi posto no chão, começou a correr de um lado para o outro do quintal, da casa até o milharal e de volta, ignorando meus chamados, apenas correndo até ficar exausto e despencar ao lado da churrasqueira, onde pude prendê-lo na corrente.

Papai serviu mais uma dose. Fui pegar a vassoura para começar a limpar a casa. Varri os cacos maiores de vidro, louça e drywall, e enfiei o enchimento das almofadas do sofá em sacos de lixo. Joguei o que tinha sobrado da cadeira de balanço na traseira da picape, pois teria que ir para o lixão. Fiquei limpando a casa por mais de uma hora, e ele continuou sentado na cadeira.

— Um banho te faria bem — sugeri finalmente.

E fiquei torcendo para que ele não começasse a dizer que Roy nunca mais iria tomar um banho, que Roy nunca mais iria beber uísque, nem amar uma mulher, nem jantar na casa da mãe no Dia de Ação de Graças.

— Nada me faria bem. — Seus olhos vermelhos não piscavam.

Hesitei, com medo de provocá-lo.

— E que tal comer alguma coisa? Uns ovos?

Ele fez que não.

— Panquecas? — tentei. — Hambúrgueres?

— Não estou com fome.

— Você tem que comer alguma coisa, pai Que tal uma torrada? Posso preparar um café também, se quiser.

— Só quero ficar quieto, está bem? — Ele se levantou e fez um carinho no meu rosto. — Mas obrigado.

Pegou a garrafa e foi para a sala. A tevê era a única coisa que ele não tinha destruído. Pegou o controle remoto, ligou-a e ficou zapeando os canais até encontrar um repórter falando sobre um furacão tardio se formando no Golfo do México. Sentado no sofá sem almofadas, serviu mais uma dose e se recostou.

— ∗ — **80** — ∗ —

Passei a manhã seguinte recolhendo cacos de vidro e pratos quebrados no carpete. Milhares de lasquinhas finas como alfinetes, com as duas pontas afiadas, me espetavam os dedos. Como luvas tornariam o trabalho mais difícil, acabei usando um pente, varrendo centímetro por centímetro das salas de estar e de jantar.

Deixei o chão da cozinha por último, porque, como não era espaçosa, seria mais fácil; só precisaria passar umas toalhas de papel umedecidas nos ladrilhos, com os joelhos protegidos por um pedaço de papelão.

Na hora do almoço, o chão dos três cômodos já estava seguro, e pude deixar Spock sair da coleira.

Papai ainda dormia.

Na escola, estavam dando Homero, tangentes, sistemas tonais, Dred Scott e papilas digitais. Finn devia estar paquerando, estudando, terminando de preencher os formulários e salvando o mundo ao mesmo tempo. Não parava de ouvi-lo dizer "Você cuida muito mais do seu pai do que ele de você", uma vez atrás da outra.

Quando ligaram a mando da Benedetti, avisei que tanto eu como meu pai estávamos gripados de novo.

Quando o sol se pôs, papai acordou, fumou um cigarro atrás do outro e devorou dois sanduíches de mortadela. Depois de comer, saiu para falar no celular. Eu queria que ele começasse a beber de novo, para apagar. Não havia necessidade de ficar com medo de ele se machucar quando estava inconsciente.

Abriu outra garrafa quando entrou, me fazendo sentar no sofá e ouvir coisas que eu já tinha ouvido um milhão de vezes: emboscadas, coquetéis Molotov estraçalhando veículos e corpos, homens-bomba vivendo em cidades fantasmas. O soldado que levara um tiro no pescoço. O cara que tirara o capacete para secar o suor da cabeça, e o sniper que lhe explodiria a cabeça numa bruma vermelha que ficara suspensa no ar por um momento antes de cair na terra e encharcar o chão.

A coisa debaixo da sua pele tomou conta dos seus olhos e fez com que parecessem mortos. A coisa se enfurecia, andava de um lado para o outro, perdia a paciência com Spock, gritava comigo.

Eu tentei ir dormir por volta das duas, mas isso fez com que ele explodisse de novo. Fiquei acordada. Ouvindo. Jegues carregados de armas. Corpos inchados. O cheiro dos mortos. Moscas.

Por volta das quatro e quinze, ele vomitou o carpete todo e finalmente adormeceu. Virei-o de lado, pus um balde perto da sua cabeça e atirei uma toalha em cima do vômito para que Spock não o lambesse. Tomei um longo banho para lavar as lágrimas e o fedor de azedo e uísque.

## – * – 81 – * –

O som de submetralhadoras no fogo automático me arrancou do sono, ofegante. Tentei me concentrar e fiz um esforço para atravessar a fronteira que separa o sono da vigília. As armas soaram de novo, uma violenta rajada de artilharia, e depois dois homens riram. Era um game. Só mais um game de tiros.

Comecei a puxar as cobertas sobre a cabeça, mas parei.

Homens. Rindo. Homens, no sentido de "mais de um", no sentido de que meu pai tinha companhia, e "rindo", no sentido de que não havia possibilidade de ele estar fazendo isso, portanto, quem estava na minha sala?

Empurrei as cobertas e me vesti às pressas.

O sol que entrava pela fina fresta entre as cortinas dividia a sala em zonas de profunda escuridão e fragmentos de luz. Dois homens, Michael e outro que eu nunca tinha visto, sentavam-se em cadeiras da cozinha diante da tevê, joysticks nas mãos. Papai estava empertigado no sofá, fumando maconha num bong. Seus olhos franzidos estavam inchados. A fumaça que saía da sua boca era da cor da pele, como se ele fosse um velho dragão infeliz desintegrando-se lentamente em cinzas.

— Por que eles estão aqui? — perguntei.

— Ele que convidou. — Michael se virou. — Pediu pra gente vir aqui levantar o astral dele.

— Eu não estou falando com você.

— Ele disse a verdade — respondeu papai, devagar. — Eu liguei pra ele. Por que não está na escola?

— Manda eles embora — exigi.

Ele colocou o bong em cima de uma pilha de livros.

— Eles acabaram de chegar.

— E daí?

Papai deu um meio sorriso.

— Fiz você ficar acordada ontem à noite, não foi? Desculpe por isso, princesa. Por que não prepara um bom café da manhã pra gente?

A maconha tinha mandado o louco de volta para baixo da pele, mas era uma situação temporária, na melhor das hipóteses.

— Não quero esses caras aqui.

— Respeite os mais velhos — intrometeu-se Michael.

— Uns ovos cairiam bem — disse papai. — Uma omelete com bastante queijo.

— Mexidos — acrescentou Michael. — E você, Ganso? — perguntou para o cara ao lado.

O tal do Ganso deu uma pausa no jogo e se virou. Tinha o rosto coberto de cascas de ferida, típico dos viciados em metanfetamina, um rosto encovado e atormentado.

— Não tô com fome.

Eu não conseguia me mover. Não sabia o que dizer. A sala parecia saída de um documentário: buracos na parede, mobília quebrada, fumaça se desprendendo das sombras para a luz, a tela pausada prendendo a atenção de todos, menos a minha. Ou talvez um seriado de horror sobrenatural da tevê a cabo

— os babacas na frente da tela prestes a se metamorfosear em demônios, a fumaça entrando e saindo do meu pai como um espírito enviado com o objetivo de conquistá-lo para o lado escuro.

— Por quê, pai? — perguntei.

Ele pegou o bong.

— Eu gosto da companhia deles.

Michael riu baixinho, os dedos manobrando o soldado na tela por um cenário de massacre.

— Ouviu isso, Ganso? Ele gosta da gente.

Foi quando eu me dei conta de que queria matar o Michael. Eu sabia que não poderia fazer isso, sabia que não iria fazer isso. Se pulasse em cima do cara, ele me achataria como uma mosca. Papai sairia do seu estupor para me defender e as coisas ficariam sérias e sangrentas. Eu poderia pegar uma das pistolas do papai, pistola não, uma escopeta, e ameaçar os dois. Não que fosse atirar neles — nem a pau que eu seria presa por causa daqueles dois imbecis —, mas disso eles não sabiam. Daria um susto neles disparando acima das suas cabeças. Já que íamos mesmo ter que pôr drywall novo na parede...

Tão depressa quanto essa cena — eu, escopeta, teto, *bum* — se desenrolou na minha cabeça, tudo que poderia dar errado me ocorreu. Papai pegaria a escopeta, ou Michael pegaria a escopeta, ou o Ganso sacaria um revólver, e as coisas ficariam assustadoras e sérias e muito sangrentas.

— Ainda tem bacon em casa? — perguntou papai.

Atravessei a sala e desliguei a tevê da tomada.

—Vou chamar a polícia.

— Não vai, não — disse Michael.

Tirei o celular do bolso.

— Quer ver só?

Ganso se levantou.

¤ 302 ¤

— Que isso!

— Andy — disse Michael —, manda tua filha guardar o celular.

— Por favor, Hayley — pediu papai.

Desbloqueei o celular.

— Eles vão prender teu pai — tentou Michael. — É isso que você quer?

Abri a porta da sala e saí no sol cegante, gelado. Liguei a câmera e recuei vários metros na entrada para poder enquadrar as placas das motos dos dois.

— O que você tá fazendo? — gritou Michael, da porta.

Subi no cavalo mecânico, me tranquei dentro, liguei para a Emergência e expliquei que meu pai estava passando mal, dois homens estavam na minha casa e não queriam ir embora. Assim que a atendente anotou a informação, Michael e Ganso pularam nas motos e se mandaram em alta velocidade.

*Yessss! Venci!*

Coloquei o celular no painel e dei um toca aqui em mim mesma. Suspirei e peguei o celular.

— Eles foram embora — disse à atendente. — Os caras de quem eu falei com a senhora. Não precisamos mais da polícia.

— Um agente tem que atender ao seu chamado, querida — explicou ela. — Só para ver se você está em segurança.

— Não, sinceramente, não precisa mandar ninguém — insisti, minha voz ficando tensa. — Minha ligação para vocês bastou para assustar os dois. Estou em total segurança. E meu pai também.

— Ele vai precisar de uma ambulância?

— O quê? Não. É só... uma gripe. Ele precisa de uma canja de galinha, não da polícia.

— Temos dois agentes que também estão gripados. Estamos com pouco pessoal, mas garanto a você que um policial estará na sua casa em uma hora no máximo. Quer continuar na linha?

Desliguei.

*Eles vão encontrar a maconha dele.* O que mais? Será que todas as armas são registradas? E se trouxerem um cão farejador? Será que descobrirão estoques escondidos que eu nem sabia que existiam? E se papai vir os uniformes e entrar em parafuso? E se o prenderem por agressão e posse de drogas ou, pior ainda, por pensarem que ele é traficante? E se o levarem? Para onde vão me mandar?

Senti uma náusea violenta. Tossi, engoli um bocado de bile e fiz a única coisa que tinha jurado que nunca faria.

Liguei para Trish.

## – * – 82 – * –

Quando ela finalmente chegou, eu já tinha aberto todas as janelas da casa, borrifado aromatizador e metido papai debaixo do chuveiro. Tinha jogado o bong o mais longe possível no milharal e as anfetaminas na privada. Tinha limpado o vômito, agora endurecido, jogado talco nos restos da sujeira e tentado limpar tudo com o aspirador de pó.

Papai saiu do chuveiro e estava gritando comigo para fechar as porras das janelas quando Trish entrou. Expliquei o que havia acontecido em poucas palavras, enquanto ela tomava o pulso dele. Tinha vestido uma calça de moletom larga e um suéter velhíssimo. Mais parecia um sem-teto do que um herói de guerra ou meu pai. Ela me disse para fechar as janelas enquanto o deitava na cama. Terminei um segundo antes de a viatura da polícia parar diante da nossa porta, luzes acesas, sirene desligada.

— Eles podem prender papai mesmo não encontrando nada? — perguntei.

— Depende — respondeu Trish. — Sua história deve ser bem simples: você acordou, seu pai estava inconsciente e você não conhecia os caras que estavam na sala. Você nunca viu nenhum deles antes.

— Mas o Michael...

— Nada de nomes. Eles não queriam ir embora. Você ficou com medo. OK?

Um policial bateu à porta.

— Pode chorar à vontade — acrescentou ela.

Trish assumiu a situação, explicando quem era e por que estava lá, e então levou um dos policiais, o magrinho, para ver o papai. O outro tinha o corpo de um peso-pesado, ombros enormes, o pescoço mais largo que a cabeça, mãos do tamanho de luvas de beisebol. Estava alerta, atento aos perigos a cada passo que dava, como papai fazia, mas quando terminou de verificar a casa inteira e sentou comigo na sala, já tinha relaxado um pouco.

Respondi às suas perguntas. Papai estava gripado. Eu tinha ficado em casa para cuidar dele. Não, ele não tinha ido ao médico. Não, eu não conhecia os caras. Não, não saberia descrever nenhum deles, estava muito assustada.

Ele anotou minhas respostas num caderno de espiral e então fez exatamente as mesmas perguntas de novo. Dei exatamente as mesmas respostas. Ele tornou a anotá-las, olhou para mim e sorriu, as rugas ao redor dos olhos se franzindo. Tinha olhos castanho-claros como uma pinha seca. Deu uma olhada na parede atrás de mim.

— Quem deu um soco na parede? — perguntou.

— Isso já estava assim quando nos mudamos — respondi.

— Invasores.

Ele não anotou isso.

— Fique aí — pediu.

Atravessou o corredor, suas chaves, algemas e mil correntes tilintando, um som muito parecido com o que eu sempre tinha imaginado que o trenó do Papai Noel fazia. No fim do corredor, ele e o parceiro trocaram murmúrios. Tinha começado a fazer calor e o ar estava cheirando à colônia satânica do Michael. E se isso continuasse acontecendo, se papai não estivesse numa montanha-russa e sim num escorrega infinito, descendo cada vez mais, rumo à escuridão? O que Michael faria da próxima vez?

— Com licença, senhor? — chamei. — Eu fotografei as placas das motocicletas dos dois. Será que isso ajudaria?

## – * – **83** – * –

No fim, eles analisaram todas as licenças das armas do papai e, para minha surpresa, eram todas legais. O cara até o elogiou por guardá-las direito. Eles olharam todas as fotos e enviaram para seus celulares a que melhor mostrava as placas das motos. Olhos Castanhos jogou os números no computador e encontrou alguma coisa, sobre a qual falou com o parceiro.

Por fim, eles chamaram uma ambulância, porque papai estava muito desidratado. Colocaram ele no soro, prenderam-no à maca e o puseram na ambulância. Papai pediu a Trish que seguisse a ambulância no carro dela, mas fez com que ela prometesse não me levar.

Fiquei sozinha em uma casa com buracos nas paredes e um carpete manchado de sangue. Estrangulada no meio daquelas palavras empilhadas do chão ao teto, carbonizadas e enegrecidas, deixadas no fogo por tempo demais. Eram tantas palavras que eu mal podia respirar.

Fiz uma xícara de chá, mas, quando fui despejar o leite, ele saiu em bolotas azedas. Estávamos sem pão e sem banana. Depois de comer uma colherada de manteiga de amendoim, peguei o pote, misturei o resto com geleia e comi até o estômago doer. Depois fiquei andando de um extremo ao outro da casa, indo e vindo, Spock me seguindo rente nos calcanhares. Era como se a casa ficasse menor a cada passo, ou talvez eu é que estivesse crescendo, Hayley no País das Maravilhas, talvez fosse ficar com seis metros de altura e minha cabeça furasse o teto e os braços se estendessem pelas janelas.

Spock ficou cansado de me seguir e se deitou no carpete, no mesmo lugar onde papai tinha caído no dia em que soubera da morte do Roy. Deitei ao seu lado e deixei que ficasse lambendo meu rosto até pegar no sono. O carpete pinicava, por isso fui me deitar na cama, atrás de conforto.

Ele estava vivo. Por séculos eu temera que esse dia chegasse, mas ele estava vivo. Num hospital, sendo atendido. Isso era bom, não? Era tudo que importava.

Mas...

*E agora?*

Fechei os olhos, fingindo que estava a seis mil metros de altura, alto o bastante para poder ver de onde a gente vem e para onde vai. As fronteiras não eram pintadas com tinta, mas eu me sentia como se tivesse atravessado uma. Esse era um novo lugar, sem sinais ou marcos. Numa terra com um milhão de perguntas, eu só tinha uma resposta.

No fim, roubei a picape do papai.

# — \* — 84 — \* —

Quando finalmente cheguei à escola, encontrei a única porta que ainda estava destrancada e fui para a piscina. O treino dos garotos já estava acabando. Todos os nadadores puseram as mãos na borda e saltaram da água feito focas. Finn também estava de sunga, mas seco, andando em volta da piscina e recolhendo pranchas, enquanto a equipe formava uma fila para o vestiário, trocando piadas e se empurrando, até o técnico dar uma apitada estridente.

— Posso ajudar? — perguntou o técnico.

— Hum... — comecei. — Eu estou esperando por ele. O salva-vidas.

— Ramos! — berrou o sujeito, antes de entrar com os outros no vestiário.

Finn levantou a cabeça e finalmente me viu. Fiquei com vontade de correr ao seu encontro, mas tive medo de escorregar no cimento molhado e cair de cara no chão. Ele pôs a pilha de pranchas ao lado da porta do escritório, tirou os óculos, colocou-os em cima da pilha e se aproximou de mim.

—Você sempre infringe as regras? — perguntou, franzindo um pouco os olhos.

— O quê?

Ele apontou para o cartaz que dizia PROIBIDO USAR SAPATOS NA ÁREA DA PISCINA.

— Ah, desculpe. — Descalcei o pé esquerdo, tirei a meia e a enfiei dentro do tênis. Tentei me equilibrar em cima do pé esquerdo para tirar o tênis direito, mas escorreguei e teria me esborrachado em grande estilo se ele não tivesse segurado meu braço.

— Obrigada. — Continuei com os olhos baixos enquanto terminava de tirar o tênis e a meia.

Eu tinha ido para a escola com as janelas da picape abertas, embora a temperatura tivesse despencado. O vento frio me anestesiou para os pesadelos que me atormentavam toda vez que eu revia a imagem do papai no fundo da ambulância. Mas ali, na mesma hora comecei a suar.

Puxei o zíper da jaqueta.

— Eles sempre mantêm esse lugar quente assim?

— Só quando o diretor se distrai — respondeu ele.

A equipe estava no maior falatório no vestiário. Os chuveiros também estavam abertos. O alto-falante chiou de estática e um anúncio foi feito, mas não entendi o que a voz disse.

— Precisa de uma carona, ou de alguma outra coisa? — perguntou Finn. — Espera aí, você chegou a vir à aula hoje? Eu não te vi.

— Estou com a picape do papai.

— Hayley, você ainda não tirou carteira de motorista.

— Oops.

Finn pareceu prestes a fazer algum comentário arrogante, mas em vez disso se virou de lado e mergulhou na água. Nadou submerso até o fim da piscina, deu uma virada — ainda debaixo d'água — e voltou à superfície, os braços se movendo como rodas de moinho enquanto ele nadava borboleta, de costas para mim, levantando uma onda que transbordou sobre a borda da piscina e ensopou a barra do meu jeans.

— O que você está fazendo? — perguntei.

Ele afundou na água por um momento, arqueando a cabeça para trás ao voltar à tona, o cabelo colado ao couro cabeludo.

— O que você está fazendo? — devolveu a pergunta.

O discurso que eu havia memorizado na picape se dissolveu em meio à bruma com cheiro de cloro.

— Hum... como vão indo as coisas? — perguntei. — Quer dizer, como vão a sua irmã e a sua mãe? E tudo mais?

—Você não respondeu à minha pergunta — observou ele.

—Você notou, é?

As vozes no vestiário ficaram mais baixas. Portas de armários de metal sendo batidas.

— Chelsea não apareceu para o jantar de Ação de Graças. Mamãe passou o dia inteiro chorando. Papai foi dar uma volta de carro que durou sete horas. E você?

— Nós não fizemos nada no Dia de Ação de Graças. — *Será que ele podia ouvir o meu coração martelando?*

O vestiário tinha ficado tão silencioso que os únicos sons eram o zumbido das luzes no teto e a água batendo nos ladrilhos da piscina. Finn pegou um punhado de água e jogou nos meus pés.

— Está quentinha — falei.

—Vai ter uma aula de hidroginástica daqui a uma hora, e a mulherada fica uma fera quando a água está abaixo de vinte e cinco graus. Já teve que suportar um bando de idosas assustadoras com toucas de banho gritando com você? Aterrorizante.

— Ele jogou mais água nos meus pés. — Enfim... Por que está aqui, Miss Blue?

Respirei fundo.

— Lembra aquele dia na pedreira? Quando você chegou perto da borda? Eu não cheguei a cumprir o que prometi. E... — estiquei o dedão e desenhei um círculo na poça ao redor dos meus pés — ... eu não sei quanto tempo mais nós vamos ficar aqui. Tudo está mudando e... enfim, pensei em te dizer isso. Eu sempre cumpro o que prometo. E a droga do seu celular está desligado, ou você me bloqueou, ou sei lá o quê, por isso decidi vir aqui te dizer isso pessoalmente.

— Que você vai deixar eu te ensinar a... — Ele pareceu quase surpreso.

—Vou.

A água batia na beira da piscina.

— Qual é o tamanho do seu sutiã?

— Como é...?

Ele olhou para os meus peitos.

— Seria 42? Ou 40? Acho que não fabricam sutiãs 41, fabricam? Por que será?

Em vez de esperar uma resposta, ele tomou impulso e saiu da piscina (a água quente escorrendo pelo peito, pela barriga, ah, meu bom Deus, aquela barriga...) e foi para o escritório. Fiquei pensando na nossa conversa, tentando entender como tinha se desviado tanto do seu curso, mas antes que pudesse chegar a uma conclusão, ele saiu segurando um maiô feminino em cada mão.

— Não deixe para amanhã o que pode fazer hoje — disse.

## - * - 85 - * -

Eu não sou mesmo 42. E nem 40, mas decidi que era melhor vestir um maiô apertado do que um que ficasse saindo do lugar, por isso vesti o 40, puxando a parte de trás até meu traseiro ficar mais ou menos coberto. Desde que eu não ficasse com a coluna muito reta, não tinha problema.

Finn estava ao lado da escada na parte rasa da piscina.

— Fecha os olhos — ordenei.

— Para você poder fugir?

— Só fecha os olhos. — Desci a escada depressa. A água não estava tão quente quanto eu tinha pensado que estaria. Dei um pulinho, braços cruzados. — Tudo bem, já entrei. Posso sair agora?

Ele riu baixinho.

— Não, sua boba. Você vai aprender a nadar. Mas, para começar, vai aprender a boiar de costas.

— Eu não boio, eu afundo.

— Tudo bem. — Ele ficou atrás de mim. — Vou pôr as mãos nas suas escápulas. Inclina o corpo para trás. Prometo que não te deixo afundar.

E pôs as mãos nas minhas costas. Hesitei (*O que estou fazendo aqui?*), e então deixei o corpo cair na sua direção. Ele deu um passo atrás e me puxou depressa, muito mais rápido do que eu estava pronta. Meus pés voaram para cima e eu tive a sensação de que a cabeça ia afundar na água. Dobrei o corpo em dois, tentando me levantar e pôr os pés no chão. Segurei a borda da piscina com todas as minhas forças, tossindo tanto que achei que os pulmões iam sair voando pela boca.

— Eu te disse. — Tossi mais um pouco e puxei o maiô, que tinha entrado totalmente no traseiro. — Eu sou uma tragédia.

— Você não é uma tragédia, só está com medo. Há uma grande diferença. Não se mexa.

Ele saiu da piscina num pulo, tirou uma prancha da pilha ao lado da porta do escritório e ligou o rádio. Um sax tocando uma música light encheu o ambiente. Ele apertou dois interruptores e quase todas as lâmpadas se apagaram. Um piano tocava mais baixo do que o sax, com uma batida suave ao fundo, mas, por mais agradável que fosse, não mudava o fato de que eu estava numa piscina e não me sentia nada bem.

— Meia hora — disse ele. — Não preciso de mais do que isso.

— Pois vai ter só cinco minutos, se estiver com sorte — murmurei.

Finn mergulhou sem espalhar água e varou a superfície bem na minha frente.

— Eu ouvi o que você disse.

Ele ajeitou a prancha por baixo das minhas costas e, segurando meus ombros, começou a me puxar pela água, dessa vez mais devagar.

— Qual é a profundidade da outra parte? — perguntei, tentando desesperadamente não pensar no fato de que meus pés não tocavam em nada.

— Três metros — respondeu ele.

— Não quero ir para lá.

— Bate os pés um pouco. Basta agitá-los, e eles não vão te puxar para baixo.

Ele tinha razão, embora eu não admitisse isso. Não podia, porque toda a minha energia se concentrava em manter o rosto acima da água e respirar. Finn continuou falando, falando, falando, e meus pés batendo, até os braços relaxarem e eu deixar que se afastassem um pouco do corpo e boiassem, em vez de mantê-los rígidos, rentes ao corpo.

Finn pôs a mão na minha nuca e, com gentileza, levantou minha cabeça um pouco, para que eu pudesse ouvi-lo.

—Você está indo muito bem. Agora, fecha os olhos.

— Por quê? — perguntei, logo ficando desconfiada.

— Fecha os olhos e imagina alguma coisa, de repente as estrelas que a gente viu na noite do jogo. Ou a banda que estava tocando. Sei lá, o que te der prazer.

Fechei os olhos e imaginei Finn nadando bem atrás de mim.

—As estrelas vão dar conta do recado.

Ele bateu as pernas, e lá fomos nós de novo.

—Você está confortável agora, não está?

— Estou com menos medo de morrer de uma hora para outra, se é isso que você quer dizer com "confortável".

— Quem você acha que orienta os treinos de natação dos SEALs da Marinha? Sou eu — disse ele, modesto. — E também passei um mês ensinando os pinguins da Antártida a nadar. — Deu outra braçada, e saímos voando pela água. — Você está indo muito bem, mas estaria ainda melhor se relaxasse um pouco.

— Não estou gritando — observei. — Me dá um crédito.

—Você precisa de uma distração. — Duas braçadas fortes. — Me conta por que não veio à aula.

O jorro saiu antes que eu pudesse me conter, tudo que tinha acontecido desde a crise no shopping até a morte do Roy e a vista da ambulância se afastando. O desabafo fez com que a sensação de ser arrastada pela piscina parecesse um pouco menos aterrorizante. Contei a ele até sobre os buracos na parede da sala, sobre o pente que passara no carpete para tirar o vidro. Ele ouviu tudo sem dizer uma palavra.

Demos uma pausa para que Finn pudesse ajustar a prancha, afastando-a do meu traseiro. Depois disso, tive que bater as pernas com mais força e elevar os quadris, a fim de me manter na superfície. Não ia dar o braço a torcer, mas ele tinha razão: ficar de olhos fechados tornava mais fácil me concentrar na sensação de estar flutuando, e não na de estar me afogando.

Ele parou de novo.

—Vou tirar a prancha agora, mas vou continuar segurando a sua cabeça. — A prancha começou a se afastar. — Mexe os braços.

— Como?

— Finge que é um passarinho. Bate as asas.

Bati com os braços na água, levantando ondas gigantescas.

— Que isso! — Ele me empurrou de pé, secando a água do rosto.

— Bati as asas errado? — perguntei, inocente.

— Brilhante dedução. Pronta para tentar de novo?

Estava, para minha surpresa. Bati as pernas, agitei os braços debaixo d'água e mantive a cabeça acima da superfície.

Ele aproximou os lábios do meu ouvido.

— Fecha os olhos de novo.

Fiz o que me pediu e me movi pela piscina como se fosse um veleiro e ele o vento.

— Confia na água — disse ele. — Olhos fechados, bate as pernas e os braços.

Sem seu apoio, minha cabeça afundou um pouco, o bastante para suas palavras se dissolverem no som da água, e o sax soar como uma baleia distante. Podia sentir o coração batendo, e talvez o dele também. Relaxei e encontrei o ponto de equilíbrio entre a água que me sustentava e o corpo que se mantinha acima dela. Finn segurou minha mão esquerda e a puxou um pouco, até tocar na borda da piscina.

— Abre os olhos.

Segurei a borda e parei de bater as pernas, para que meus pés pudessem descer até o chão da piscina. Só que não havia chão. Meus olhos se abriram de estalo e eu olhei para baixo.

—Você me trouxe para a parte funda!

— Foi você quem se trouxe — disse ele, nadando para perto de mim. — E foi muito bem.

— Eu fui bem?

Ele sorriu e balançou a cabeça, parecendo um daqueles bonecos com pescoço de mola que ficam nos painéis dos carros.

— Que foi?

Ele trincou os dentes e respirou fundo.

— Estou louco para te dar um beijo. Mas você terminou comigo.

— Talvez o namoro estivesse só meio terminado — falei.

— Meio terminado ainda é terminado — observou ele.

— Mas consertável — argumentei. — Certo?

Ele afastou os cabelos da minha testa.

— E como é que a gente conserta isso?

— Me perdoe — pedi. — Isso ajuda?

Ele fez que sim com a cabeça.

— Também peço perdão.

— Não vamos bancar os dramáticos como a Gracie e o Topher, vamos? DR não faz meu gênero.

— Nem o meu. — Seus dedos do pé tocaram os meus debaixo d'água. — Se eu prometer sempre atender o celular, você promete me ligar?

— Prometo. — Me deixei afundar um pouco, e então bati as pernas com força. — Se eu prometer ouvir, você promete me contar quando as coisas não estiverem indo bem, sem ficar fazendo piadas, nem se fechar feito uma ostra?

— Sem fazer piadas?

— Tá, só uma ou outra.

— Combinado.

— Só não posso apertar sua mão para selar o acordo — falei.

Quinze minutos depois, três senhorinhas usando toucas de borracha decoradas com flores de plástico saíram do vestiário e ficaram escandalizadas ao nos ver consertando o que estava um pouco quebrado com um beijo histórico na água funda e quente.

Gostei de pensar que minha avó teria entendido.

# − \* − 86 − \* −

Trish trouxe papai para casa por volta das onze da noite. Ele foi direto para a cama, sem dizer uma palavra. Ela perguntou se poderia entrar um pouco, para tomar um chá. Preparei duas xícaras e sentei com ela à mesa. (Não tinha escolha. Era o único jeito de descobrir o que havia acontecido.)

A ambulância o levara para o hospital do VA, em Albany. Ele tivera que tomar duas unidades de soro fisiológico para controlar a desidratação. O exame de sangue revelou que ele estava com o colesterol alto, o TGO também apresentou valores altos — fígado — e uma taxa alta de leucócitos, o que indicava que havia alguma infecção, além da sua pressão arterial estar nas estrelas.

Trish preencheu os formulários para ele e esperou, preencheu outros formulários e esperou mais, até que finalmente a enfermeira chegou com os papéis da alta assinados e um bilhete informando que ele tinha uma consulta médica marcada para dentro de três meses. A enfermeira estava toda animada, porque o hospital havia reduzido a fila de espera à metade e agora só demorava três meses. Mas, como explicou: "Se ele tiver uma crise, ligue para o consultório do médico imediatamente e eles vão dar um jeito de encaixá-lo."

"Ele não tem médico", informou Trish. "Não tem ninguém para quem ligar numa emergência. É por isso que estamos aqui."

A enfermeira repetiu sua decoreba sobre a espera de três meses. Trish me contou que levou a enfermeira até um canto sossegado, para que as duas pudessem ter uma conversinha sem que ninguém ouvisse, e depois disso ela arranjou uma vaga para papai numa espécie de lista de prioridades. A consulta dele estava marcada para a segunda segunda-feira de janeiro.

— Andy quer que eu volte a morar aqui — contou Trish. — Eu recusei. Uma colega no meu trabalho vai me alugar um quarto na casa dela. Desse jeito posso ficar por perto, mas não tanto a ponto de irritá-lo. Acho que isso seria melhor, e você?

Pus as mãos em concha sobre o vapor que se erguia da caneca.

— Também acho.

— Está zangada por ele ter preferido que você ficasse em casa? Eu deveria ter te levado comigo?

— Não. Provavelmente foi melhor para ele contar com você para ajudar com os médicos, essas coisas. — Soprei no chá, provocando ondulações na superfície. — Mesmo porque eu não fiquei aqui.

Expliquei sobre a "dívida" com Finn, relembrando a ocasião em que quase tinha me afogado, e dei alguns detalhes chatos sobre a primeira aula de natação. Esperei um sermão por ir à escola na picape sem ter permissão nem carteira de motorista, mas ela me surpreendeu.

— Você não caiu na piscina naquela festa — disse.

— Caí, sim.

— Era Quatro de Julho, e estávamos na casa dos Bigelow. Os médicos tinham dado alta cedo demais para o Andy, mas ainda não sabíamos disso. Ele nunca devia ter entrado numa piscina sozinho. — Ela balançou a cabeça. — Estávamos vendo Jimmy dançar com a namorada, eles eram tão bons que podiam ser profissionais. A música estava muito alta e a turma, na maior animação.

— Ele estava bêbado? Eu caí porque ele não estava prestando atenção em mim?

Ela pôs a caneca na mesa.

— Ele não tinha bebido nada. Acho que estava se exibindo para você. Deve ter tido um pequeno derrame ou uma convulsão na parte funda da piscina. Você foi a única que viu o que aconteceu. Você não caiu, Lili. Você pulou na água para salvar seu pai, mas não sabia nadar. Devia ter o quê, uns sete anos? O cachorro dos Bigelow ficou doido, alguém foi ver por que ele estava latindo tanto e... ai, meu Deus. — Seus olhos ficaram úmidos, e ela os fixou na janela escura. — Uns dez caras devem ter pulado na piscina ao mesmo tempo. Um te pegou, pôs no deque e fez respiração boca a boca. Seus lábios estavam de um tom azulado horrível, mas você se recuperou depressa. O Andy demorou mais. Graças a Deus havia médicos na festa.

— Papai teve que ir para o hospital de novo?

— Vocês dois tiveram que ir para o hospital. Eles te deixaram uma noite em observação. Seu pai ficou duas semanas. — Ela inclinou a cabeça para o lado. — Tem certeza de que não se lembra?

— Só me lembro de cair na piscina e de abrir os olhos debaixo d'água e ver papai. Ele estava com um calção vermelho que tinha bolsos largos. E de camisa também?

Ela fez que sim.

— Na minha cabeça eu estava olhando de dentro d'água e vendo papai no deque.

— Não, você viu o Andy no fundo da piscina — disse ela baixinho. — Sabe do que ele se lembra?

— Ele nunca fala sobre essas coisas.

— Eu sei. — Ela voltou a olhar pela janela. — A última coisa de que ele se lembra antes de perder os sentidos foi de te ver voando pelo ar como um passarinho. Deve ter sido o momento em que você pulou na piscina.

— Então ele sabia que eu estava na parte funda, sem saber nadar?

— Ele não conseguia se mexer. Seja lá qual fosse o motivo, uma convulsão, um derrame. Não sei se os médicos chegaram a descobrir o que foi. Mas ele disse que se sentiu muito tranquilo. Que se afogar não é uma forma ruim de morrer.

Tomei o resto do chá.

— Nunca mais vou entrar numa piscina na vida.

— Pois eu acho que vai, desde que o salva-vidas certo esteja de plantão. — Ela terminou de tomar o chá, levantou-se e vestiu a jaqueta. — Que dia de cão, hein? Os médicos deram um sedativo para ele dormir. Vou ligar para saber como ele está amanhã, antes e depois do trabalho.

Spock a seguiu até a porta, abanando o rabo. Ganiu um pouco quando ela fechou a porta e empurrou a cortina com o focinho para vê-la ir até o carro.

— Espera! — Corri até porta e a abri. — Espera! — A luz da casa mal alcançava a calçada. Podia ver onde ela estava parada, mas não seu rosto.

— O que é? — perguntou ela.

— Obrigada — agradeci. — Obrigada por nos ajudar.

$$- * -\ \textbf{87}\ - * -$$

No dia seguinte à sua estada no hospital, papai acordou à mesma hora que eu. Enquanto esperava o café ficar pronto, enfileirou os vidros dos remédios no parapeito acima da pia da cozinha. Tomou um deles com o primeiro gole de água, e então voltou para a cama. Faria a mesma coisa na manhã seguinte, e no outro dia.

— Você está fazendo isso para provar para mim que está tomando seus remédios? — perguntei.

— Tipo isso — admitiu ele. — O Fulano está esperando na entrada. Vai lá.

Peguei a mochila.

— O que você vai fazer hoje?

— Pensei em escrever umas cartas.

— Cartas? Tipo assim, em papel?

— Pois é, eu gosto das coisas à moda antiga.

—Você está bem?

—Vai lá. E nada de ficar de castigo, pra variar.

Trish foi jantar lá em casa no domingo durante três semanas seguidas. Jantávamos, víamos o jogo que passava à noite na tevê, e depois ela ia trabalhar. Quando passara a trabalhar no turno da noite, papai também mudara seu esquema de sono, indo dormir depois de eu ir para a escola e acordando antes do jantar. Nessas semanas, a casa não fedia a motoqueiro nojento e sujo de graxa, nem a maconha. Agora papai tomava só uma garrafa de Jack Daniels de três em três dias. Não explodia nem chorava. Passava as noites escrevendo cartas, sentado à mesa da sala de jantar.

Era uma tentação baixar a guarda, mas eu não podia fazer isso, pelo menos até ele começar a ver o tal médico.

A aula de natação mudou as coisas entre mim e Finn, levando-nos a um plano escondido do resto do mundo, um plano que nos fazia rir mais e exigia muito mais beijos. *Vidrada*: essa era a palavra do mês. Eu ia para a aula, fazia um mínimo de deveres de casa para me manter fora da lista dos condenados, contava os minutos até revê-lo (rezando para que ele estivesse fazendo o mesmo). Aprendi a adorar cheiro de cloro, porque todos os dias, depois da aula, eu vestia uma camiseta e um short, sentava na arquibancada em frente à piscina e ficava ali lendo, enquanto Finnegan Coração Valente Ramos protegia bravamente as vidas da Equipe de Natação do Belmont.

Quando eu estava com Finn, o mundo girava direitinho na sua órbita, e a gravidade funcionava. Em casa, o planeta se inclinava tanto que era difícil dizer qual era o lado para cima. Papai também sentia isso. Ele se arrastava pelos cantos feito um velho, como se o carpete sob seus pés fosse um escorregadio lençol de gelo negro.

## – * – 88 – * –

Um pinheiro apareceu na nossa sala na manhã da véspera de Natal, a base do tronco presa num balde cheio de pedras encaixado no meio de um pneu velho. O pinheiro se inclinava para a janela, soltando agulhas sempre que o rabo do Spock o atingia.

Finn ia voltar com a mãe para Boston à noite, por isso trocamos presentes à tarde. Ganhei um carnê de cupons. Todos de aulas de natação.

— Agora é que eu estou mesmo me sentindo uma idiota — falei, dando-lhe seu presente. — Em minha defesa, devo dizer que não tenho aula de artes há anos.

— Uau — disse ele, sempre diplomático, quando retirou o papel. — É artesanal. Adoro coisas feitas à mão.

Eu me encolhi toda de vergonha.

—Você precisa que eu diga o que é, não precisa?

— Mais ou menos.

— É um castiçal, está vendo? Não, vira assim, ó, para o outro lado. Esse troço na base representa uma coruja, mas não com um tumor gigante crescendo nas costas.

Finn tentou manter a expressão impassível, mas não conseguiu.

— A primeira coisa que me passou pela cabeça foi que era um Homem Dromedário, o super-herói camelo. Você quase tem razão, é uma coruja, sem a menor sombra de dúvida. Mas isso não é um tumor, é uma mochila, abarrotada de livros da biblioteca com o prazo de devolução vencido. Adorei. — Abriu um sorriso. — É a sua cara.

Tentei decorar o pinheiro depois que ele foi embora. Encontrei uma caixinha com velhos pisca-piscas natalinos no porão, mas a ideia de uma tocha flamejante em forma de árvore na sala fez com que eu tornasse a guardar as luzinhas. Preparei sequilhos redondos e fiz um buraquinho em cada um para passar barbante por eles e pendurá-los no pinheiro depois que esfriassem. O truque era pendurá-los perto do tronco e bem alto para que Spock não os alcançasse. Se as pontas dos galhos ficassem pesadas demais, iriam se partir, e aí Spock comeria os biscoitos, os barbantes e os galhos.

Uma frente fria ártica chegou do Polo Norte na manhã de Natal. Nossa calefação estava sempre ligada, mas um ar gelado entrava pelas frestas ao redor dos parapeitos e sobrecarregava o decrépito isolamento térmico. Passei o dia em estado de animação suspensa, enrolada num saco de dormir no sofá, bebericando chocolate quente, vendo filmes de Natal e esperando que papai acordasse.

Horas depois de escurecer, ele atravessou o corredor tossindo muito, o nariz escorrendo.

— Não me abrace — pediu. — Não queira pegar essa gripe.

Depois de uma tigela de canja de galinha com macarrão e várias assoadas em lenços de papel, dei a ele o meu presente.

— Não precisava ter comprado nada para mim — protestou ele.

— É Natal, dããã.

Ele assoou o nariz de novo, desembrulhou o papel com todo o cuidado e o dobrou, e então virou o presente de frente, para poder vê-lo.

— Um mapa dos Estados Unidos — disse.

— É o nosso mapa, está vendo? — Apontei as linhas vermelhas que se entrecruzavam por todo o país. — Desenhei todas as viagens de que consegui me lembrar. Tem um ganchinho atrás para você pendurar na parede.

— Obrigado, princesa. Imagino que também queira um presente — ele me provocou.

— Seria legal.

Ele saiu da cozinha, abriu um armário e voltou com uma caixa comprida e fina, coberta por um papel estampado de renas.

Hesitou, e então me entregou a caixa e se afastou.

— Espero que goste.

— Aonde vai? — perguntei. — Não quer me ver abrir?

— Não, não faço questão — respondeu, já na metade do corredor.

— Ah, é? Vai mesmo embora? O que é, um par de pauzinhos que sobrou de algum sushi há séculos? Ou você lavou um dos meus pares de meias?

Mas logo me arrependi do que disse. Ele se virou, tossindo, e se arrastou de volta para a sala. Sentou no sofá sem dizer uma palavra.

— Não tive intenção de ser grosseira. Desculpa.

— Abre o presente.

Debaixo do papel estava o tipo de caixa de luxo em que geralmente se embalam canetas.

— Uma caneta? Seria muito mais legal do que um par de meias limpas.

Ele apertou os lábios e arqueou uma sobrancelha. Levantei a tampa, desenrolei o papel de seda branco e tirei o colar de pérolas.

— Pai — sussurrei. — Onde...

— Era da sua avó. Encontrei no porão. Duvido que sejam verdadeiras, por isso não pense que vai conseguir muito se vendê-lo. Ela usava o tempo todo.

Esfreguei as pérolas no rosto, sentindo o cheirinho de limão, pó de arroz e biscoitos de gengibre, ouvindo as abelhas zumbirem no jardim.

— Eu me lembro.

— Que bom. — Ele se levantou e fez um carinho na minha cabeça. — Ela ficaria feliz.

Nevou durante três dias e três noites depois do Natal. Nossa cidade tinha limpadores de neve gigantes, por isso as estradas estavam mais ou menos limpas, mas o pobre do Spock ficou tão desesperado por ter que encostar as partes íntimas na neve para fazer as necessidades, que finalmente cavei uma vala para ele e a incluí na lista crescente de coisas que nunca pensara que faria, mas acabara fazendo.

Papai se transformara numa sombra que eu raramente via, e só saía do quarto para usar o banheiro, preparar um sanduíche ou jogar mais pratos sujos na pia. Eu dizia "Oi", "Como vai?" ou "Quer um biscoito?", e ele resmungava "Bem" ou "Não". Não melhorara nem piorara da gripe, e roncava tão alto que o barulho só faltava descascar a tinta das paredes.

Trish apareceu de madrugada no dia 28 e me deixou um cartão com um vale-compras do shopping. Escreveu um bilhete no envelope explicando que viajaria de avião para Austin pela manhã, para visitar a irmã, e que voltaria logo depois do ano-novo.

Eu tinha feito uma torta de maçã para dar de presente a ela, mas ninguém me avisara quando ela ia aparecer, nem que passaria o resto da semana no Texas, por isso dividi a torta com Spock e o fantasma do meu pai.

## – * – 89 – * –

Por que acordei sem despertador às sete horas da manhã do quarto dia após o Natal? Porque o amor mexe com a gente e nos leva a fazer coisas estranhas, só por isso. Finn ia trabalhar de salva-vidas num megatreino de natação que duraria o dia inteiro e me enfeitiçara a concordar com passar o dia na piscina para podermos ficar juntos durante os intervalos.

Ainda estava escuro, nevando mais forte do que na véspera. A geada tinha se colado no interior da minha vidraça, outro sinal de que a casa precisava de um novo isolamento térmico. Finn prometera que a temperatura na arquibancada da piscina estaria na faixa dos trinta graus. A ideia de me sentir quentinha foi o incentivo extra de que eu precisava para sair da cama.

No corredor, quase dei uma trombada no papai, que acabara de tomar banho.

— Desculpe — murmurei, agitando os braços para dissipar o vapor que saía do banheiro.

— Tudo bem. Por que está acordada?

— Treino de natação, lembra?

— Quando vai sair?

— Daqui a dez minutos. Não se preocupe. Ele vai com o carro da mãe. Ela acabou de comprar pneus novos.

— Volta pro jantar?

— Acho que sim.

Ele se recostou na parede, cruzando os braços.

— Você está se acostumando com tudo isso, não está? — perguntou.

Alguma coisa no seu tom de voz me deixou desconfiada.

— Defina "isso".

Ele passou a mão na barba malfeita que começava a parecer um musgo pontilhado de cinza no rosto pálido e abatido.

— Essa escola. Essa casa. Esse Fulano.

O chuveiro pingava alto. Ele estava preparando o terreno, criando coragem para me dizer que, quando Trish voltasse, ele cairia na estrada de novo e me deixaria com ela.

— Você parece mais feliz — continuou ele.

— Talvez. Um pouco.

A combinação da barba por fazer com o olhar cansado me angustiou, mas já tínhamos passado quilômetros do ponto em que eu podia lhe perguntar como se sentia, ou mesmo qual era o problema.

Ele me assustou com um abraço forte, rápido.

— Vai tomar seu banho. Vou preparar um sanduíche de manteiga de amendoim com banana clássico para você comer no carro.

O treino de natação sofreu um atraso de uma hora, depois de mais duas, enquanto os ônibus de outros bairros se arrastavam pela nevasca em direção ao Belmont, para finalmente ser cancelado quando a polícia rodoviária fechou a via expressa. A neve e o vento transformaram o percurso de quinze minutos para casa numa viagem de quase uma hora, o que deixou Finn tão chateado que cheguei a achar que eu só conseguiria soltar os dedos dele do volante com um pé de cabra. A mãe ligou enquanto eu fazia um chocolate quente, dizendo que logo pararia de nevar, mas que ele deveria ficar na minha casa até que a prefeitura limpasse a neve e liberasse as ruas.

Ficamos aconchegados no sofá com as canecas de chocolate quente, um saco de marshmallows, os joysticks e o saco de dormir aberto atravessado no colo.

— Para quem são os presentes? — perguntou Finn, enquanto esperávamos que o jogo carregasse.

— Que presentes?

— Debaixo da árvore. — Ele apontou. — Olha.

Duas caixas pequenas, embrulhadas com o papel de presente que tínhamos jogado fora dias antes, haviam ficado escondidas bem no fundo da árvore, sob a chuva de agulhas de pinheiro. Um mostrava meu nome, e o outro estava endereçado a Finn.

— Eles não estavam aqui hoje de manhã — observei.

— Do seu pai?

— Devem ser. — Tiritei de frio. Mesmo com a calefação ligada, parecia que a casa estava ficando mais gelada. — Vamos abrir.

— Não deveríamos esperar por ele? — perguntou Finn.

— Há uma boa chance dos presentes serem estranhos. Vamos dar uma olhada e embrulhamos de novo. — Enfiei o dedo com cuidado debaixo do durex para desgrudá-lo. — Desse jeito, vamos saber como reagir quando abrirmos na frente dele.

O papel do meu presente saiu com facilidade.

— Seu pai te deu um pacote de macarrão?

— Claro. — Tiritei de novo. — Seu pai não te deu um também? Sua vez.

O pequeno presente de Finn fez um barulhinho quando ele o sacudiu. O papel de embrulho praticamente caiu, revelando uma caixa que costumava servir de manteigueira. O durex que colava as pontas se soltou. Uma estrela de bronze caiu no colo dele.

Ele a pegou.

— O que é isso?

Meu tiritar se transformou num tremor violento. Rasguei a tampa da minha caixa e tirei uma bandana azul desbotada contendo dois anéis de ouro, um do tamanho do dedo de um homem, o outro um pouco menor, e um Coração Púrpura.

## -*- 90 -*-

Eu esmurrando a porta do quarto.

— Papai, abre! Agora!!!

Eu dando chutes na porta, gritando.

Eu desferindo golpes com o machado, a madeira rachando, a maçaneta se soltando, a porta caindo para trás.

(A voz do Finn a distância. Longe demais para ser ouvida.)

O quarto estava perfeitamente arrumado, pronto para inspeção. A cama estava feita, um travesseiro magro com uma fronha limpa na cabeceira, um cobertor extra, dobrado, na outra ponta. As roupas estavam penduradas em ordem no armário. O computador caquético havia sido limpo das manchas de graxa e cinza de cigarro acumuladas durante meses. A mesinha de cabeceira, sem nenhum objeto além do abajur, a escrivaninha, a cômoda, todos os móveis tinham sido espanados. Dei mais uma olhada no armário; as roupas ainda estavam lá, ainda penduradas, ainda em silêncio. O armário onde ele guardava as armas estava trancado. Abri a porta; todas as armas continuavam no mesmo lugar.

Fechei a porta do armário e me recostei nela. Daquele ângulo, parecia um quarto que poderia pertencer a qualquer um. *Não, qualquer um, não.* Parecia um quarto que não pertencia a ninguém.

Garagem: picape, motor frio, não funcionando, não liberando dióxido de carbono, nenhuma mangueira indo do cano de descarga à janela do motorista.

Banheiro: vazio. Nenhuma faca. Nem faca, nem gilete, nem sangue.

Porão: vazio. Nenhuma corda. Nenhuma corda pendurada na viga mestra que sustentava a casa, nenhum corpo se contorcendo, nem pés pendurados centímetros acima do chão.

Ele não estava na cozinha, nem na sala, nem na sala de jantar. Não estava no meu quarto (nunca teria feito isso, como pude sequer pensar em tal coisa, nunca deixaria seu corpo no chão do meu quarto, isso nunca), portanto, onde é que...

O quarto da vovó, que Trish ocupara durante um tempo. Lá? Será que lá...?

O quarto da vovó: vazio. Nenhum pai. Nenhum pai vítima de uma overdose na cama, nem debaixo dela, nem no armário. Na cama havia uma caixa. Era uma caixa grande, vermelha, onde ele costumava guardar papel de impressora. Na caixa havia um envelope endereçado a Trish. O envelope caiu no chão. A tampa da caixa caiu no chão. Dentro havia um álbum de fotos que eu nunca vira, retratos da Rebecca, retratos da Rebecca comigo e com ele. Embaixo do álbum estavam dúzias de envelopes em papel duro, de bordas afiadas, selados. O meu nome em cada envelope. No canto superior direito havia uma data. Metade dos envelopes exibia a data do meu aniversário. A outra estava datada de 25 de dezembro, e os anos que se seguiam a essas datas se estendiam por décadas no futuro.

Lá estava eu chorando de novo, e Spock uivando de novo, porque não conseguíamos encontrar meu pai. Um monstro prendera meu pai entre os dentes, só que dessa vez não havia sangue no chão nem pegadas para seguir.

A voz do Finn foi ficando cada vez mais alta até meus ouvidos começarem a zumbir e ele aparecer à minha frente, a boca se mexendo mais depressa do que eu conseguia escutar. Brandiu o celular diante do meu rosto e as palavras finalmente alcançaram meus ouvidos: ele estava dizendo que...

— ...Trish ficou presa em Chicago por causa da nevasca, ele escondeu um cartão na bolsa dela, ela abriu, precisa falar com você...

Num dos meus ouvidos, Trish tentou falar, mas seus dentes batiam como pérolas de um colar quebrado, quicando no chão.

No outro ouvido, Finn gritava:

— O que devo fazer? O que quer que eu faça? Para quem devemos ligar? Emergência? E minha mãe? Ela pode ajudar. Vou ligar para ela. E também para a Emergência. O que Trish está dizendo?

## — *- 91 -*-

*Minha doce Patricia,*

*Não posso mais fazer isso. Não é justo obrigar Hayley a carregar meu peso nas costas. Ela tem que viver a própria vida em vez de se preocupar comigo.*

*Você disse que queria ajudar. Pois bem: Hayley precisa de você.*

*Se algum dia ela deixar de me odiar, diga-lhe o quanto me orgulho dela e a amo.*

*Do seu fiel (creia ou não),*
*Andy*


*P.S. — Diga-lhe que é igualzinha à mãe. E que é forte o bastante para enfrentar o mundo.*


## - \* - 92 - \* -

Perdi uma hora.

Pisquei os olhos e, quando os abri, havia dois policiais na nossa casa falando em rádios e celulares e procurando em cada cômodo, como se papai estivesse brincando de esconde-esconde. Demorei alguns minutos para perceber quanto tempo havia se passado, e que um cobertor fora posto nos meus ombros e Finn me ajudava a segurar uma xícara de sei lá que bebida quente.

Eu tinha falado muito, isso era óbvio. O policial anotara o nome do papai, seus bares favoritos e o número do celular da Trish. Era a voz dela gritando no celular que o policial estendia. Uma policial copiou as informações dos rótulos dos medicamentos que ele tomava e os colocou na mesa.

— Procure não se preocupar — aconselhou. — Seu pai só desapareceu há algumas horas. Tecnicamente, não podemos considerá-lo desaparecido até amanhã de manhã. Provavelmente um amigo passou de carro para pegá-lo e ele está bebendo no porão do cara neste exato momento.

— Mas aquela carta... — disse Finn.

— Se eu levar aquela carta para o meu chefe, ele vai dizer que não significa nada até o desaparecimento do Sr. Kincain completar vinte e quatro horas, e depois ele vai me esfolar viva por eu não estar na rua ajudando com os acidentes causados pela nevasca.

— Então, o que devemos fazer? — perguntou Finn.

— Esperar. Vemos muito isso acontecer nessa época dos feriados, principalmente com veteranos. Ele só precisa de um pouco de tempo e privacidade. Sua madrasta disse que está voltando, por isso não vou ligar para o Conselho Tutelar, mas você precisa ficar aqui.

O primeiro choque começou a passar. As bordas da mente pouco a pouco despertaram, formigando, dolorosas.

— Então vocês não vão procurar por ele? — perguntei.

— Não podemos — admitiu ela. — Não até amanhã, à mesma hora.

— E se até lá ele já tiver morrido?

Ela me deu um olhar compreensivo.

— Isso não vai acontecer, querida. Meu palpite é que você vai nos ligar à tarde para dizer que ele está bêbado e brigando num bar no Centro da cidade. Não é uma cena muita bonita, mas pelo menos ele vai estar vivo. Aqui está o meu número.

Finn pegou o cartão que ela oferecia e disse alguma coisa, mas parei de ouvir. O motor no meu cérebro parou de funcionar. A polícia só ajudaria quando já não fizesse mais diferença. Trish estava a caminho, mas chegaria tarde demais.

Finn parou diante da janela, vendo o carro da polícia se afastar.

— Quer mais chocolate quente? Um sanduíche?

— Quero.

Pisquei de novo, os olhos muito secos. A luz do sol banhava o chão. Punhados de neve fofa caíam dos beirais do telhado e flutuavam até o chão como plumas. O vento formava redemoinhos de neve no quintal, mas as nuvens tinham ficado mais finas e a neve parara de cair.

Papai não estava num bar.

Não estava bebendo.

Ele estava numa missão. Estava sóbrio, lúcido e seguindo um plano. Tinha organizado tudo. Feito todos os preparativos. Não podia mais viver, por isso se afastara para morrer sozinho como um animal ferido. Mas onde?

Tentei vê-lo, imaginar o que fizera em casa depois que eu saíra pela manhã, o que fizera quando eu estava dormindo. Imaginei-o escrevendo aquelas porras daquelas cartas, conferindo uma por uma para ver se estavam na ordem certa. Será que tinha folheado o álbum de fotos antes de guardá-lo na caixa? Será que tinha chorado?

A casa estava em silêncio, salvo pelo barulho da gaveta de talheres sendo sacudida pelo Finn e o ronco distante de um limpador de neve.

Eu sempre tivera medo de que ele se matasse em casa, mas agora compreendia a razão por que nunca faria isso: por não querer que eu o encontrasse. Lembrei por um segundo o jeito como me abraçara antes de eu sair: um abraço súbito, forte, um verdadeiro abraço de pai.

Um abraço de adeus.

Como ele iria fazer isso? E onde?

Na época que passamos na estrada, em duas noites ele fizera discursos intermináveis quando estava totalmente bêbado. Falara sobre todas as mortes, todo o sangue que o havia encharcado.

(Ele não levara nenhuma arma.)

Falara sobre os rostos dos soldados mortos. Os olhos arregalados de terror. As bocas abertas de dor. Não queria que as famílias vissem aqueles rostos.

(Deixara todos os remédios em casa. Será que ele tinha um estoque ilegal?)

O que ele queria que eu visse?

Finn pôs um prato com sanduíches de mortadela e duas canecas fumegantes na mesa e se sentou ao meu lado.

— Aposto que ela tem razão. — Apertou minha mão, carinhoso. — Aposto que ele vai voltar antes do jantar.

A calefação ligou, agitando as cortinas como se alguém se escondesse atrás delas e espalhando mil cheiros pela sala. Chocolate quente. O aroma picante da mostarda, muita mostarda. O odor da piscina, com seu excesso de cloro, escorrendo das nossas roupas...

*rasgando... o sol brilhando na piscina um monte de adultos não consigo encontrar papai música muito alta ninguém ouve quando mergulho na parte funda a água se fecha sobre meu rosto abro a boca para gritar por papai e a água entra na minha boca meus olhos vendo a água ficar cada vez mais grossa e os adultos dançando...*

— Hayley? — Finn ficou sério.

A sala entrou em foco com tanta nitidez que meus olhos chegaram a lacrimejar. Finn estava com uma mancha na parte inferior da lente esquerda dos óculos. Os pelos de cachorro no jeans tinham sido das esfregadas do Spock. Eu via tudo: os quadrados fantasmas nas paredes onde vovó costumava pendurar nossos retratos, um pequeno caco de vidro no carpete que eu deixara passar, a lembrança do papai debaixo d'água.

— Eu sei onde ele está — declarei. — E sei o que ele vai fazer.

# — * — 93 — * —

— A gente deveria ligar para a polícia — disse Finn.

—Você ouviu o que aquela mulher disse, eles não vão fazer nada.

— Mas agora você tem uma ideia concreta, uma ideia razoável. Pode pedir a eles para passarem por lá e darem uma olhada.

Atravessei a sala e peguei o casaco dele.

— E se eles fizerem isso? E se o encontrarem e ele ainda não tiver feito? Garanto a você que se ele vir um carro da polícia, vai acabar com tudo no mesmo instante. *Bum.*

— E se fizer isso quando vir você?

Tirei do bolso as chaves do carro.

—Você deveria ficar aqui.

—Você não vai sem mim.

—Tá, mas eu dirijo.

Ele sorriu.

— Sabia que você iria dizer isso.

Eu só soube que estava certa quando, após pegar a rodovia que levava à Estrada da Pedreira, vi as pegadas de botas atravessando a neve até o alto do morro. Virei o volante e acelerei. Finn se apoiou ao painel com uma das mãos e pegou o celular com a outra.

Havia gelo debaixo da neve recém-caída, fazendo com que nosso carro sambasse. Eu tentei segurar, desfazendo o jogo, virei para o outro lado, mantendo o pé fundo no acelerador. Os pneus patinaram, depois travaram e nos jogaram para frente, girando de novo. Finn gritou quando passamos raspando pela grade. Lutei com o volante e consegui apontar o carro para o morro de novo. O carro avançou mais alguns metros, a neve voando no ar, e então parou, derrotado pela física do gelo e da inclinação.

Coloquei o carro em ponto morto e corri, escorregando, caindo, subindo aos trancos e barrancos até lá em cima. Ele tinha caminhado rente à grade, norte, sul, norte, sul, por uma distância longa o bastante para formar uma trilha na neve e fumar dois cigarros. Fiz sombra aos olhos para protegê-los do brilho, olhando para o outro lado da grade, até que...

*Ali!*

... encontrei pegadas de bota do outro lado e vi algo na neve perto da borda da pedreira.

Subir na cerca não foi muito difícil: pisquei, respirei fundo e lá estava eu no alto, de onde pude ver papai, meu pai, um vulto escuro sentado num vão de neve a meio metro de onde a terra acabava. Usava camiseta e short. A neve deixara seu cabelo branco e a pele cinza como gelo sujo.

Será que ele morrera congelado? Será que isso poderia acontecer tão depressa assim?

Queria gritar o nome dele, mas tive medo de que isso rompesse o encanto que o mantinha em seu poder. Outra massa de ar com nuvens baixas passou. A luz plana tirava toda a cor do mundo. As paredes da pedreira pareciam ferro esburacado, a água preta feito carvão. Papai não se moveu. Não tinha como ele não ouvir Finn gritando, o barulho metálico da cerca quando subi, mas estava tão imóvel quanto a pedra sob seu corpo, como se começasse a se metamorfosear, seus ossos se transformando em pedra, seu coração sólido, sepultado para sempre.

Eu me atirei do alto da cerca e bati no chão com tanta força que fiquei totalmente sem fôlego e no maior atordoamento. Quando me levantei, o joelho esquerdo doendo horrores, o mundo pareceu inclinado. A voz abafada do Finn vinha de muito longe e o frio não me incomodava mais.

Fiz um esforço para continuar, inclinando o corpo para o lado, com medo de assustá-lo. Não sabia o que fazer em seguida.

— Pai — chamei em voz baixa. — Papai, por favor. Olha pra mim.

Tive a impressão de ver sua cabeça se abaixar um pouco. Mas talvez não. Talvez meus olhos estivessem me pregando uma peça. Dei mais um passo à frente.

Seus lábios pálidos se moveram.

— Para.

Fiquei imóvel esperando, mas ele voltou a se transformar em pedra.

—Você tem que voltar para casa — falei.

Nada.

— Você tem que se levantar e vir comigo para o carro. Agora. Está me ouvindo?

Nada ainda.

Meu joelho esquerdo falseou e eu caí na neve. Papai virou a cabeça de estalo.

—Você se machucou? — perguntou ele.

— Um pouco. — Fiz um esforço para me levantar, jogando todo o peso do corpo sobre a perna direita. — Acho que dei um jeito no joelho.

Ele me deu as costas, voltando a olhar para a pedreira. Talvez fosse a sensação de ter uma faca cravada no joelho, ou talvez o frio tivesse congelado a Hayley que sentira medo por tanto tempo quanto eu podia me lembrar.

— Por que você nunca me mostrou aquelas fotos da mamãe?

Ele inalou devagar.

— Achei que eu já tinha feito mal demais a você. Eu não imaginei que fotos assim ajudariam.

— E se deixar congelar até a morte vai me fazer sentir melhor?

— Eu não vim aqui para congelar.

— Então, por que não pulou?

Ele não respondeu. Dei mais um passo, mancando.

— Não! — Sua voz rouca me paralisou. — Não é seguro.

— É claro que não é seguro, seu burro! — Peguei um punhado de neve e atirei nele. Os flocos voaram, cintilando, sobre a beira do penhasco.

— Não, Hayley! — Papai se virou, tentando ficar de pé. — Para!

— Cala! Essa! Boca! — gritei tão alto que tive a sensação de que minha pele se rasgara desde o alto da cabeça, esgarçando a frente do corpo e as costas, desenrolando os fios finos que haviam me mantido presa por tanto tempo.

(Com o canto do olho, vi as luzes azuis e vermelhas girando nos carros da polícia, colorindo a neve. Com o canto do ouvido, percebi que Finn gritava sem parar, a voz alcançando o mesmo tom do ruído da neve movediça.)

Engasguei e gemi, porque tudo doía muito, tudo doía demais.

— Papai! Eu sei que você tem pesadelos e que viu coisas horríveis, mas... — Tornei a engasgar. — ... mas eu não me importo. Eu quero o meu pai de volta. Quero que você seja corajoso de novo, como era no passado.

— Você não entende. — Ele secou os olhos com a lateral das mãos.

¤ 339 ¤

— Você não pode fazer isso, não pode desistir! — gritei.
— Não é justo!

Minha voz ecoou pelas paredes da pedreira e ondulou a água lá embaixo. As nuvens fugiram do sol e uma luz cegante se refletiu da neve recém-caída. Estávamos parados num mar de cacos de vidro, milhões de espelhinhos congelados.

— Nada é justo, mas isso é melhor — disse papai. — Trish vai cuidar de você.

— Ela não vai precisar fazer isso. Eu vou embora.

Esperei até ele morder a isca.

— Para onde? — perguntou.

— Eu vou seguir você. Assim que você pular, vou pular também.

— Não, não vai.

— Quer apostar? Passei a vida inteira vendo você ir embora. Depois, vovó. E depois, Trish. Pelo visto, todo mundo me deixa para trás. Por isso, eu vou embora também.

Portas de carro batendo.

Fiz um esforço para me aproximar. Tive que arrastar a perna esquerda, e depois dar pulinhos.

— Volta. — Papai se levantou, estendendo as mãos para mim. — Hayley Rose, filhinha, por favor. Você está perto demais da beira.

— Você primeiro.

— Você não entende. — Sua voz tensa saiu trêmula.

A neve ficava ora azul, ora vermelha, ora azul, ora vermelha.

Tentei me equilibrar numa perna só. A neve se moveu sob os meus pés e voltei a sentir a atração, o puxão da pedreira. O vento empurrando.

— É você que não entende. Eu estou na beira com você há anos.

Papai disse alguma coisa, mas suas palavras se congelaram no ar antes de eu ouvi-las. Ele apontou e apontou, seus olhos se afastando e voltando para mim, para o penhasco, para mim, para a cerca, para mim, para a pedreira, como se calculasse alguma coisa.

A neve voltou a se mexer. Achei que estava pronta para pular e, de repente, me dei conta de que ele estava certo. Eu não iria pular depois dele. O passado estava prestes a acabar para nós dois, e isso me deixava mais triste do que jamais me sentira na vida. Tão triste, que a rotação da Terra diminuiu.

Minhas lágrimas caíram na neve, chiando.

— Hayley Rose, preste atenção. — A voz dele travou. — Você está em cima de uma saliência. É só neve. Não há nenhuma pedra por baixo.

— Senhor! — gritou uma voz atrás de mim.

Olhei para trás. Finn estava do outro lado da cerca, com um policial.

— Não se mexam — ordenou o policial. — Vamos trazer uma corda. Não se movam. Fiquem em silêncio.

— Ouve o que ele diz, Hayley. — A voz grossa do papai ressoou sobre a neve.

—Você não quer que eu caia? Nem que eu pule?

Ele tinha avançado na minha direção.

— Não, querida. Shhh.

Mais vozes chegaram do outro lado da cerca: policiais, Finn, rádios aos berros, metal chacoalhando. A neve estalou sob meus pés.

— Pai, sabe isso que você sente, de querer que eu fique em segurança, de querer que eu fique viva? Pois eu me sinto assim em relação a você o tempo todo. — Funguei. — Se você se matar, cada minuto da sua vida terá sido desperdiçado.

— Eu já não sei como — disse ele. — Como continuar vivendo...

— Quando eu ficava perdida e confusa, você sempre dizia: "A gente vai dar um jeito." Eu te amo, pai. Mamãe e vovó também amavam. Detesto ter que admitir isso, mas Trish te ama, e os seus amigos também. Com tantas pessoas te amando, tenho certeza de que a gente vai dar um jeito.

Sirenes uivavam.

— Só mais alguns segundos — disse o policial. — Fiquem parados, os dois.

O vento voltou a soprar forte. Papai parecia cansado demais para ficar de pé. Eu quase podia sentir a pedreira puxando-o.

— Você ainda está vivo! — gritei. — Tem que se esforçar mais, porque nós te amamos!

Ele conteve um soluço, estendendo a mão para mim. Parecia ter descido mancando de um avião militar, a banda tocando, milhares de mãos aplaudindo, bocas gritando vivas, lágrimas chovendo para lavar os anos de sofrimento. Dei um passo na sua direção, pronta para voar nos seus braços, abraçar seu pescoço e lhe dizer que estava morta de saudades.

A neve sob meus pés se rachou, desfazendo-se, e de repente tudo desapareceu.

Até meu pai me salvar.

## -*- 94 -*-

Se este fosse um conto de fadas, seria o momento em que eu citaria aquela besteira de "viveram felizes para sempre". Mas é a minha vida, portanto a coisa foi um pouco mais complicada.

Assim que o vídeo da Trish viralizou (ela implorando à mulher no balcão de atendimento para lhe dar o último assento no voo para Albany, embora não fosse membro do programa de fidelidade), a companhia aérea decidiu não apresentar queixa. As enfermeiras disseram que quando abri os olhos e vi Trish com o nariz todo coberto de gaze (ela só fraturou o nariz na briga, não o malar, não acredite em tudo que lê na internet), dei uma risadinha e cantei uma música que não fazia o menor sentido. Mas acho que as enfermeiras estão exagerando. Não me lembro de nada disso.

Finn ferrou as cordas vocais na pedreira, gritando o tempo todo que eu estava perto demais da beira. Sinceramente, não ouvi nada. Ele estava no meu quarto no hospital quando me trouxeram de volta da ressonância magnética.

— Dilacerei o ligamento cruzado anterior — contei a ele.

— Está tomando morfina? — Ele parecia um sapo-boi que fumava três maços de cigarros por dia.

— Estou, mas não é o bastante. Talvez um beijo ajudasse.

— Talvez?

— Teria que ser um beijo muito bom.

— Hummm — disse ele. — Vou me esforçar ao máximo.


Os ventos que tinham soprado na pedreira durante dias haviam formado uma borda bastante sólida que se estendia um pouco além do penhasco. Fora nela que eu estivera. Fora ela que caíra. Papai fraturou três costelas e luxou o cotovelo esquerdo ao me pegar. E também bateu com a cabeça, mas nem assim me soltou. (Meu ombro ficou deslocado, mas só fraturei duas costelas.)

Quando pulei do alto da cerca, não apenas arrebentei o joelho, como tive uma concussão de segundo grau, que era a razão, segundo os médicos, de tudo ter me parecido tão confuso na borda da pedreira.

Estavam errados.

Lá na borda, a rotação da Terra tinha diminuído para nos dar o tempo de que precisávamos para reencontrar um ao outro.

Eu fui a primeira a receber alta; afinal, Trish era enfermeira, e estávamos nos entendendo razoavelmente bem, por isso perguntei a ela se passaria um tempo lá em casa para ajudar com a minha recuperação. Papai foi transferido para um centro de reabilitação do VA ao sair do hospital. Quando finalmente voltou para casa, tinha perdido dez quilos e parecia dez anos mais velho, mas as sombras haviam saído do seu rosto, e ele se lembrava de como sorrir.

Passamos meses fazendo fisioterapia (também conhecida como "dor e tortura"): eu para o joelho e as costas, ele para o cotovelo arrebentado e o espírito abatido. A louca que era minha fisioterapeuta caiu na gargalhada e me deu um toca aqui a primeira vez que rompi em lágrimas quando fazia exercícios para fortalecer a perna.

— Progresso! — gritou ela, dançando ao meu redor.

—Você é doente.

— E você está melhorando. — Ela se ajoelhou à minha frente. — Não se pode fugir da dor, garota. Lute com ela e fique mais forte. Pode chorar o quanto quiser, mas você vai dobrar esse joelho mais cinco vezes. E aí nós vamos comemorar comendo uma bela fatia de bolo.

O "Felizes Para Sempre" do papai se chamou "Bom o Bastante por Hoje". Alguns dias eram melhores do que outros. Ele foi demitido da pizzaria e do boliche antes de ser recontratado pelos correios, mas se dava muito bem com o terapeuta e até já começava a falar em voltar aos estudos. Levava Spock para passear pela manhã e à tarde, retornando para casa pouco antes de anoitecer.

A Swevenbury aceitou Finnegan Problemas Ramos (obviamente) e lhe concedeu uma bolsa de estudos tão generosa que ele rompeu em lágrimas, me abraçando com tamanha força que cheguei a achar que tinha quebrado as costelas de novo.

Meu plano original era descansar durante a primavera e o verão e repor as aulas perdidas no outono, mas, assim que o joelho melhorou, comecei a ficar inquieta e chateei a Benedetti até ela me ajudar a ter a frequência necessária e a ter aulas extra--classe para conseguir créditos e me formar a tempo. Até fiz o bendito vestibular, e me saí direitinho.

Os dias de verão escorreram por entre meus dedos. As noites nunca eram longas o bastante. Ensinei Finn a trocar o óleo e os pneus. Ele me levou a meia dúzia de faculdades públicas e me ajudou a encontrar uma que combinasse datas de admissão flexíveis, uma bolsa de estudos que cobrisse os extras, e uma percentagem relativamente baixa de zumbis na população de alunos.

E então agosto apareceu, e o tempo voou ainda mais depressa até nossa última noite chegar. Compramos uma pizza às dez e fomos de carro até o morrinho que dava para o estádio. Estendemos um cobertor largo na grama molhada, comemos a pizza e bebemos espumante barato em copos de papel antes de nos deitarmos de costas e assistirmos ao desfile das estrelas no céu. Os grilos cantavam. Os morcegos guinchavam. Os mosquitos faziam a festa. Conversamos por horas a fio sobre o fato de estarmos partindo pela manhã. Ele iria percorrer duzentos e noventa e três quilômetros até o norte pelo nordeste, e eu cento e vinte, indo para o sudoeste. Quando não conversávamos, nos beijávamos. Ficamos abraçados ouvindo os pios de uma coruja ao longe, e os finzinhos das músicas que nos chegavam dos carros passando pela rua diante da escola. Estávamos decididos a não dormir, mas o sono nos pegou de jeito quando não estávamos prestando atenção.

Acordamos ao mesmo tempo, no lusco-fusco da manhã, quando os passarinhos começaram a cantar. O céu estava claro o bastante para podermos ver os olhos um do outro. Eu queria nunca mais tirar os olhos dos dele.

— Por que está tudo acontecendo tão depressa? — perguntei.

— É uma conspiração — explicou Finn. — Comunistas. Ou talvez marcianos.

— Comunistas marcianos?

— Só pode ser. — Ele se espreguiçou com um gemido. — Você não mudou de ideia, mudou?

— Eu mudo de ideia a cada minuto — respondi. — E se papai enlouquecer de novo? E se começar a beber ou parar de ir ao terapeuta ou for demitido ou...

Finn se virou de lado e pôs o dedo sobre meus lábios.

— Shhh.

Empurrei sua mão.

— E quanto a mim? E se a minha companheira de quarto roncar e eu perder a cabeça uma noite e matar a infeliz enquanto ela estiver dormindo ou meus professores forem burros ou você parar de me ligar ou eu contrair peste bubônica ou algo assim?

— Seu pai vai ficar muito bem e eu vou te ligar tanto que você vai chegar a enjoar, e não há epidemias de peste bubônica em parte alguma. Você só está com medo.

— Não estou.

— Está.

— Não estou e vou te dar um soco nos rins se não calar a boca.

— Você sabe mesmo deixar um homem excitado, Miss Blue. — Ele me deu um beijo na bochecha.

— Talvez eu esteja com um pouquinho de medo.

— Isso é maravilhoso.

— Não é, não — afirmei.

— É, sim, porque você só pode ser corajosa se sentir medo. Ser corajosa diante do seu primeiro ano de faculdade vai abrilhantar o seu currículo de super-heroína, que já é impressionante.

— E se rolar aquele lance de eu não lembrar outra vez? E se eu ficar com medo a ponto de rastejar para um buraco?

— Se voltar a se transformar num zumbi, é isso?

Eu me sentei.

— Do que foi que você me chamou?

— Ah, por favor. — Ele se inclinou para frente e beijou uma mordida de mosquito no meu joelho. — Você foi uma zumbizaça durante um bom tempo: não se permitia lembrar o passado, não tinha futuro e só aguentava a vida um minuto de cada vez. Sempre vinha com aquele papo de ser uma esquisita, de "ser dona da sua alma" e "seguir o seu caminho", mas a verdade...

A verdade era que doía demais pensar em como era bom quando a vovó fazia tranças no meu cabelo, ou quando Trish me ensinara a andar de bicicleta, ou quando papai lia um livro para mim. Eu fechara a porta para as lembranças porque doíam. Sem elas, eu me transformara num dos mortos-vivos.

— E se acontecer de novo? — perguntei.

Ele me puxou de volta para o colo.

— Isso não é apenas improvável, sua boba, é impossível.

— Você não pode ter certeza, porque não sabe o que vai acontecer.

— Assim que você for autorizada, vou te mostrar a bola de cristal que guardo escondida no fundo do armário, mas até lá... — Ele me beijou. — ...até lá, nós vamos continuar criando lembranças assim, momentos em que somos as únicas pessoas no mundo inteiro. E quando nos sentirmos assustados, sozinhos ou confusos, vamos pegar essas lembranças como se fossem edredons e nos enrolar nelas, e isso vai fazer com que nos sintamos seguros. — Ele me beijou de novo. — E fortes.

As estrelas se retiraram quando o sol despontou no horizonte, abrindo uma fresta no céu. Eu o beijei e nós rimos, e isso foi bom.

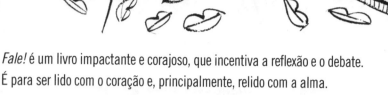

*Fale!* é um livro impactante e corajoso, que incentiva a reflexão e o debate. É para ser lido com o coração e, principalmente, relido com a alma.

## PREMIADO, CONTROVERSO, PIONEIRO E TRANSFORMADOR

**"Fale sobre você... Queremos saber o que tem a dizer."**
Desde o primeiro momento, quando começou a estudar no colégio Merryweather, Melinda sabia que isso não passava de uma mentira deslavada, uma típica farsa encenada para os calouros. Os poucos amigos que tinha, ela perdeu ou vai perder, acabou isolada e jogada para escanteio. O que não é de admirar, afinal, a garota ligou para a polícia, destruiu a tradicional festinha que os veteranos promovem para comemorar a chegada das férias e, de quebra, mandou vários colegas para a cadeia. E agora ninguém mais quer saber dela, nem ao menos lhe dirigem a palavra (insultos e deboches, sim) ou lhe dedicam alguns minutos de atenção, com duvidosas exceções. Com o passar dos dias, Melinda vai murchando como uma planta sem água e emudece. Está tão só e tão fragilizada que não tem mais forças para reagir.

Finalmente encontra abrigo nas aulas de arte, e será por meio de seu projeto artístico que tentará retomar a vida e enfrentar seus demônios: o que, de fato, ocorreu naquela maldita festa?

*Um romance de estreia extraordinário; uma obra-prima vencedora (e finalista) de inúmeros prêmios sobre uma jovem que opta por calar em vez de dizer a verdade.* **Fale!** *encantou tanto leitores quanto educadores, alunos e professores. Um romance transformador, corajoso, capaz de fazer refletir sobre temas fundamentais – porém espinhosos como o bullying – do cotidiano dos adolescentes.*

**FINALISTA**
National Book Award

### HONRA AO MÉRITO
The Michael L. Printz Award for Excellence in Young Adult Literature
(www.ala.org/yalsa/printz)

**FINALISTA**
Edgar Allan Poe Award

**FINALISTA**
Los Angeles Times Book Prize

**VENCEDOR**
SCBWI Golden Kite Award (Associação Americana dos Autores e Ilustradores de Livros Infantis)

10 Melhores Livros do Ano para Jovens Adultos da Associação Americana de Bibliotecas (ALA)

Booklist — 10 Melhores Romances do Ano

Publishers Weekly — Best-seller e Melhores Romances do Ano

BCCB Blue Ribbon Book

School Library Journal — Melhor Livro do Ano

Horn Book Fanfare Title

New York Times Best-seller

Vencedor de 8 concursos literários estaduais
e finalista de 11 nos EUA.

**Papel:** Pólen Soft 70g
**Tipo:** Bembo
www.editoravalentina.com.br